Grölls Verlage

„BÜCHER SIND WIE FALLSCHIRME. SIE NÜTZEN UNS NICHTS, WENN WIR SIE NICHT ÖFFNEN.“

Gröls Verlag

Redaktionelle Hinweise und Impressum

Das vorliegende Werk wurde zugunsten der Authentizität sehr zurückhaltend bearbeitet. So wurden etwa ursprüngliche Rechtschreibfehler *nicht* systematisch behoben, denn kleine Unvollkommenheiten machen das Buch – wie im Übrigen den Menschen – erst authentisch. Mitunter wurden jedoch zum Beispiel Absätze behutsam neu getrennt, um den Lesefluss zu erleichtern.

Um die Texte zu rekonstruieren, werden antiquarische Bücher von Lesegeräten gescannt und dann durch eine Software lesbar gemacht. Der so entstandene Text wird von Menschen gegengelesen und korrigiert – hierbei treten auch Fehler auf. Wenn Sie ebenfalls antiquarische Texte einreichen möchten, finden Sie weitere Informationen auf www.groels.de

Viel Freude bei der Lektüre wünscht Ihnen das Team des Gröls-Verlags.

Adressen

Verleger: Sophia Gröls, Im Borngrund 26, 61440 Oberursel

Externer Dienstleister für Distribution & Herstellung: BoD, In de Tarpen 42, 22848 Norderstedt

Unsere „Edition | Werke der Weltliteratur“ hat den Anspruch, eine der größten und vollständigsten Sammlungen klassischer Literatur in deutscher Sprache zu sein. Nach und nach versammeln wir hier nicht nur die „üblichen Verdächtigen“ von Goethe bis Schiller, sondern auch Kleinode der vergangenen Jahrhunderte, die – zu Unrecht – drohen, in Vergessenheit zu geraten. Wir kultivieren und kuratieren damit einen der wertvollsten Bereiche der abendländischen Kultur. Kleine Auswahl:

Francis Bacon • Neues Organon • **Balzac** • Glanz und Elend der Kurtisanen • **Joachim H. Campe** • Robinson der Jüngere • **Dante Alighieri** • Die Göttliche Komödie • **Daniel Defoe** • Robinson Crusoe • **Charles Dickens** • Oliver Twist • **Denis Diderot** • Jacques der Fatalist • **Fjodor Dostojewski** • Schuld und Sühne • **Arthur Conan Doyle** • Der Hund von Baskerville • **Marie von Ebner-Eschenbach** • Das Gemeindekind • **Elisabeth von Österreich** • Das Poetische Tagebuch • **Friedrich Engels** • Die Lage der arbeitenden Klasse • **Ludwig Feuerbach** • Das Wesen des Christentums • **Johann G. Fichte** • Reden an die deutsche Nation • **Fitzgerald** • Zärtlich ist die Nacht • **Flaubert** • Madame Bovary • **Gorch Fock** • Seefahrt ist not! • **Theodor Fontane** • Effi Briest • **Robert Musil** • Über die Dummheit • **Edgar Wallace** • Der Frosch mit der Maske • **Jakob Wassermann** • Der Fall Maurizius • **Oscar Wilde** • Das Bildnis des Dorian Grey • **Émile Zola** • Germinal • **Stefan Zweig** • Schachnovelle • **Hugo von Hofmannsthal** • Der Tor und der Tod • **Anton Tschechow** • Ein Heiratsantrag • **Arthur Schnitzler** • Reigen • **Friedrich Schiller** • Kabale und Liebe • **Nicolo Machiavelli** • Der Fürst • **Gotthold E. Lessing** • Nathan der Weise • **Augustinus** • Die Bekenntnisse des heiligen Augustinus • **Marcus Aurelius** • Selbstbetrachtungen • **Charles Baudelaire** • Die Blumen des Bösen • **Harriett Stowe** • Onkel Toms Hütte • **Walter Benjamin** • Deutsche Menschen • **Hugo Bettauer** • Die Stadt ohne Juden • **Lewis Caroll** • *und viele mehr….*

Edgar Wallace

Das Gesetz der Vier

Übersetzung

von

Ravi Ravendro

Inhalt

1. Der Mann von Clapham

„Die Verteidigung hat behauptet, Mr. Noah Stedland sei ein Erpresser und habe infolge seiner Drohungen eine große Summe von dem Angeklagten erhalten. Der Gerichtshof kann diese unbewiesene Behauptung nicht ohne weiteres annehmen, besonders da die Aussagen des Angeklagten nicht unter Eid geleistet wurden. Sie wurden zwar beim Zeugenverhör erwähnt, es konnte aber nicht der geringste Beweis dafür erbracht werden. Die Verteidigung hat nicht einmal gesagt, welche Art von Drohung Mr. Stedland anwandte . . .“

Die glänzende Rede des Staatsanwalts machte den besten Traditionen des Gerichtes Ehre, und die Geschworenen einigten sich auf „Schuldig“, ohne sich zu einer längeren Beratung zurückzuziehen.

Eine Bewegung ging durch den Gerichtssaal, und man hörte ein Raunen und Flüstern, als der Richter seine Hornbrille aufsetzte und zu schreiben begann.

Der Angeklagte saß hinter den großen, eichenen Schranken und schaute ermutigend eine junge Frau an, die ihm ihr Gesicht zuwandte. Er war bei dem Spruch der Geschworenen nicht erbleicht und richtete jetzt den ernsten Blick wieder auf die Gestalt des Richters, der in einem braunroten Talar und einer weißen Perücke dort oben saß und so eifrig am Schreiben war. Er wunderte sich, was ein Richter unter diesen Umständen wohl schreiben mochte. Ob er den ganzen Tatbestand noch einmal kurz zusammenfaßte? Der Angeklagte war ungeduldig. Nachdem sein Schicksal besiegelt war, hatte er nur noch den einen Wunsch, möglichst bald mit allem fertig zu sein; der Aufenthalt in diesem großen, hohen Gerichtssaal, aus dem ihm viele verschwommene Reihen von Gesichtern entgegenstarrten, war qualvoll. Er konnte den Anblick des gleichgültigen Verteidigers und vor allem der beiden Männer nicht mehr ertragen, die in der Nähe des Rechtsanwaltes saßen und ihn scharf beobachteten.

Er hätte gern gewußt, wer sie waren und welches Interesse sie an dem Ausgang dieses Prozesses hatten. Vielleicht waren es Schriftsteller aus dem Ausland, die hier Eindrücke sammeln wollten. Sie hatten jedenfalls ein fremdländisches Aussehen. Der eine war sehr groß (das hatte er bemerkt, als er einmal aufgestanden war), der andere war klein und hager und sah fast wie ein Jüngling aus, obgleich sein Haar schon ergraut war. Beide waren glattrasiert, trugen schwarze Anzüge und hielten breitkrempige, weiche, schwarze Filzhüte auf ihren Knien.

Ein Räuspern des Richters störte den Angeklagten in seinen Betrachtungen.

„Jeffrey Storr", sagte der Richter, „auch ich bin mit dem Spruch der Geschworenen durchaus einverstanden. Sie behaupten, daß Stedland Sie um Ihre Ersparnisse gebracht habe und daß Sie in sein Haus einbrachen, um die Bestrafung dieses Mannes selbst in die Hand zu nehmen und Ihr Geld und ein Schriftstück wieder zu erhalten. Sie sind zwar nicht näher auf den Charakter dieses Schriftstückes eingegangen, haben aber vorgebracht, daß es die Schuld Mr. Stedlands beweisen würde. Solche Behauptungen können nicht ernstlich von einem Gerichtshof in Betracht gezogen werden. Ihre Geschichte klingt so, als ob Sie von diesen berühmten, besser, berüchtigten Leuten gelesen hätten, die man die „Vier Gerechten" nennt. Sie trieben ihr Wesen vor einigen Jahren, aber nun ist ihrer Tätigkeit glücklicherweise Einhalt geboten. Sie hatten sich die Aufgabe gesetzt, dort zu strafen, wo das Gesetz versagte. Es ist eine maßlose Überheblichkeit, anzunehmen, daß das Gesetz jemals versagt. Sie haben ein verdammenswertes Verbrechen begangen, und besonders der Umstand, daß Sie im Augenblick Ihrer Verhaftung im Besitz einer geladenen Schußwaffe waren, fällt bei der Beurteilung Ihrer Tat erschwerend ins Gewicht. Ich verurteile Sie zu sieben Jahren Zuchthaus."

Jeffrey Storr verneigte sich, und ohne noch einen Blick auf die junge Frau zu werfen, wandte er sich kurz um und stieg die Stufen hinunter, die zu den Zellen führten.

Die beiden fremdländisch aussehenden Herren, die das Interesse und den Unwillen des Angeklagten erregt hatten, waren die ersten, die den Saal verließen.

Als sie auf der Straße angelangt waren, blieb der Größere der beiden stehen.

„Wir wollen auf die Frau warten“, sagte er.

„Ist er mit ihr verheiratet?“ fragte der Kleinere.

„Ja, sie haben in der Woche geheiratet, in der er törichterweise sein Geld fortgab. Es war doch ein merkwürdiger Zufall, daß der Richter gerade heute die „Vier Gerechten“ erwähnte.“

Der andere lächelte.

„In demselben Gerichtssaal wurdest du zum Tode verurteilt, Manfred.“

„Ich war neugierig, ob sich der alte Gerichtsdiener noch auf mich besinnen würde. Man sagt, daß er kein Gesicht vergißt, das er einmal gesehen hat, selbst nach vielen Jahren nicht. Aber scheinbar hat es Wunder gewirkt, daß ich meinen Bart abnahm. Ich habe den Mann sogar angeredet, ohne daß er etwas merkte. Aber hier kommt sie.“

Glücklicherweise war die junge Frau allein. Ein schönes Gesicht, dachte Gonsalez, der Jüngere von beiden. Sie trug den Kopf hoch und stolz und weinte nicht. Gonsalez und Manfred folgten ihr zur Newgate Street, und als sie die Straße nach Hatton Garden überquerte, redete Manfred sie an.

„Entschuldigen Sie bitte, Mrs. Storr.“

Sie wandte sich um und sah den Fremden argwöhnisch an.

„Wenn Sie ein Reporter sind –“, begann sie.

„Das bin ich nicht“, erwiderte Manfred lächelnd. „Auch bin ich nicht einmal ein Freund Ihres Mannes, obgleich ich eigentlich vorhatte, Ihnen das vorzulügen. Dann hätte ich wenigstens eine Entschuldigung dafür gehabt, daß ich Sie hier auf der Straße anspreche.“

Seine Offenherzigkeit machte Eindruck auf sie.

„Ich möchte nicht über Jeffrey sprechen“, sagte sie. „Ich habe nur den einen Wunsch, allein zu sein.“

„Das kann ich verstehen“, meinte er mitfühlend. „Aber ich wünschte, ich wäre ein Freund Ihres Mannes, vielleicht könnte ich ihm helfen. Die Geschichte, die er vor Gericht erzählte, ist wahr – das ist doch auch deine Ansicht, Leon?“

„Sie ist ganz bestimmt wahr“, bestätigte Gonsalez. „Ich habe besonders seine Augenlider betrachtet. Wenn ein Mann lügt, zwinkert er bei jeder Wiederholung seiner unwahren Behauptung. Hast du noch nicht bemerkt, George, daß Männer nicht lügen können, wenn ihre Hände zusammengepreßt sind, daß aber Frauen die Hände dabei falten?“

Mrs. Storr sah Gonsalez verwirrt an. Sie war nicht in der Stimmung, einen Vortrag über die Physiologie des Ausdrucks über sich ergehen zu lassen. Selbst wenn sie gewußt hätte, daß Leon Gonsalez der Verfasser dreier großer Bücher war, die sich den besten Werken Lombrosos oder Mantegazzas an die Seite stellten, hätte sie ihm nicht zugehört.

Manfred unterbrach seinen Freund.

„Wir glauben wirklich, Mrs. Storr, daß wir Ihren Mann befreien und seine Unschuld beweisen können. Aber wir müssen soviel Material über den Fall sammeln, wie es nur möglich ist.“

Sie zögerte einen Augenblick.

„Ich wohne in der Grays Inn Road – vielleicht haben Sie die Güte, mich zu begleiten . . .

Mein Rechtsanwalt glaubt nicht, daß es Zweck hat, Berufung einzulegen“, fuhr sie fort, als die beiden Freunde sie in die Mitte genommen hatten und neben ihr hergingen.

Manfred schüttelte den Kopf.

„Das Berufungsgericht würde das Urteil nur bestätigen“, sagte er ruhig. „Wenn Sie keine anderen Beweise vorbringen können als heute, ist es unmöglich, Ihren Mann zu retten.“

Sie sah ihn enttäuscht an, und er merkte, daß sie den Tränen nahe war.

„Ich dachte ... Sie sagten doch ...?“ begann sie unsicher.

Manfred nickte. „Wir kennen Stedland und –“

„Das Merkwürdigste an Erpressern ist doch, daß die Schädelerhöhung am Eintrittspunkt des Okziptalnervs bei ihnen kaum bemerkbar ist“, unterbrach Gonsalez die Unterhaltung nachdenklich.

„Mein Freund ist eine Autorität auf dem Gebiet der Schädelkunde.“ George Manfred lächelte entschuldigend. „Ja, wir kennen Stedland. Seine Verbrechen sind uns von Zeit zu Zeit berichtet worden. Erinnerst du dich an den Fall Wellingford, Leon?“

Gonsalez nickte.

„Dann sind Sie wohl Detektive?“ fragte Mrs. Storr.

Manfred lachte leise.

„Nein, wir sind keine Detektive – wir interessieren uns nur für Verbrechen. Ich glaube, wir haben die besten und vollständigsten Akten in der ganzen Welt über Verbrecher, die nicht bestraft wurden.“

Sie gingen eine Weile schweigend nebeneinander her.

„Stedland ist ein böser Mensch.“ Gonsalez nickte, als ob ihm erst jetzt diese Erleuchtung gekommen wäre. „Hast du seine Ohren beobachtet? Sie sind ungewöhnlich lang, und die äußeren Ränder sind zugespitzt. Es sind richtige Verbrecherohren!“

Die Wohnung von Mrs. Storr war klein, notdürftig eingerichtet und zeigte das typische Aussehen möblierter Mietsräume. Manfred sah sich in dem engen Speisezimmer um.

Die junge Frau, die Mantel und Hut abgelegt hatte, kam jetzt zurück und setzte sich zu den beiden Freunden, die sie schon gebeten hatte, Platz zu nehmen.

„Es wird mir klar, daß ich dabei bin, mein Geheimnis zu verraten“, sagte sie mit einem schwachen Lächeln. „Aber ich fühle, daß Sie mir wirklich helfen wollen, und ich habe merkwürdigerweise auch die Überzeugung, daß Sie es können. Die Polizeibeamten waren recht freundlich zu uns und haben uns geholfen, wo sie konnten. Wahrscheinlich hatten sie Mr. Stedland schon seit längerer Zeit im Verdacht und hofften, daß wir ihnen die nötigen Beweise zu seiner Überführung liefern könnten. Als sich diese Hoffnung aber nicht erfüllte, blieb ihnen nichts anderes übrig, als Anklage gegen meinen Mann zu erheben. Was soll ich Ihnen nun erzählen?"

„Die Geschichte, die vor Gericht verschwiegen wurde", erwiderte Manfred.

Sie war einige Zeit ruhig und sammelte sich.

„Nun gut, ich will Ihnen alles mitteilen", sagte sie dann. „Bis jetzt kennt nur der Rechtsanwalt meines Mannes den wahren Sachverhalt. Aber ich glaube, daß auch er daran zweifelt. Und wenn er uns nicht einmal glaubt", rief sie verängstigt, „wie kann ich erwarten, Sie zu überzeugen?"

„Haben Sie keine Sorge, Mrs. Storr, wir sind schon überzeugt", entgegnete Gonsalez, der sie interessiert angesehen hatte. Manfred nickte.

Wieder entstand eine Pause. Es fiel ihr sichtlich schwer, mit ihrem Bericht zu beginnen, und Manfred vermutete, daß sie irgendwie dadurch bloßgestellt wurde. Diese Annahme bestätigte sich auch.

„Als junges Mädchen besuchte ich eine große Töchterschule in Sussex; ich glaube, es waren mehr als zweihundert Schülerinnen dort. Ich will mich keineswegs für irgend etwas entschuldigen, was ich damals tat", fuhr sie schnell fort. „Ich verliebte mich in einen jungen Burschen – er war der Sohn eines Fleischers! Das klingt schrecklich, nicht wahr? Aber Sie müssen bedenken, daß ich noch ein Kind und sehr empfänglich für alles Neue und Ungewöhnliche war – ach, ich weiß, es ist fürchterlich, aber ich traf ihn gewöhnlich nach der Andacht in dem Garten hinter dem großen Versammlungssaal. Er stieg immer über die Mauer, und wir plauderten dann miteinander, manchmal eine ganze Stunde lang. Es war aber nur eine Mädchenschwärmerei, und ich weiß wirklich nicht, warum ich damals eine solche Dummheit beging."

„Mantegazza erklärt derartige Dinge sehr genau in seiner „Psychologie der Liebe““, sagte Leon Gonsalez halb für sich. „Aber verzeihen Sie, daß ich Sie unterbrochen habe.“

„Es war weiter nichts als eine Freundschaft zwischen Kindern. Ich sah zu ihm auf wie zu einem Helden und hielt ihn für den Inbegriff aller Männlichkeit. Er muß auch wirklich der beste und schönste aller Fleischerjungen gewesen sein“, meinte sie lächelnd. „Er hat mir niemals ein böses Wort gesagt und war immer sehr gut zu mir. Unsere Freundschaft hörte nach einem oder zwei Monaten von selbst wieder auf, und die ganze Geschichte wäre damit zu Ende gewesen, wenn ich nicht so töricht gewesen wäre, Briefe an ihn zu schreiben. Es waren ganz gewöhnliche, dumme Liebesbriefe, sie waren auch ganz unschuldig – wenigstens erschienen sie mir damals so. Wenn ich sie allerdings heute, von meinem jetzigen Standpunkt aus, lese, bleibt mir der Atem weg, was ich damals alles geschrieben habe.“

„Dann haben Sie die Briefe also noch?“ fragte Manfred.

„Nein. Ich meinte eigentlich nur einen bestimmten Brief, und auch davon besitze ich nur eine Kopie, die mir Mr. Stedland gegeben hat. Dieser eine Brief, der nicht vernichtet wurde, fiel nämlich in die Hände der Mutter des Jungen. Sie war sehr aufgebracht und trug ihn zu der Hauptlehrerin, die viel Aufhebens davon machte. Sie drohte mir, an meine Eltern zu schreiben, die damals in Indien waren. Als ich aber feierlich versprach, unserer Freundschaft ein Ende zu machen, beruhigte sie sich und vertuschte die Sache schließlich. Wie der Brief in Stedlands Besitz kam, weiß ich nicht. Ich hörte von diesem Mann erst eine Woche vor meiner Hochzeit. Jeff hatte ungefähr zweitausend Pfund erspart, und wir waren gerade im Begriff, uns zu verheiraten, als uns plötzlich dieser Schlag wie ein Blitz aus heiterem Himmel traf. Ich erhielt einen Brief von einem ganz unbekannten Mann, in dem ich aufgefordert wurde, ihn in seinem Büro aufzusuchen. So kam ich zum erstenmal mit diesem Schuft in Berührung. Seinen Brief sollte ich zu der Unterredung wieder mitbringen. Ich war neugierig, was er von mir wollte und ging tatsächlich nach seinem kleinen Büro in der Nähe der Regent Street. Ich brauchte nicht lange auf die Aufklärung zu warten. Nachdem er mir sein Schreiben wieder abgenommen hatte, erklärte er mir freiheraus, warum er mich bestellt hatte."

Manfred nickte.

„Er wollte Ihnen natürlich den Brief verkaufen – wieviel verlangte er?"

„Zweitausend Pfund. Das war ja die teuflische Gemeinheit", sagte die junge Frau heftig erregt. „Er wußte fast auf den Pfennig genau, wieviel Jeff sich erspart hatte."

„Hat er Ihnen damals den Brief gezeigt?"

„Nein, nur eine Fotokopie davon, und als ich den Brief dann wieder las und zu meinem Schrecken gewahr wurde, welche Schlußfolgerungen man aus diesem unschuldigen Schreiben ziehen konnte, packte mich ein furchtbares Entsetzen. Es blieb mir nichts anderes übrig, als Jeff alles zu sagen, denn Mr. Stedland hatte gedroht, Fotokopien des Briefes an alle unsere Freunde und an Jeffreys Onkel zu schicken, der meinen Mann zum einzigen Erben eingesetzt hatte. Zum Glück wußte Jeffrey schon alles, was sich damals in der Schule zugetragen hatte, und ich brauchte deshalb seinen Argwohn und Verdacht nicht zu fürchten. Jeffrey ging zu Stedland, und ich glaube, daß sie in heftigen Streit gerieten. Aber Stedland ist trotz seiner Jahre ein großer, starker Mann, und Jeffrey unterlag in dem Kampf. Das Ende der Sache war, daß Jeff versprach, den Brief für zweitausend Pfund unter der Bedingung zu kaufen, daß Stedland ihm auf eine leere Seite des Schreibens eine Quittung über diese Summe gab. Das bedeutete den Verlust all seiner mühsamen Ersparnisse, es bedeutete auch die Verzögerung unserer Verheiratung. Aber Jeffrey wollte sein Versprechen unter allen Umständen halten. Mr. Stedland wohnt in einem großen Haus in der Nähe von Clapham Common –"

„148 Park View West", unterbrach Manfred.

„Sie wissen es?" fragte sie erstaunt. „Ja, dorthin mußte Jeffrey gehen, um das Geschäft abzuschließen. Mr. Stedland öffnete die Haustür selbst und führte Jeff zu seinem Arbeitszimmer im ersten Stock. Mein Mann erkannte, daß es nutzlos war, mit diesem Menschen noch zu rechten oder ihn zu bitten, und bezahlte das Geld nach Stedlands Anweisung in amerikanischen Banknoten –“

„Die natürlich viel schwieriger zu verfolgen sind“, warf Manfred dazwischen.

„Dann holte Stedland den Brief, schrieb die Quittung auf die leere Seite, löschte sie ab und legte das Schreiben in einen Umschlag, den er meinem Mann gab. Als Jeffrey zu Hause das Kuvert öffnete, fand er nur einen leeren Briefbogen darin.“

„Der Betrüger hat ihn übers Ohr gehauen“, sagte Manfred.

„Denselben Ausdruck gebrauchte auch Jeffrey. Und nun entschloß er sich zu dieser verzweifelten, wahnsinnigen Tat. Sie haben doch sicher schon von den „Vier Gerechten“ gehört?“

„Ja, ich habe von ihnen gehört“, antwortete Manfred ernst.

„Mein Mann glaubt an ihre Methoden und bewundert sie sehr. Er hat wohl alles gelesen, was jemals über sie geschrieben wurde. Eines Abends, zwei Tage nach unserer Hochzeit – ich hatte darauf bestanden, daß wir uns sofort trauen ließen, nachdem ich die Lage überschaute –, kam er zu mir und sagte: „Grace, ich werde jetzt die Methoden der Vier Gerechten gegen Stedland anwenden.“ Er weihte mich in seine Pläne ein. Offenbar hat er Stedlands Haus genau beobachtet und ausgekundschaftet, denn er wußte, daß außer Stedland und seinem Diener niemand dort schlief. Er hatte sich einen Plan ausgedacht, wie er in das Haus kommen konnte. Mein armer Jeffrey – er hatte als Einbrecher wenig Erfolg. Sie haben ja heute gehört, wie es ihm schließlich gelang, in Stedlands Zimmer einzudringen. Er hat wohl gehofft, den Mann mit seinem Revolver einzuschüchtern.“

Manfred schüttelte den Kopf.

„Stedland ist einer der bekanntesten und gefürchtetsten Revolverhelden in Südafrika gewesen. Er ist der gewandteste und schnellste Schütze, den ich kenne, und er trifft unfehlbar. Natürlich hat er Ihren Mann sofort mit seinem Revolver bedroht, bevor der überhaupt seine Tasche erreichen konnte, um die eigene Waffe zu ziehen."

„Das ist meine Geschichte", sagte Mrs. Storr ruhig. „Wenn Sie Jeff helfen können, werde ich Ihnen mein ganzes Leben lang dankbar sein."

Manfred erhob sich langsam.

„Es war ein wahnsinniges Unternehmen. Ihr Mann hätte sich sagen sollen, daß Stedland ein ihn so belastendes Dokument nicht in seiner Wohnung aufbewahren würde, da er doch mindestens sechs Stunden am Tag nicht zu Hause ist. Vielleicht war der Brief auch vernichtet, obwohl das unwahrscheinlich ist. Stedland wird ihn zu späterem Gebrauch aufgehoben haben. Erpresser sind große Menschenkenner, und er weiß, daß er aus Ihrem Brief noch Geld machen kann. Aber sollte dieser Brief noch existieren –"

„Sollte er noch existieren ...", wiederholte sie mit zitternden Lippen. Sie hatte sich lange tapfer aufrecht gehalten, aber nun kam die Reaktion.

„Dann wird er in einer Woche in Ihren Händen sein", sagte Manfred, und mit diesem Versprechen verabschiedeten sich die beiden von ihr.

Mr. Noah Stedland hatte das Gerichtsgebäude an diesem Nachmittag nicht in der besten Stimmung verlassen. Er war nur damit zufrieden, daß er das Haus durch den allgemeinen Ausgang verlassen konnte und nicht in eine der Gefängniszellen abgeführt worden war. Er ließ sich nicht leicht erschrecken, aber er war empfänglich für gewisse Unterströmungen. Es schien ihm, daß die sorgfältig gewählten Worte des Richters weniger nach dem Wortlaut als nach dem Ton eine versteckte Anklage gegen ihn selbst enthielten. Aber auch nachdem er sich darüber klargeworden war, verließ ihn das drückende Gefühl nicht. Er besaß ein beträchtliches Vermögen, das er bei verschiedenen Gelegenheiten zusammengerafft hatte. Manchmal war es plötzlich um bedeutende Summen angewachsen. Er war in seinen Unternehmungen immer erfolgreich gewesen, da er sich niemals von der Stimme des Gewissens oder des Mitleids hatte beeinflussen lassen. Das Leben war für diesen großen, breitschultrigen Mann mit der fahlen Gesichtsfarbe weiter nichts als ein Spiel. Und Jeffrey Storr, gegen den er persönlich keinen Groll hegte, hatte in diesem Spiel eben verloren.

Stedland konnte ohne die geringste Erregung daran denken, daß Storr nun in Sträflingskleidern lange Jahre ein schreckliches Leben im Gefängnis führen mußte. Derartige Vorstellungen riefen kein anderes Gefühl in ihm hervor als das eines Spielers, der den Zusammenbruch seines Gegners gelassen und gleichgültig beobachtet.

Er öffnete die Tür seines schmalen Hauses selbst und schloß sie wieder, indem er den Schlüssel zweimal umdrehte. Dann stieg er die mit einem abgetretenen Läufer bedeckte Treppe hinauf und ging in sein Arbeitszimmer. Die Geister der armen Menschen, deren Leben er vernichtet hatte, hätten ihm den Aufenthalt in diesem Raum unerträglich machen müssen, aber Mr. Stedland glaubte nicht an Geister. Er fuhr mit dem Finger über die staubige Platte eines Mahagonitisches und schimpfte über die gutbezahlte Aufwartefrau, die für diese Nachlässigkeit verantwortlich war.

Er hielt eine große Zigarre zwischen seinen goldplombierten Zähnen, lehnte sich in seinen Sessel zurück und versuchte wieder, sich über dieses merkwürdige Gefühl klarzuwerden, das ihn in dem Gerichtssaal gequält hatte. Weder die Haltung des Richters noch die heftigen Angriffe des Verteidigers beschwerten ihn, ebensowenig die Möglichkeit, daß die Mitwelt ihn verurteilen könnte. Auch das Los des Verurteilten oder der bleichen, abgehärmten Frau bedrückte ihn nicht. Und doch war er ängstlich geworden und hatte sich unruhig umgesehen.

Als er eine halbe Stunde lang in Gedanken versunken geraucht hatte, läutete die Glocke an der Haustür, und er ging hinunter, um zu öffnen. Der Mann, der vor der Tür stand, lächelte verlegen. Er war der Angestellte Mr. Stedlands und versah zu gleicher Zeit alle Pflichten vom Hausmeister bis zum Laufburschen für seinen Herrn.

„Komm herein, Jope“, sagte Mr. Stedland und schloß die Tür hinter ihm. „Geh in den Keller und bringe mir eine Flasche herauf.“

„Wie waren Sie mit meiner Aussage zufrieden?“ Der Diener grinste erwartungsvoll.

„Verrückter Kerl!“ brummte Stedland. „Was sollte denn das, daß du sagst, du hättest mich um Hilfe rufen hören?“

„Nichts für ungut, Herr, ich wollte nur die Sache für den Angeklagten ein wenig schlimmer machen“, erklärte Jope unterwürfig.

„Ich – um Hilfe rufen!“ Mr. Stedland lachte höhnisch. „Denkst du denn, ich würde so einen Lumpenkerl wie dich zu Hilfe rufen? Bei einer wirklichen Prügelei würdest du ja viel nützen! Hol den Whisky!“

Als Jope kurz darauf mit einer Flasche und einem Siphon Sodawasser nach oben kam, schaute Stedland mürrisch zum Fenster hinaus. Man konnte von dort aus auf einen kleinen ungepflegten Garten sehen, der von einer hohen Mauer umgeben war. Dahinter lag ein Gelände, auf dem ein halbvollendetes Gebäude stand. Während des Baues war der Unternehmer pleite gegangen, und Mr. Stedland ärgerte sich jedesmal, wenn er die Ruine sah, denn der Grund und Boden, auf dem sie stand, gehörte ihm.

Plötzlich wandte er sich um.

„Jope, war irgend jemand im Gerichtssaal, den wir kannten?“

„Nein, Mr. Stedland“, erwiderte der Mann erstaunt. „Niemand mit Ausnahme des Polizeiinspektors –“

„Ach, den meine ich nicht“, rief Mr. Stedland ungeduldig. „Ich kannte alle Detektive, die dort waren. Hast du nicht sonst jemand gesehen, der etwas gegen uns hat?“

„Nein, Mr. Stedland. Hat es denn überhaupt etwas zu sagen, ob einer dort war?“ fragte Jope kühn. „Denen sind wir doch stets gewachsen, von denen kann uns doch keiner.“

„Wie lange sind wir schon beisammen?“ brummte Stedland unfreundlich, als er sich ein Glas Whisky einschenkte.

Jope lächelte schmeichlerisch.

„Nun ja, wir sind schon eine ganze Weile beieinander, Mr. Stedland."

Der große Mann wischte sich die Lippen ab und schaute wieder zum Fenster hinaus.

„Ja, das stimmt", sagte er nach einiger Zeit. „Es ist schon lange her. Du hättest tatsächlich deine Strafe jetzt beinahe abgesessen, wenn ich der Polizei vor sieben Jahren erzählt hätte, was ich von dir wußte –"

Jope fühlte sich unbehaglich und wechselte sofort das Gesprächsthema. Er hätte sich sagen können, daß die siebenjährige Gefängnisstrafe von Mr. Stedland in eine lebenslängliche Sklaverei umgewandelt worden war, aber so weit reichten die Gedanken Mr. Jopes nicht.

„Ist noch etwas auf der Bank zu erledigen?" fragte er diensteifrig.

„Sei doch kein Dummkopf! Die Bank schließt um drei Uhr." Stedland wandte sich plötzlich zu ihm um. „In Zukunft mußt du in der Küche schlafen."

„In der Küche?"

Stedland nickte bestätigend.

„Ich möchte nicht wieder von einem nächtlichen Besucher überrascht werden. Dieser Kerl war in meinem Zimmer, bevor ich wußte, was los war. Und hätte ich nicht ein Schießeisen zur Hand gehabt, so hätte er mich überwältigt. Der einzige Weg, auf dem jemand in dieses Haus einbrechen kann, führt durch die Küche, und ich habe eine Ahnung, daß in der nächsten Zeit etwas passiert."

„Der sitzt doch jetzt im Zuchthaus."

„Von dem rede ich doch gar nicht", fuhr ihn Stedland an. „Ich denke, du hast jetzt begriffen, daß du dein Bett in der Küche aufschlagen sollst."

„Es ist aber so zugig dort –" begann Jope.

„Du stellst dein Bett in der Küche auf!" schrie Stedland und schaute den Mann böse an.

„Jawohl, gewiß", sagte Jope schnell.

Als der Diener gegangen war, zog Stedland seinen Rock aus und schlüpfte in eine fleckige Hausjacke aus Alpaka. Dann schloß er den Geldschrank auf und nahm sein Bankbuch heraus. Er setzte sich in seinen Stuhl, blätterte zufrieden die Seiten um und träumte von einer großen Plantage in Südamerika und von einem angenehmen und ruhigen Leben. Durch zwölfjährige harte Arbeit in London hatte er ein großes Vermögen zusammengebracht. Er war stets vorsichtig zu Werk gegangen und immer auf seiner Hut gewesen. Alle seine Erpressungen hatte er in geschäftsmäßiger Weise durchgeführt, so daß man ihm nichts nachweisen konnte. Sein Konto bei der Privatbank von Sir William Molbury & Co. war eins der größten. Diese Bank war in der City bekannt wegen ihrer verschwiegenen und geheimnisvollen Geschäftsführung, und aus diesem Grund hatte auch Mr. Stedland sein Konto dort eingerichtet. Außerdem gehörte Molburys Firma zu den altmodischen Banken, die stets große Reserven an barem Geld in ihren Schränken verwahren. Auch dieser Umstand kam Mr. Stedland sehr gelegen, denn er konnte immerhin einmal in die Lage kommen, seine Mittel in kürzester Zeit zusammenraffen zu müssen.

Der Abend und die Nacht gingen vorüber, ohne daß sich unangenehme Zwischenfälle ereigneten. Nur Mr. Jope hatte eine etwas heisere Stimme bekommen und meldete seinem Herrn, als er ihm am Morgen den Tee brachte, daß es über Nacht sehr kalt in der Küche gewesen sei und daß er kaum habe schlafen können.

„Nimm dir mehr Decken“, erwiderte Stedland kurz.

Nach dem Frühstück verließ er das Haus und machte sich auf den Weg nach seinem Büro in der City. Mr. Jope blieb im Haus zurück, um die Aufwartefrau bei ihren Arbeiten zu beaufsichtigen. Er teilte ihr auch im Auftrag seines Herrn mit, daß ihr Gehalt hoch genug sei und daß es sehr viele gute Aufwartefrauen ohne Beschäftigung in der Stadt gäbe. Wenn sie das Arbeitszimmer nicht besser abstauben würde, könnte es unangenehme Konsequenzen für sie haben.

Um elf Uhr vormittags kam ein gediegen aussehender, älterer Herr, der einen Zylinder trug. Jope öffnete ihm die Haustür und fragte nach seinen Wünschen.

„Ich komme von der Depositenbank“, sagte der Fremde.

„Von welcher Depositenbank?“ fragte Jope argwöhnisch.

„Von der Fetter Lane Depositenbank. Ich möchte nur feststellen, ob der Herr nicht das letztemal, als er zu uns kam, seinen Schlüssel steckenließ.“

Jope schüttelte den Kopf.

„Wir haben überhaupt nichts mit Depotbanken zu tun“, sagte er mit Nachdruck. „Und außerdem würde mein Herr wohl niemals einen Schlüssel in einem Geldschrank auf der Bank steckenlassen.“

„Entschuldigen Sie, dann bin ich sicher an ein falsches Haus geraten“, meinte der ältere Herr lächelnd. „Ist dies nicht die Wohnung von Mr. Smithson?“

„Nein“, erwiderte Jope unliebenswürdig und schlug ihm die Tür vor der Nase zu.

Der Besucher ging die Stufen zur Straße wieder hinunter und traf an der Ecke einen anderen Herrn.

„Sie haben nichts mit Depotbanken zu tun, Manfred“, sagte er.

„Das habe ich kaum angenommen“, meinte der Größere von den beiden. „Ich bin davon überzeugt, daß er alle seine Dokumente und Schriftstücke auf seiner Bank hat. Hast du den Diener Jope getroffen?“

„Ja“, erwiderte Gonsalez nachdenklich. „Der Mensch hat ein interessantes Gesicht. Schwach entwickeltes Kinn, aber ganz normale Ohren. Die Stirn flieht nach hinten, und soweit ich es beurteilen kann, ist. er ein charakteristischer Spitzschädel.“

„Armer Jope!“ sagte Manfred, ohne zu lächeln. „Aber jetzt wollen wir auf das Wetter achten, Leon. Vom Golf von Biskaya rückt ein Antizyklon heran. In Eastbourne spürt man seine wohltätigen Wirkungen schon.

Wenn er sich in den nächsten drei Tagen wirklich nach London hin ausbreitet, können wir Mrs. Storr gute Nachricht bringen.“

„Das glaube ich auch“, stimmte Gonsalez zu. Sie gingen zu ihrer Wohnung in der Jermyn Street zurück. „Eine Möglichkeit, diesen Kerl einfach zu überfallen, gibt es wohl nicht?“

Manfred schüttelte den Kopf.

„Ich möchte noch nicht sterben“, sagte er, „und ich würde bestimmt mit meinem Lebensende rechnen müssen, denn Noah Stedland ist ein ungemütlich schneller und genauer Schütze.“

Manfreds Prophezeiung ging zwei Tage später in Erfüllung. Der Einfluß des Antizyklons dehnte sich über London aus, und ein dünner, gelber Schleier breitete sich über die Stadt. Am Nachmittag heiterte sich das Wetter auf, wie Manfred zufrieden feststellte. Doch schien es, als ob sich der Nebel nicht vor Einbruch der Nacht zerstreuen würde.

Mr. Stedlands Büro in der Regent Street war nur klein, aber sehr gut eingerichtet. Auf der Glastür stand unter seinem Namen das bedeutungsvolle Wort: Finanzier. Tatsächlich war Stedland auch als Geldverleiher ins Handelsregister eingetragen. Dieses Geschäft war sehr einträglich und vorteilhaft für ihn, denn was Stedland, der Geldverleiher, an Geheimnissen erfuhr, konnte der Erpresser Stedland ausnützen. Es war keine ungewöhnliche Erscheinung, daß Mr. Stedland Summen zu hohen Prozentsätzen auslieh, die zur Zahlung seiner eigenen erpresserischen Forderungen bestimmt waren. Auf diese Weise konnte er einen doppelten Druck auf seine Opfer ausüben.

Nachmittags meldete sein Clerk einen Besucher an.

„Ein Herr oder eine Dame?“

„Ein Herr“, erwiderte der Angestellte. „Ich glaube, er ist von der Molbury-Bank.“

„Kennen Sie ihn?“

„Nein, aber er kam schon gestern, als Sie fortgegangen waren, und fragte, ob Sie die Bankabrechnung bekommen hätten.“

Mr. Stedland nahm eine Zigarre aus der Kiste, die auf dem Tisch stand, und zündete sie an.

„Führen Sie ihn herein“, sagte er dann.

Er erwartete nichts Aufregenderes, als daß ihm der nichthonorierte Scheck eines seiner Kunden präsentiert würde.

Der Mann, der ins Zimmer trat, war offensichtlich in großer Erregung. Er schloß die Tür hinter sich zu und blieb dann stehen, während er nervös mit seinem Hut spielte.

„Nehmen Sie Platz“, sagte Stedland. „Nehmen Sie auch eine Zigarre, Mr. –“

„Curtis“, erwiderte der andere heiser. „Danke sehr, ich bin Nichtraucher.“

„Nun, was kann ich für Sie tun?“

„Ich möchte Sie kurz in einer privaten Angelegenheit sprechen.“ Bei diesen Worten schaute er ängstlich auf die Glastür, die Mr. Stedlands Büro von dem kleinen Raum trennte, in dem seine Angestellten arbeiteten.

„Sie können ganz unbesorgt sein“, meinte Stedland belustigt. „Ich kann Ihnen dafür garantieren, daß die Scheidewand schallsicher ist. Was haben Sie denn für Sorgen?“

Er vermutete, daß der Mann in einer augenblicklichen Geldverlegenheit steckte, und ein Bankbeamter in solcher Lage konnte sehr nützlich für die Zukunft sein.

„Ich weiß kaum, wie ich anfangen soll, Mr. Stedland“, sagte der Mann und setzte sich schüchtern auf die Ecke eines Stuhles. Sein Gesicht zuckte nervös. „Es ist eine schreckliche Geschichte, einfach furchtbar.“

Stedland hatte schon oft von solchen furchtbaren Dingen gehört. Manchmal bedeuteten sie nicht mehr, als daß sein Besucher vom Gerichtsvollzieher bedroht und ängstlich bemüht war, seinen Arbeitgeber nichts davon erfahren zu lassen. Zuweilen waren die Geständnisse auch schwererer Art.

„Erzählen Sie mir nur alles“, sagte er aufmunternd. „Mich können Sie nicht so leicht aus der Fassung bringen!“

Diese Äußerung war jedoch ein wenig voreilig.

„Ich bin nicht meinetwegen so in Sorge, sondern wegen meines Bruders John Curtis, der seit zwanzig Jahren Kassierer bei der Bank ist“, erwiderte der Mann aufgeregt. „Ich hatte nicht die geringste Ahnung, daß er in Schwierigkeiten war, aber er hat an der Börse spekuliert und hat es mir erst heute gesagt. Es ist entsetzlich – ich fürchte, er wird sich das Leben nehmen. Er ist ganz zusammengebrochen.“

„Was hat er denn getan?“ Stedland wurde ungeduldig.

„Er hat sich an den Geldern der Bank vergriffen, mein Herr“, sagte Curtis heiser. „Wäre das vor zwei Jahren passiert, so wäre es nicht so schlimm gewesen, aber gerade jetzt, wo die Geschäfte so schlecht gehen und wir uns die größte Mühe geben müssen, unsere Bilanz in Ordnung zu bringen ich darf nicht daran denken, welche Folgen das noch haben wird.“

„Wieviel hat er denn genommen?“ fragte Stedland schnell.

„Hundertfünfzigtausend Pfund!“

Stedland sprang erregt auf.

„Hundertfünfzigtausend Pfund?“ rief er ungläubig.

„Jawohl, mein Herr. Ich kam zu Ihnen, um Sie zu bitten, ein gutes Wort für ihn einzulegen. Sie sind doch einer der besten Kunden der Bank, und man hält viel auf Sie!“

„Was, ich soll auch noch ein gutes Wort für ihn einlegen!“ schrie Stedland. Aber plötzlich wurde er wieder ruhig. Er erfaßte die Situation sofort und überdachte die Möglichkeiten. Schnell schaute er auf die Uhr – es war Viertel vor drei.

„Weiß in der Bank schon jemand etwas davon?“

„Nein, noch niemand, aber es ist meine Pflicht, dem Generaldirektor die ganze traurige Geschichte zu erzählen. Nach Geschäftsschluß werde ich ihn bitten, mir eine Privatunterredung zu gewähren und dann –“

„Gehen Sie jetzt zur Bank zurück?“

„Ja“, sagte Curtis überrascht.

„Nun hören Sie einmal zu, mein Freund.“ Stedlands Gesichtszüge waren hart und undurchdringlich geworden. Er nahm zwei Banknoten aus seiner Brieftasche. „Hier haben Sie zwei Fünfzigpfundnoten – nehmen Sie die und gehen Sie nach Hause.“

„Aber ich muß wieder zur Bank zurück – man wird sich wundern –“

„Das ist ganz gleich, ob man sich wundert. Sie haben doch genügend Entschuldigungsgründe, wenn die ganze Sache herauskommt. Wollen Sie tun, was ich Ihnen sage und jetzt sofort nach Hause gehen?“

Der Mann nahm die beiden Banknoten zögernd.

„Ich weiß nicht, was Sie –“

„Das hat nichts zu sagen, was ich unternehmen werde. Ich habe Ihnen das Geld gegeben, damit Sie den Mund halten und nach Hause gehen. Können Sie denn nicht verstehen?“

„Ja – ich verstehe.“ Curtis schwankte mit unsicheren Schritten aus dem Zimmer.

Fünf Minuten später öffneten sich die Glastüren der Molbury-Bank vor Mr. Stedland. Er ging sofort zur Kasse. Vornehme Ruhe herrschte in den Geschäftsräumen. Der Kassier, der ihn persönlich kannte, trat lächelnd zu ihm.

Stedland reichte ihm ein Blatt Papier. Der Mann sah es verwundert an und runzelte die Stirn.

„Das ist ja fast Ihr ganzes Guthaben bei uns, Mr. Stedland?“

„Ja, ich muß sehr eilig verreisen und komme vor zwei Jahren nicht zurück. Aber es bleibt doch noch genügend, um mein Konto aufrechtzuerhalten."

Es war allgemein bekannt, daß die Firma Molbury & Co. bei solchen Gelegenheiten keine Schwierigkeiten machte.

„Dann wollen Sie wahrscheinlich auch den Inhalt Ihres Safes mitnehmen?" fragte der Kassier höflich.

„Ja, bitte."

So erhielt er denn den Zinnkasten von der Bank zurück, den er dort deponiert und in den er von Zeit zu Zeit weitere Dokumente hineingelegt hatte.

Zehn Minuten später verließ er das Haus. Er hatte nahezu hunderttausend Pfund an Banknoten in seinen Taschen untergebracht und hielt einen Zinnkasten in der einen Hand. Mit der anderen beschützte er seine Hüftentasche, denn er war sehr vorsichtig. Dann bestieg er das wartende Taxi.

Als er in Clapham angekommen war, ging er direkt in sein Arbeitszimmer, schloß die Tür hinter sich zu und öffnete den kleinen Geldschrank, in den er zwei dicke Pakete von Banknoten und den Zinnkasten legte. Dann klingelte er nach Jope, und als er ihn kommen hörte, machte er ihm die Tür auf.

„Haben wir noch ein Feldbett hier im Hause?" fragte er.

„Jawohl, Mr. Stedland."

„Dann bringe es hierher. Ich schlafe heute nacht in meinem Arbeitszimmer."

„Ist etwas los?"

„Stelle keine dummen Fragen, sondern tu das, was ich dir sage!"

Morgen wollte er einen anderen sicheren Aufbewahrungsort für sein Vermögen suchen. Er brachte den Abend in seinem Arbeitszimmer zu und legte sich nieder, um zu ruhen, aber nicht, um zu schlafen. Auf dem

Stuhl neben seinem Bett lag ein Revolver. Mr. Stedland war ein vorsichtiger Mann. Aber obwohl er sich fest vorgenommen hatte, kein Auge zuzutun, war er doch bereits eingeschlafen, als ihn Lärm von der Straße her plötzlich wieder weckte.

Von unten klangen die wohlbekannten Glockensignale der Feuerwehr herauf. Scheinbar war ein ganzer Zug unten in der Straße, denn er hörte Motorgeknatter und Stimmengewirr. Jetzt bemerkte er auch einen strengen Brandgeruch im Zimmer, und als er sich umsah, entdeckte er den Widerschein roten Feuers an der Decke. Sofort sprang er aus dem Bett – das halbfertige Gebäude nebenan stand in hellen Flammen. Die Leute waren schon an der Arbeit und bekämpften das Feuer mit mehreren Spritzen. Mr. Stedland lächelte vergnügt. Dieses Feuer würde ihm schöne Summen einbringen, denn er hatte das Bauwerk hoch versichert, und ihm selbst konnte ja nichts passieren.

Plötzlich hörte er unten im Flur lautes Sprechen. Eine tiefe Stimme gab irgendeinen Befehl, und Jope sprach aufgeregt dazwischen. Stedland schloß die Tür auf. In der Diele und auf der Treppe brannten die Lichter. Er schaute über das Geländer und sah Jope, der einen Mantel übergeworfen hatte und vor Kälte zitterte. Er stritt mit einem Feuerwehrmann, der einen großen Helm trug.

„Ich kann auch nichts dafür“, sagte der Mann. „Ich muß eine Schlauchleitung durch eins dieser Häuser legen. Ich kann keine Rücksicht darauf nehmen, daß dieses Haus Ihnen gehört.“

Mr. Stedland wünschte durchaus nicht, daß eine Schlauchleitung durch sein Haus gelegt wurde und hoffte, es so einrichten zu können, daß diese Unannehmlichkeit seinen Nachbarn aufgehalst wurde.

„Kommen Sie doch einen Augenblick herauf, ich möchte einen der Feuerwehrleute sprechen.“

Der Mann mit dem blitzenden Messinghelm stapfte die Treppe geräuschvoll nach oben.

„Tut mir selbst leid“, meinte er, „aber ich muß die Schlauchleitung –“

„Warten Sie einen Augenblick, mein Freund“, entgegnete Mr. Stedland lächelnd. „Ich glaube, wir werden uns gleich verständigt haben. Es gibt doch so viele Häuser in dieser Straße, und mit einer Zehnpfundnote kann man doch eine ganze Weile auskommen, nicht wahr? Treten Sie nur ruhig ein.“

Mr. Stedland ging in sein Zimmer zurück. Der Feuerwehrmann folgte ihm und beobachtete, wie er seinen Geldschrank aufschloß.

„Ich dachte nicht, daß es so leicht sein würde“, sagte er.

Stedland drehte sich erregt um.

„Hände hoch! Und machen Sie keine Schwierigkeiten, sonst ist es aus mit Ihnen, Noah! Ich bin durchaus bereit, Sie umzubringen!“

Noah Stedland sah, daß das Gesicht des Fremden unter dem großen Feuerwehrhelm von einer schwarzen Maske bedeckt war.

„Wer – wer sind Sie denn?“ fragte er heiser.

„Ich bin einer der Vier Gerechten – die man so viel schmäht und die man vor der Zeit totgesagt hat. Und der Tod ist eins meiner Allheilmittel gegen alle Missetaten . . .“

Am nächsten Morgen um neun Uhr saß Mr. Noah Stedland noch in seinem Arbeitszimmer. Das Frühstück stand unberührt vor ihm auf dem Tisch.

Plötzlich kam Jope nach oben und brachte ihm eine böse Nachricht. Gleich hinter ihm trat Polizeiinspektor Holloway mit verschiedenen Polizeibeamten in den Raum.

„Wollen Sie nicht so gut sein und mich auf einen kleinen Spaziergang begleiten?“ fragte der Beamte von Scotland Yard liebenswürdig.

Stedland erhob sich schwerfällig.

„Welche Klage erheben Sie gegen mich?“ fragte er düster.

„Erpressung. Wir haben genug Beweismaterial, um sie an den Galgen zu bringen – wir haben es von einem besonderen Boten erhalten. Sie haben auch Storr ins Unglück gebracht das war besonders niederträchtig von Ihnen!"

„Wissen Sie eigentlich, wer Sie verpfiffen hat?" fragte der Oberinspektor, als Stedland seinen Mantel anzog.

Aber er erhielt keine Antwort. Manfreds letzte Worte, bevor er wieder auf der nebligen Straße verschwunden war, hatten tiefen Eindruck auf Stedland gemacht:

„Wenn wir Sie hätten umbringen wollen, dann hätte Sie der Mann, der sich Curtis nannte, am vorigen Nachmittag leicht töten können. Das wäre ebenso leicht gewesen, wie das Gebäude anzustecken. Und wenn Sie der Polizei irgend etwas von den Vier Gerechten verraten, dann werden wir sie umbringen, selbst wenn Sie hinter den dicksten Gefängnismauern von Petonville sitzen und ein Regiment Soldaten das Gebäude beschützt."

Und irgendwie wußte Mr. Stedland genau, daß sein Feind die Wahrheit sprach. Deshalb schwieg er und sagte nichts. Er sprach auch nicht, als er auf der Anklagebank in Old Bailey saß und zu einer langen Zuchthausstrafe verurteilt wurde.

2. Der Mann mit den grossen Eckzähnen

„Mord ist eigentlich das zufälligste Verbrechen, mein lieber George", sagte Leon Gonsalez zu Manfred. Dabei nahm er seine große Hornbrille ab und schaute ihn sinnend an. Manfred, der Anführer der Vier Gerechten, liebte diesen Gesichtsausdruck seines Freundes und betrachtete ihn sehr vergnügt.

„Poiccart pflegte zu sagen, daß Mord eine sichtbare Äußerung von Hysterie sei", erwiderte er lächelnd. „Aber warum sprichst du beim Frühstück über so gräßliche Dinge?"

Gonsalez setzte seine Brille wieder auf und wandte sich scheinbar aufs neue dem Studium seiner Zeitung zu. Er überhörte seinen Freund nicht absichtlich, sondern sein Geist war, wie George Manfred wohl wußte, so vollständig von seinen Gedanken beschäftigt, daß er die Frage überhaupt nicht vernommen hatte. Er blickte auch in die Zeitung, ohne zu lesen. Plötzlich begann er wieder zu sprechen.

„Achtzig Prozent aller Menschen, die unter Mordanklage stehen, kommen zum erstenmal mit dem Gericht in Berührung. Deshalb sage ich immer, daß Mörder eigentlich nicht zu den wirklichen Verbrechern gehören. Ich spreche natürlich von den Mördern der angelsächsischen Rasse. Es sind faszinierende Leute, George, wirklich faszinierend!"

Sein Gesicht leuchtete vor Begeisterung.

„Ich habe mich noch nicht zu dieser Anschauung durchringen können", entgegnete Manfred. „Mir sind sie einfach schrecklich – für mich ist Mord immer noch die Verkörperung des größten Unrechts."

„Vielleicht hast du recht", antwortete Gonsalez zerstreut.

„Wie kamst du eigentlich auf diese merkwürdigen Gedanken", fragte Manfred, als er seine Serviette zusammenrollte.

„Gestern abend habe ich einen Mann mit einer richtigen Mörderphysiognomie getroffen. Er bat mich um ein Streichholz und lachte, als ich es ihm gab. Ich konnte seine wunderbaren Zähnen sehen, sie waren vollkommen – nur . . ."

„Nun, was denn?"

„Nur die Eckzähne waren ungewöhnlich stark und lang. Außerdem hatte er tiefliegende Augen, erstaunlich gerade Brauen und unregelmäßige Gesichtszüge: Die letzte Eigenschaft deutet allerdings nicht unbedingt auf einen Verbrecher."

„Das klingt ja, als wäre er ein richtiges Scheusal gewesen."

„Im Gegenteil." Gonsalez beeilte sich, den falschen Eindruck, den seine Worte hervorgerufen hatten, zu verbessern. „Er sah sehr gut aus. Nur jemand, der sich eingehend mit Physiognomien beschäftigt, konnte die Unregelmäßigkeit in seinen Gesichtszügen wahrnehmen. O nein, er konnte sich wirklich sehen lassen."

Gonsalez erklärte noch näher, unter welchen Umständen er den Fremden getroffen und kennengelernt hatte. Er hatte am vorhergehenden Abend ein Konzert besucht, um die Wirkung der Musik auf bestimmte Typen von Menschen zu studieren. Sein ganzes Programm war mit Notizen vollgekritzelt, und er hatte nachher fast die halbe Nacht damit zugebracht, seine Beobachtungen auszuarbeiten.

„Er ist der Sohn von Professor Tableman. Mit seinem Vater steht er allerdings nicht sehr gut, weil dieser die Wahl seiner Verlobten nicht billigt. Außerdem haßt er seinen Vetter."

Manfred lachte laut.

„Du bist wirklich großartig! Hat er dir das alles freiwillig erzählt, oder hast du ihn hypnotisiert und alle diese Nachrichten aus ihm herausgelockt? Übrigens hast du mich noch gar nicht gefragt, was ich gestern abend getan habe."

Gonsalez steckte sich umständlich eine Zigarette an.

„Der junge Tableman ist fast zwei Meter groß, kräftig gebaut und hat solche Schultern!" Er hielt die Zigarette in der einen Hand, das brennende Streichholz in der anderen, um damit die ungewöhnliche Breite des jungen Mannes anzudeuten. „Er hat große, starke Hände, außerdem ist er ein bekannter Fußballspieler. Wo bist du nun gestern abend gewesen, George? Entschuldige, daß ich dich nicht eher danach gefragt habe."

„In Scotland Yard", entgegnete Manfred. Aber wenn er erwartet hatte, durch diese Mitteilung eine Sensation hervorzurufen, so mußte er enttäuscht sein. Aber offenbar kannte er Leon genügend, um daran überhaupt nicht zu denken.

„Scotland Yard ist ein ganz interessantes Gebäude", meinte Gonsalez. „Der Architekt hätte nur die Westfassade nach Süden verlegen sollen – obwohl die versteckten Eingänge ganz mit dem Charakter des Baues übereinstimmen. Es fiel dir nicht schwer, dort Bekanntschaften anzuknüpfen?"

„Nicht im mindesten. Man kennt dort meine Arbeiten in Verbindung mit dem spanischen Strafgesetzbuch und mein Werk über Fingerabdrücke, und ich habe sofort Zutritt zum Polizeipräsidenten bekommen.“

Manfred war in London als der hervorragende Schriftsteller über Kriminologie, „Señor Fuentes“, bekannt. Er und sein Freund Leon Gonsalez hatten als spanische Wissenschaftler die besten Empfehlungsschreiben des spanischen Justizministers bei sich, die ihnen alle Türen öffneten. Manfred hatte lange Jahre in Spanien gelebt, und Gonsalez war dort geboren. Der starke freundliche Poiccart, der Dritte der berühmten Vier Gerechten, verließ selten seinen schönen Garten in Cordova. Vor zwanzig Jahren hatte auch noch der Vierte gelebt.

„Das mußt du unserem Freund Poiccart schreiben“, meinte Leon. „Er wird sich sehr dafür interessieren. Heute morgen habe ich einen Brief von ihm bekommen. Zwei seiner Mutterschweine haben Junge geworfen, und seine Orangenbäume stehen in Blüte.“ Er lachte, wurde aber plötzlich wieder ernst.

„Diese Polizeibeamten haben dich also an ihr Herz gedrückt?“

Manfred nickte.

„Sie waren sehr liebenswürdig und zuvorkommend. Wir werden morgen mit dem Polizeidirektor Mr. Reginald Fare zu Mittag speisen. Die Methoden der englischen Polizei sind seit unserem letzten Aufenthalt in London bedeutend besser geworden, Leon. Die Abteilung für Fingerabdrücke ist einfach musterhaft, und die neuen Leute, die man eingestellt hat, sind sehr intelligent und geschickt.“

„Sie werden uns noch hängen“, sagte Leon vergnügt.

„Ich glaube kaum!“ erwiderte sein Freund.

Das Essen im Ritz-Carlton war recht gemütlich, und besonders Gonsalez fühlte sich sehr angeregt. Mr. Fare, ein Mann von mittleren Jahren, war nicht nur ein hervorragender Beamter und liebenswürdiger Gesellschafter, sondern auch ein befähigter Wissenschaftler auf seinem

Spezialgebiet. Die Unterhaltung drehte sich bald lebhaft um die Ansichten und Beobachtungen von Marro, Lombroso, Fere, Mantegazza und Ellis.

„Für den gewohnheitsmäßigen Verbrecher besteht das Leben aus einer Reihe von Gefängnisstrafen, und wenn er gerade einmal nicht hinter Schloß und Riegel sitzt, denkt er an neue Taten und genießt das Leben, so gut er kann", sagte Mr. Fare. „Dieser Ausspruch stammt nicht von mir, sondern ist schon über hundert Jahre alt. Mit den gewohnheitsmäßigen Verbrechern kommt man leicht aus. Aber wenn man mit Leuten zu tun hat, die nicht der Verbrecherklasse angehören, den Mördern, den zufälligen Gesetzesübertretern –"

„Das stimmt", unterbrach ihn Gonsalez. „Ich behaupte immer –"

Er kam aber nicht dazu, seine Ansicht zu äußern, denn ein Page brachte Mr. Fare einen Brief. Der Polizeidirektor entschuldigte sich und überflog das Schreiben schnell.

„Hm – das ist ein sonderbares Zusammentreffen." Er sah Manfred nachdenklich an. „Neulich sagten Sie, daß Sie die Beamten von Scotland Yard gerne aus der Nähe bei der Arbeit beobachten möchten, und ich versprach, Ihnen eine Gelegenheit dazu zu geben – sie ist schon da!"

Mr. Fare winkte den Kellner heran und zahlte seine Rechnung.

„Ich werde mir wahrscheinlich auch Ihre reiche Erfahrung zunutze machen", fuhr er dann fort, „denn es ist möglich, daß wir bei diesem Fall alle Hilfe in Anspruch nehmen müssen, die wir nur irgendwie erreichen können."

„Worum handelt es sich denn?" fragte Manfred, als sie in dem Auto Mr. Fares saßen, das sich mühsam durch den lebhaften Verkehr bei Hyde Park Corner durcharbeitete.

„Man hat einen Mann unter außergewöhnlichen Umständen tot aufgefunden. Er nahm eine hervorragende Stellung in der wissenschaftlichen Welt ein – vielleicht ist Ihnen der Name auch bekannt – ein gewisser Professor Tableman."

„Tableman?“ fragte Gonsalez erstaunt. „Das ist doch zu merkwürdig! Sie sprachen vorhin von einem sonderbaren Zusammentreffen. Nun will ich Ihnen einen anderen Fall erzählen.“

Er berichtete von seiner Begegnung mit dem Sohn des Professors.

„Persönlich“, fuhr Gonsalez fort, „betrachte ich solche Duplizitäten als etwas Normales. Wenn ich morgens eine Rechnung erhalte, so bin ich sicher, daß ich an demselben Tag noch eine oder mehrere zugesandt bekomme. Und wenn mir ein Scheck mit der ersten Post zugestellt wird, so weiß ich gewiß, daß mit der zweiten oder dritten noch einer einläuft. Eines Tages werde ich diesen Zusammenhängen noch einmal genauer nachforschen.“

„Professor Tableman wohnt in Chelsea“, erklärte Mr. Fare. „Vor einigen Jahren kaufte er sein jetziges Haus von einem Künstler und ließ das geräumige Atelier in ein Laboratorium umwandeln. Er las an der Bloomsbury-Universität über Physik und Chemie und besaß ein beträchtliches Vermögen. Ich kannte ihn persönlich und speiste noch ungefähr vor einem Monat mit ihm zu Abend. Er hatte damals eine Auseinandersetzung mit seinem Sohn. Der Professor war ein eigenwilliger, unbeugsamer Mann, einer dieser alten Leute, die sich ein Vorbild an den Patriarchen des Alten Testaments nehmen und die milden Lehren des Neuen Testaments nicht kennen.“

Inzwischen waren sie vor Tablemans hübschem, modernem Haus angekommen. Es lag in einer der Straßen, die von King's Road abzweigen. Offenbar war die Nachricht von dem traurigen Ereignis bis jetzt nicht bekanntgeworden, denn die übliche Menge neugieriger Zuschauer hatte sich noch nicht eingefunden. Ein Detektiv erwartete sie und führte Mr. Fare durch einen gedeckten Gang, der an der Seite des Hauses entlanglief. Dann stiegen sie eine Reihe von Stufen empor, die direkt zu dem Laboratorium führten. Der große Raum zeigte kein ungewöhnliches Aussehen, nur war er sehr gut erleuchtet, da eine der Wände aus einem großen Fenster bestand und die Decke des Raumes von einem abfallenden Glasdach gebildet wurde. Breite Arbeitstische standen an den beiden

Längsseiten; ein großer Tisch in der Mitte war mit wissenschaftlichen Apparaten bedeckt, während zwei lange Regale über den Tischen mit Flaschen und Gefäßen gefüllt waren, die wahrscheinlich Chemikalien enthielten.

Ein hübscher junger Mann erhob sich von einem Stuhl, als sie eintraten.

„Ich bin John Munsey", sagte er, „der Neffe des Professors. Vielleicht entsinnen Sie sich an meinen Namen, Mr. Fare? Ich assistierte meinem Onkel bei seinen Experimenten."

Fare nickte. Er betrachtete die Gestalt, die zwischen den Bänken und dem großen Tisch auf dem Boden lag.

„Ich habe ihn nicht angerührt", sagte der junge Mann mit leiser Stimme. „Ich habe alles so gelassen, wie es war. Nur die Detektive, die hierherkamen, haben seine Lage etwas verändert, um dem Arzt bei der Untersuchung zu helfen."

Professor Tableman war von großer, hagerer Gestalt. In seinen Gesichtszügen prägten sich unverkennbar Schrecken und Todesangst aus.

„Es sieht so aus, als ob er erwürgt worden wäre", meinte Fare. „Hat man einen Strick oder eine Schnur gefunden?"

„Nein. Auch die Detektive äußerten die Ansicht, und wir haben daraufhin das ganze Laboratorium eingehend untersucht, aber nichts Derartiges gefunden."

Gonsalez kniete bei dem Toten nieder und schaute interessiert auf den nackten Hals. Um die Kehle lief ein blauer Streifen, der tief eingeschnitten war. Zuerst hielt er ihn für ein Band aus durchsichtigem Stoff, aber bei näherer Betrachtung erkannte er deutlich, daß nur die Haut so verfärbt war. Dann schaute er auf den Tisch, neben dem der Professor niedergefallen war.

„Was ist denn das?" fragte er und zeigte auf eine kleine grüne Flasche, neben der ein leeres Glas stand.

„Das ist eine Flasche Likör", erwiderte Mr. Munsey. „Mein armer Onkel trank gewöhnlich ein Gläschen, bevor er sich schlafen legte."

„Gestatten Sie?" fragte Leon, und Fare nickte.

Gonsalez nahm das Glas auf und roch daran, dann hielt er es gegen das Licht.

„Das Glas wurde gestern abend nicht mit Likör gefüllt. Er muß also getötet worden sein, bevor er trinken konnte", sagte Mr. Fare. „Mr. Munsey, würden Sie mir einmal die ganze Geschichte erzählen, soweit Sie sie wissen? Schlafen Sie eigentlich hier im Hause?"

Nachdem Mr. Fare den Detektiven einige Aufträge gegeben hatte, folgte er dem jungen Mann in die Bibliothek des verstorbenen Professors.

„Ich war der Assistent meines Onkels und seit drei Jahren sein Sekretär", begann Mr. Munsey. „Das Verhältnis zwischen uns ist immer herzlich gewesen. Mein Onkel brachte den Morgen gewöhnlich in der Bibliothek zu, am Nachmittag arbeitete er entweder im Laboratorium oder in seinen Arbeitsräumen auf der Universität. Nach dem Abendessen beschäftigte er sich dann mit seinen Experimenten im Laboratorium, bis er sich schlafen legte."

„Speiste er gewöhnlich zu Hause?" fragte Mr. Fare.

„Ja. Nur wenn er abends noch eine Vorlesung hatte oder in einer wissenschaftlichen Gesellschaft einen Vortrag hielt, speiste er im Royal Society's Club in der St. James' Street.

Wie Sie wahrscheinlich wissen, hatte sich mein Onkel mit seinem Sohn Stephen überworfen. Der junge Tableman ist ein guter Freund von mir, und ich habe alles getan, was in meiner Macht stand, um die beiden wieder miteinander auszusöhnen. Ungefähr vor zwölf Monaten schickte mein Onkel nach mir und sagte mir hier in der Bibliothek, daß er sein Testament geändert und sein ganzes Vermögen mir vermacht hätte. Sein Sohn wäre vollständig enterbt. Ich war sehr beunruhigt, ging sofort zu Stephen und bat ihn, keine Zeit zu versäumen und sich mit seinem Vater wieder zu vertragen. Aber Stephen lachte nur und sagte, daß ihm nichts an dem Geld seines Vaters läge und daß er lieber auf sein Erbe verzichten wolle, bevor er Miss Faber aufgäbe. Der ganze Streit mit seinem Vater drehte sich nämlich um seine Verlobung. Er wollte lieber mit dem kleinen Einkommen vorliebnehmen, das ihm aus dem Erbteil seiner Mutter zufloß. Als ich bei meinem Vetter nichts ausrichten konnte, ging ich zu dem Professor zurück und bat ihn, seinen Sohn wieder als Erben in sein Testament einzusetzen. Ich gebe zu“, fuhr er lächelnd fort, „daß ich wohl ein kleines Legat erwarten durfte. Ich habe dasselbe Spezialgebiet als Wissenschaftler wie mein Onkel, und ich habe den Ehrgeiz, seine Lebensarbeit fortzusetzen. Aber der Professor wollte nichts von meinem Vorschlag hören. Er war sehr ungehalten und ärgerlich, und ich hielt es für besser, nicht weiter über die Angelegenheit zu sprechen. Trotzdem legte ich mit der Zeit immer wieder ein gutes Wort für Stephen ein, und als der Professor letzte Woche in einer ungewöhnlich günstigen Stimmung war, habe ich die ganze Sache wieder vorgebracht, und er stimmte auch zu, daß er seinen Sohn wieder sehen wolle. Sie trafen sich hier im Laboratorium. Ich war bei der Unterredung nicht zugegen, aber ich nehme an, daß es einen schrecklichen Streit gegeben hat. Als ich hereinkam, war Stephen schon fort. Mr. Tableman war außer sich vor Zorn. Offensichtlich hat er darauf bestanden, daß Stephen seine Verlobung lösen solle, was dieser schroff ablehnte.“

„Auf welchem Weg kam Stephen denn in das Laboratorium?“ fragte Gonsalez. „Gestatten Sie, daß ich diese Frage stelle, Mr. Fare?“ Der Polizeidirektor nickte.

„Er kam durch den seitlichen Gang. Nur wenig Leute betreten das Haus, außer solchen, die in rein wissenschaftlichen Angelegenheiten kommen.“

„Dann kann man also zu jeder Zeit ins Laboratorium gelangen?“

„Ja, bis abends das äußere Gartentor abgeschlossen wird“, erwiderte der junge Mann. „Mein Onkel pflegte jeden Abend noch einen kleinen Spaziergang zu machen, bevor er zu Bett ging, und benutzte gewöhnlich diesen Ausgang.“

„War das Gartentor gestern abend geschlossen?“

„Nein. Das war eins der ersten Dinge, die ich nachprüfte. Das Tor nach draußen war nicht zugeschlossen und stand nur angelehnt. Es ist ja eigentlich kein festes Tor, sondern nur ein Eisengitter, wie Sie wohl bemerkt haben."

„Fahren Sie nur fort", sagte Mr. Fare und nickte.

„Der Professor beruhigte sich allmählich wieder. Ein paar Tage lang war er sehr still und nachdenklich. Ich glaube, sein Verhalten tat ihm leid. Am Montag – was haben wir heute? Donnerstag – ja, es war Montag, sagte er zu mir: „John, wir wollen noch einmal über Stephen sprechen. Glaubst du, daß ich ihm Unrecht getan habe?" – „Du warst sehr hart gegen ihn, Onkel", erwiderte ich. „Ja, vielleicht war ich zu schroff. Miss Faber muß doch ein sehr anziehendes Mädchen sein, wenn Stephen ihretwegen auf sein Erbe verzichten will." Auf diese Gelegenheit hatte ich gewartet, und ich versuchte nun mit allen Mitteln, meinen Onkel wieder für Stephen günstig zu stimmen. Schließlich gab der alte Mann nach und sandte Stephen ein Telegramm, in dem er ihn bat, gestern abend noch einmal hierherzukommen. Der Professor muß schwer mit sich gekämpft haben, um seinen Widerstand gegen Miss Faber aufzugeben, denn wenn es sich um erbliche Belastung handelte, war er sonst ganz fanatisch und unbeugsam –"

„Was meinen Sie mit erblicher Belastung?" unterbrach ihn Manfred schnell. „Was stimmte denn bei Miss Faber nicht?"

„Ich weiß es nicht." Mr. Munsey zuckte die Achseln. „Aber der Professor hatte gehört, daß ihr Vater in einem Trinkerheim gestorben sein soll. Meiner Meinung nach war das Gerücht vollständig haltlos."

„Was geschah denn nun gestern abend?" fragte Mr. Fare.

„Soviel ich weiß, kam Stephen zu der Unterredung. Ich hielt mich wohlweislich fern und schrieb in meinem eigenen Zimmer einige Briefe, die schon lange fällig waren. Ungefähr um halb zwölf kam ich herunter, aber der Professor war noch nicht in die Wohnung zurückgekommen. Von hier aus können Sie die Fenster des Laboratoriums sehen, und als ich bemerkte, daß drüben noch Licht brannte, dachte ich, die Unterredung hätte sich in die Länge gezogen. Ich hoffte, daß sich die beiden versöhnen würden, wollte nicht weiter stören und ging zu Bett. Es war früher, als ich mich gewöhnlich hinlege, aber es war nichts Besonderes daran, daß ich dem Professor nicht gute Nacht sagte.

Und heute morgen wurde ich um acht Uhr vom Hausmeister geweckt. Er sagte mir, daß der Professor nicht in seinem Zimmer sei. Auch das war nicht merkwürdig. Manchmal, wenn er spät im Laboratorium gearbeitet hatte, setzte er sich nur in seinen Armsessel und schlief dort, ohne sich auszukleiden. Ich habe ihm darüber Vorhaltungen gemacht, so oft ich nur konnte, aber er ließ sich in dieser Beziehung nichts sagen.

Ich zog meinen Bademantel an und ging ins Laboratorium hinunter, das man auf dem Weg erreichen kann, den wir eben gegangen sind. Als ich eintrat, sah ich ihn auf dem Boden liegen und fand zu meinem Entsetzen, daß er tot war."

„Stand die Tür zum Laboratorium offen?" fragte Gonsalez.

„Sie war angelehnt."

„Und die Gartentür war auch angelehnt?"

Munsey nickte.

„Haben Sie nichts von einem Streit gehört?"

„Nichts."

Es wurde draußen geklopft. Munsey ging zur Tür und öffnete.

„Es ist Stephen", sagte er.

Gleich darauf trat der junge Mr. Tableman ein. Hinter ihm erschienen zwei Detektive. Sein Gesicht war blaß, und als er seinen Vetter mit einem schwachen Lächeln begrüßte, sah Manfred die außerordentlich starken Eckzähne. Die anderen Zähne waren von normaler Größe.

Stephen Tableman war von riesiger Körpergröße, und als Manfred seine großen Hände bemerkte, biß er sich nachdenklich auf die Lippen.

„Sie haben die traurige Nachricht erhalten, Mr. Tableman?"

„Ja“, sagte Stephen mit leise zitternder Stimme. „Kann ich meinen Vater sehen?“

„Gleich“, entgegnete Mr. Fare scharf. „Sie müssen mir erst ein paar Fragen beantworten. Wann haben Sie Ihren Vater zuletzt gesehen?“

„Ich habe ihn noch gestern abend lebend getroffen“, erwiderte Stephen schnell. „Er hatte mich in das Laboratorium bestellt, und wir hatten eine lange Aussprache miteinander.“

„Wie lange waren Sie hier?“

„Ungefähr zwei Stunden, soweit ich mich besinnen kann.“

„Verlief die Unterredung friedlich und freundlich?“

„O ja, mein Vater war sehr lieb zu mir“, sagte Stephen mit besonderem Nachdruck. „Seit über einem Jahr“ – er zögerte einen Augenblick –, „haben wir uns zum erstenmal ruhig über eine gewisse Angelegenheit unterhalten können.“

„Sie sprachen mit Ihrem Vater über Ihre Verlobte, Miss Faber?“

Stephen sah ihn ruhig an.

„Ja, wir sprachen über sie.“

„Haben Sie auch noch über anderes mit Ihrem Vater gesprochen?“

Stephen zögerte abermals.

„Wir haben auch über Geld gesprochen“, sagte er dann. „Mein Vater hatte die Summe, mit der er mich unterstützte, nicht weiter ausgezahlt, und ich war infolgedessen in einiger Verlegenheit. Ich hatte mein Konto bei der Bank überzogen, und er versprach mir, die Sache in Ordnung zu bringen. Auch haben wir uns über – die Zukunft unterhalten.“

„Kam dabei auch das Testament zur Sprache?“

„Ja, mein Vater sagte, daß er seinen Letzten Willen ändern wolle.“ Bei diesen Worten sah er lächelnd zu Munsey hinüber. „Mein Vetter hat mich stets verteidigt und alles getan, was er für mich tun konnte. Ich kann ihm nicht dankbar genug sein, daß er in diesen traurigen Zeiten treu zu mir gehalten hat.“

„Haben Sie das Laboratorium durch den Seitenausgang verlassen?“

Stephen nickte.

„Und haben Sie die Tür geschlossen?“

„Mein Vater hat zugeschlossen. Ich kann mich deutlich darauf besinnen, daß ich das Schloß einschnappen hörte, als ich den Gartenweg entlangging.“

„Kann die Tür von außen geöffnet werden?“

„Ja. Es ist ein Schloß daran. Aber der einzige Schlüssel ist im Besitz meines Vaters. Das stimmt doch, John?“

Mr. Munsey nickte.

„Wenn Professor Tableman also die Tür schloß, konnte sie nur von jemand geöffnet werden, der selbst in dem Laboratorium war?“

Stephen schaute erstaunt auf.

„Ich verstehe die Bedeutung dieser Frage nicht ganz. Der Detektiv sagte mir, daß mein Vater tot aufgefunden wurde. Was war denn die Todesursache?“

„Ich nehme an, daß er erdrosselt wurde“, erklärte Mr. Fare ruhig.

Stephen trat entsetzt einen Schritt zurück.

„Erdrosselt?“ wiederholte er leise. „Aber er hatte doch keinen Feind auf der ganzen Welt.“

„Das wird die Untersuchung ergeben“, sagte Fare trocken. „Sie können jetzt gehen, Mr. Tableman.“

Nach einem kleinen Zögern entfernte sich Stephen und ging in das Laboratorium. Nach einer Viertelstunde kam er totenbleich zurück.

„Es ist zu schrecklich! Mein armer Vater!“

„Soviel ich weiß, haben Sie Medizin studiert, Mr. Tableman? Ich glaube, Sie sind Assistenzarzt am Middlesex-Hospital“, sagte Mr. Fare. „Sind Sie auch der Meinung, daß Ihr Vater erdrosselt wurde?“

Stephen nickte.

„Es sieht so aus.“ Das Sprechen fiel ihm schwer. „Ich konnte die Untersuchung nicht so objektiv durchführen, als wenn es ein Fremder gewesen wäre. Aber es sieht so aus.“ –

Manfred und Leon kehrten in ihre Wohnung zurück. Manfred konnte am besten nachdenken, wenn er in Bewegung war. Schweigend gingen sie nebeneinander her, jeder war in seine eigenen Gedanken vertieft.

„Hast du die großen Eckzähne bemerkt?“ fragte Leon nach einer Weile triumphierend.

„Ich habe aber auch gesehen, daß Stephen Tableman offenbar sehr niedergeschlagen war“, erwiderte Manfred.

Leon lachte leise vor sich hin.

„Scheinbar hast du die wunderbare Monographie Mantegazzas über die „Psychologie des Schmerzes“ nicht gelesen“, sagte er ein wenig überheblich. Er konnte manchmal sehr mit seinem Wissen prunken. „Und ebensowenig kennst du wahrscheinlich die herrlichen Tabellen Mantegazzas über „Synonyme Gesichtsausdrücke“, sonst wäre dir klar, daß der Ausdruck des Schmerzes von dem der Reue nicht zu unterscheiden ist.“

Manfred betrachtete seinen Freund mit einem ruhigen Lächeln.

„Jeder, der dich nicht kennt, Leon, würde glauben, du seiest felsenfest davon überzeugt, daß Professor Tableman von seinem Sohn erdrosselt wurde.“

„Nach einem heftigen Streit“, fügte Leon Gonsalez selbstgefällig hinzu.

„Du hast das Laboratorium noch einmal besichtigt, nachdem der junge Tableman gegangen war. Hast du etwas entdeckt?“

„Nicht mehr, als ich erwartete“, erwiderte Gonsalez. „Ich habe die gebräuchlichen Apparate zur Herstellung flüssiger Luft, die Behälter zu ihrer Aufbewahrung und die üblichen elektrischen Schmelztiegel gesehen. Ich gebe zu, daß meine Nachforschungen überflüssig waren, denn als ich in das Laboratorium kam und die Thermosflasche mit dem Wattebausch sah, wußte ich sofort, wie der Mord begangen wurde – denn es war natürlich Mord.“ Plötzlich runzelte er die Stirn. „Santa Miranda“, rief er. Gonsalez fluchte gerne bei dieser nicht existierenden Heiligen. „Das habe ich ja ganz vergessen!“

Er schaute die Straße hinauf und hinunter.

„Dort ist ein Laden, von dem aus wir telefonieren können. Willst du mit mir kommen oder willst du hier auf mich warten?“

„Ich bin sehr neugierig, was du zu fragen hast“, erwiderte Manfred.

Sie traten zusammen in das Geschäft, und Gonsalez wählte sofort eine bestimmte Nummer am Apparat. Manfred fragte nicht, woher er sie wußte, denn auch er hatte sie an dem Telefon im Laboratorium des Professors bemerkt.

„Sind Sie dort, Mr. Munsey?“ fragte Gonsalez. „Sie wissen, wer ich bin? Ich habe eben Ihr Haus verlassen . . . ich dachte mir schon, daß Sie mich an der Stimme wiedererkennen würden. Ich möchte Sie nur noch fragen, wo die Brille des Professors ist.“

„Die Brille des Professors?“ wiederholte Munsey nach einem kurzen Zögern. „Soviel ich weiß, trug er sie doch.“

„Ich habe sie nicht bei ihm gesehen und auch nicht in seiner Nähe. Würden Sie so freundlich sein, einmal nachzusehen, ob sie in seinem Zimmer ist? Ich werde solange am Apparat warten.“

Gonsalez summte eine Melodie aus der Operette „El Perro Chico“, die vor einigen Jahrzehnten oft in Madrid gespielt wurde. Aber plötzlich war er still und lauschte aufmerksam.

„In dem Schlafzimmer des Professors? Ich danke Ihnen vielmals.“

Er hängte den Hörer an. Manfred erhielt keine weitere Erklärung, er erwartete sie auch gar nicht, denn Leon liebte es immer, sich in Geheimnisse einzuhüllen.

„Die großen Eckzähne!“ sagte er noch einmal. Sie schienen ihm viel Spaß zu machen.

Als Gonsalez am nächsten Morgen zum Frühstück kam, teilte ihm der Kellner mit, daß Manfred schon zeitig ausgegangen war. Zehn Minuten, nachdem Leon sein Frühstück begonnen hatte, kam George zurück.

Leon Gonsalez schaute auf.

„Du machst mir Sorge, wenn dein Gesicht wie eine Maske aussieht. Ich weiß dann niemals, ob du in besonders froher oder besonders trauriger Stimmung bist.“

„Halb und halb“, erwiderte Manfred, während er am Tisch Platz nahm. „Ich war in der Fleet Street und habe die Berichte der Sportzeitungen durchgesehen.“

„Wie kommst du denn auf diese Idee?“ Gonsalez sah ihn erstaunt an.

„Zufällig traf ich auch Mr. Fare. Er erzählte mir, daß keine Spur von Gift in dem Körper des Toten gefunden wurde. Die Polizei wird Stephen Tableman heute verhaften.“

„Das fürchtete ich“, sagte Gonsalez ernst. „Aber warum hast du die Sportzeitungen durchgesehen?“

Manfred beantwortete die Frage nicht, sondern erzählte weiter.

„Fare ist davon überzeugt, daß der Mord von Stephen Tableman begangen wurde. Er nimmt an, daß die beiden eine heftige Auseinandersetzung hatten, daß Stephen seine Selbstbeherrschung verlor und seinen Vater erwürgte. Scheinbar ergab die Untersuchung der Leiche, daß die Kehle des Professors mit außerordentlicher Gewalt zugedrückt wurde. Alle Blutgefäße am Hals sind zusammengepreßt. Fare sagte mir auch, daß die Ärzte zuerst Vergiftung annahmen. Aber es wurde nicht die geringste Spur von Gift entdeckt. Die Ärzte erklären, daß ein Gift, das den

Tod unter derartigen Symptomen hervorruft, bisher vollständig unbekannt ist. Stephen Tableman ist schwer belastet, weil er sich in den letzten Monaten intensiv mit dem Studium geheimer Gifte beschäftigt hat.“

Gonsalez lehnte sich in seinen Stuhl zurück und steckte die Hände in die Taschen.

„Ob er nun diesen Mord begangen hat oder nicht“, sagte er nach einer Weile, „sicher wird er früher oder später zum Mörder werden. Ich erinnere mich an einen Arzt in Barcelona, der die gleichen Zähne hatte. Er war ein guter Christ, ein allgemein bekannter Mann, Junggeselle, hatte viel Geld. Es lag für ihn nicht der geringste Grund vor, zu morden, und doch beging er dieses Verbrechen. Er tötete einen Kollegen, der ihm drohte, einen Irrtum aufzudecken, den er bei einer Operation gemacht hatte. Ich kann dir nur sagen, George, wenn ein Mann solche Zähne hat – “ Er machte eine Pause und legte die Stirn in Falten. „Ich werde Fare um die Erlaubnis bitten, daß ich einige Stunden allein in Tablemans Laboratorium zubringen darf.“

„Warum denn?“ begann Manfred, aber er unterbrach sich selbst. „Aber du wirst natürlich schon Grund dafür haben, Leon. Im allgemeinen fällt es mir ja nicht schwer, solche Rätsel zu lösen, aber diesmal bin ich doch etwas verwirrt. Ich glaube übrigens, daß du das Geheimnis bereits erraten hast. Nur sind gewisse Nebenumstände bei diesem Verbrechen außerordentlich verblüffend. Warum hat der alte Mann zum Beispiel die dicken Handschuhe angehabt?“

Gonsalez sprang plötzlich auf, seine Augen leuchteten.

„Was für ein Narr bin ich doch, daß ich das nicht gesehen habe! George, bist du sicher? Hatte er dicke Handschuhe an?“ fragte er begierig.

Manfred nickte und lächelte über die Erregung seines Freundes.

„Nun habe ich es!“ Gonsalez schnippte mit den Fingern. „Ich wußte doch, daß noch irgendein Irrtum in meiner Theorie war. Waren es dicke, wollene Handschuhe?“ Plötzlich wurde er nachdenklich. „Ich bin nur neugierig, wie, zum Teufel, er den alten Mann dazu bringen konnte, sie anzuziehen?“ sagte er halb zu sich selbst.

Mr. Fare gewährte Leons Bitte gern, und die beiden Freunde gingen zum Laboratorium, wo sie von John Munsey erwartet wurden.

„Ich entdeckte die Brille neben dem Bett meines Onkels“, sagte er gleich, als Gonsalez eintrat.

„Ach ja, die Brille“, erwiderte Leon zerstreut. „Kann ich sie vielleicht einmal sehen?“ Er nahm sie in die Hand. „Ihr Onkel war aber sehr kurzsichtig. Ich bin erstaunt, daß er sie nicht immer bei sich trug.“

„Ich glaube, er ging in sein Schlafzimmer, um sich umzukleiden, wie er es gewöhnlich nach dem Abendessen tat“, erklärte Mr. Munsey. „Er hat sie dann wohl dort liegenlassen. Gewöhnlich hat er im Laboratorium ein Reserveglas. Aber aus dem einen oder anderen Grunde scheint er es nicht aufgesetzt zu haben. Möchten Sie allein im Laboratorium bleiben?“

„Ja, das war meine Absicht“, entgegnete Leon. „Vielleicht sind Sie so liebenswürdig, meinen Freund zu unterhalten, während ich mich umsehe?“

Als die beiden gegangen waren, schloß er die Verbindungstür zwischen dem Laboratorium und dem Haus und suchte dann nach der Brille, die der alte Professor trug, wenn er an der Arbeit war.

Merkwürdigerweise ging er gerade auf die Stelle zu, wo sie lag – er fand sie in einem großen Aschenkasten, der neben der Treppe stand, die zu dem Laboratorium führte. Es waren nur Scherben zu sehen, auch die Horneinfassung war an zwei Stellen gebrochen. Leon sammelte die Stücke auf, trug sie in das Laboratorium und legte sie auf den Tisch. Dann ging er ans Telefon und sprach gleich darauf mit Stephen Tableman.

„Natürlich“, erwiderte der junge Mann erstaunt. „Mein Vater trug seine Brille während unserer ganzen Unterhaltung.“

„Ich danke Ihnen, mehr wollte ich nicht wissen.“ Gonsalez hängte den Hörer wieder an.

Er trat zu einem der vielen Apparate, die in einer Ecke des Raumes standen, und arbeitete eineinhalb Stunden lang angestrengt. Dann ging er wieder zum Telefon. Als noch eine halbe Stunde vergangen war, zog er ein paar dicke, wollene Handschuhe aus seiner Tasche, schloß die Tür auf, die zum Haus führte, und rief Manfred.

„Bitte auch Mr. Munsey, hereinzukommen", sagte er.

„Ihr Freund interessiert sich wohl sehr für die Wissenschaft", meinte dieser, als er Manfred begleitete.

„Ich glaube, er ist einer der klügsten Männer auf seinem Spezialgebiet", erwiderte Manfred.

Er trat vor Munsey in das Laboratorium. Zu seinem Erstaunen stand Gonsalez in der Nähe des Tisches und hielt ein kleines Likörglas in der Hand, das mit einer fast farblosen Flüssigkeit gefüllt war. Es war nur eine schwache, blaue Färbung wahrzunehmen, und auf der Oberfläche der Flüssigkeit lag ein schwacher Dunst. Manfred schaute seinen Freund an, der dicke, wollene Handschuhe angezogen hatte.

„Haben Sie Ihre Nachforschungen beendet?" fragte Mr. Munsey lächelnd, als er hinter Manfred eintrat. Als er aber Leon sah, erstarb das Lächeln auf seinen Zügen. Sein Gesicht erschien plötzlich hager und eingefallen, seine Augen lagen tief, und er atmete nur mit Mühe.

„Wollen Sie nicht einen kleinen Schluck aus diesem Glas nehmen, mein lieber Freund?" fragte Leon liebenswürdig. „Ein wunderbares Getränk. Sie könnten es mit irgendeinem alten Likör verwechseln – besonders wenn Sie ein kurzsichtiger, zerstreuter Gelehrter sind, dem jemand die Brille weggenommen hat."

„Was meinen Sie?" fragte Munsey heiser. „Ich – ich verstehe Sie nicht."

„Ich versichere Ihnen, daß dies ein ganz unschädliches Getränk ist, es enthält nicht das geringste Gift – es ist so rein wie die Luft, die Sie atmen."

„Verdammt!" schrie Munsey. Aber bevor er auf den Mann losspringen konnte, der ihn so höhnisch anredete, hatte ihn Manfred gepackt und zu Boden geworfen.

„Ich habe an den ausgezeichneten Mr. Fare telefoniert, er wird gleich hier sein, ebenso Mr. Stephen Tableman. Ah, da sind sie schon."

Es hatte geklopft.

„Willst du bitte öffnen, George? Ich glaube nicht, daß sich unser Freund hier rühren wird. Und wenn er es doch versuchen sollte, werde ich ihm den Inhalt dieses Glases ins Gesicht schütten."

Mr. Fare trat ein, Stephen Tableman und ein anderer Beamter von Scotland Yard folgten ihm.

„Hier übergebe ich Ihnen Ihren Gefangenen, Mr. Fare", sagte Gonsalez. „Und hier zeige ich Ihnen das Mittel, mit dem Mr. Munsey den Tod seines Onkels herbeiführte. Er wurde vermutlich durch die Aussöhnung seines Onkels mit Mr. Stephen Tableman zu der Tat getrieben. Er hatte es so gut einzurichten verstanden, daß das Testament zu seinen Gunsten geändert wurde – und nun war all seine Mühe vergeblich gewesen."

„Das ist eine Lüge", stieß John Munsey hervor. „Ich habe nur für dich gearbeitet – das weißt du doch am besten, Stephen. Ich tat alles, was in meinen Kräften stand –"

„Auch das war nur ein Teil des Gesamtplans, um die anderen zu täuschen – wie ich vermute", sagte Gonsalez. „Wenn ich nicht recht habe, können sie doch ruhig dieses Glas austrinken. Es ist dieselbe Flüssigkeit, die Ihr Onkel an dem Abend zu sich nahm, an dem er starb."

„Was ist es?" fragte Mr. Fare schnell.

„Fragen Sie nur den dort", antwortete Gonsalez lächelnd und zeigte mit dem Kopf auf Munsey.

John Munsey drehte sich um und ging zur Tür. Der Polizeibeamte, der mit Mr. Fare gekommen war, folgte.

„Und nun will ich Ihnen erzählen, wie sich alles zugetragen hat", sagte Gonsalez. „Dies ist flüssige Luft!"

„Flüssige Luft?" rief Mr. Fare. „Was meinen Sie damit? Wie kann man denn einen Menschen mit flüssiger Luft vergiften?"

„Professor Tableman wurde gar nicht vergiftet. Flüssige Luft erhält man, wenn man die Temperatur der Luft auf einhundertundneunzig Grad unter Null verringert. Wissenschaftler benutzen sie zur Durchführung von Experimenten, und sie wird gewöhnlich in einer Stahlflasche aufbewahrt, deren Öffnung man mit einem Wattebausch schließt, weil die Gefahr einer Explosion vorliegt, wenn man die Luft ganz absperrt."

„Großer Gott!" rief Stephen atemlos vor Schrecken. „Dann war also dieser blaue Streifen am Hals meines Vaters –"

„Man hat ihn durch die große Kälte getötet. Seine Kehle erstarrte in dem Augenblick, als er die flüssige Luft zu sich nahm. Ihr Vater trank gewöhnlich vor dem Schlafengehen ein Glas Likör, und zweifellos gab ihm Munsey ein Glas flüssiger Luft, nachdem Sie gegangen waren. Vorher hat er ihn irgendwie überredet, Handschuhe anzuziehen."

„Warum denn? Ach, er sollte natürlich die Kälte nicht fühlen", meinte Manfred.

Gonsalez nickte.

„Welche Kniffe Munsey angewandt hat, werden wir vielleicht nie erfahren. Sicher ist nur, daß auch er selbst Handschuhe trug. Nach dem Tod Ihres Vaters bereitete er dann alles vor, um einen anderen zu verdächtigen. Wahrscheinlich hatte der Professor seine Brille beiseite gelegt, als er sich anschickte, zu Bett zu gehen. Munsey hat übersehen, daß der Tote noch Handschuhe trug."

„Meiner Ansicht nach", sagte Gonsalez später, „hat Munsey schon seit Jahren den Plan verfolgt, seinen Vetter und seinen Onkel zu entzweien. Wahrscheinlich hat er auch die ganzen Gerüchte über den Vater Miss Fabers aufgebracht."

Stephen Tableman hatte die beiden Freunde zu ihrer Wohnung begleitet. Gonsalez erschrak plötzlich, als Stephen über eine seiner Äußerungen lachte.

„Ihre – Ihre Zähne?" stotterte er.

Stephen wurde rot.

„Meine Zähne?“ wiederholte er verwirrt.

„Sie hatten doch zwei ungewöhnlich große Eckzähne, als ich Sie das letztemal sah! Du erinnerst dich doch auch, Manfred?“ Gonsalez war in heller Aufregung. „Ich sagte dir noch –“

Plötzlich lachte Stephen laut auf.

„Ach, das waren meine falschen Zähne“, sagte er etwas verlegen. „Meine eigenen wurden mir bei einem Fußballspiel ausgeschlagen, und Benson, ein guter Freund von mir, der Zahnheilkunde studiert, hat mir zwei neue eingesetzt. Ich muß allerdings sagen, daß er ein schlechter Dentist ist, denn sie waren viel zu groß und sahen schrecklich aus. Ich glaube schon, daß sie Ihnen aufgefallen sind. Ich habe sie mir von einem anderen Zahnarzt herausnehmen und durch neue ersetzen lassen.“

„Ihr Unfall passierte am dreizehnten September vorigen Jahres. Ich habe in der Sportzeitung darüber nachgelesen.“

Gonsalez sah George mit einem vorwurfsvollen Blick an.

„Mein lieber Leon“, Manfred legte die Hand auf die Schulter seines Freundes, „ich wußte, daß sie falsch waren, genauso wie du entdeckt hattest, daß es außerordentlich große Eckzähne waren.“

Als sich die beiden Freunde später allein gegenübersaßen, sagte Manfred:

„Um noch einmal auf die großen Eckzähne zurückzukommen –“

„Wir wollen lieber von etwas anderem reden“, erwiderte Gonsalez gereizt.

3. Der Mann, der die Regenwürmer haßte

Aus Staines wird der Tod von Mr. Falmouth gemeldet, der früher Direktor der Kriminalpolizei in London war. Man erinnert sich noch, daß Mr. Falmouth während seiner amtlichen Tätigkeit George Manfred, den berüchtigten Führer der Vier Gerechten, verhaftete. Die aufsehenerregende Flucht dieses bekannten Bandenführers ist vielleicht das bedeutendste Kapitel der modernen Kriminalgeschichte. Die „Vier Gerechten“ waren bekanntlich eine Organisation, die sich selbst das Ziel gesetzt hatte, Ungerechtigkeiten zu rächen, die das Gesetz unbestraft ließ. Man nimmt an, daß die Mitglieder dieser Bande außerordentlich reiche Leute waren, die ihr Leben und ihr Vermögen dieser merkwürdigen und vollständig gesetzwidrigen Tätigkeit widmeten. Man hat seit langen Jahren nichts mehr von ihnen gehört.

Manfred las diese Notiz aus dem „Morning Telegram“ vor, und Leon Gonsalez runzelte die Stirn.

„Ich muß energisch dagegen protestieren, daß man uns eine „Bande“ nennt“, sagte er.

Aber Manfred lächelte nur.

„Der arme, alte Falmouth“, meinte er nachdenklich. „Er war wirklich ein netter Mensch.“

„Ich mochte ihn auch gerne“, stimmte Gonsalez zu. „Er war soweit normal, nur Anzeichen von Progenismus –“

Manfred lachte.

„Entschuldige, wenn ich wieder einmal dumm erscheine, aber ich kann es auf diesem wissenschaftlichen Spezialgebiet nicht mit dir aufnehmen. Progenismus?“

„Der Laie sagt gewöhnlich „hervorragender Unterkiefer““, erklärte Leon. „Fälschlicherweise wird dieses Merkmal für ein Zeichen von Willensstärke gehalten!“

„Aber abgesehen von allem Progenismus war Mr. Falmouth ein guter Kerl“, erwiderte Manfred, und Leon nickte beifällig. „Er besaß auch gutentwickelte Weisheitszähne“, fügte Manfred ironisch hinzu.

Gonsalez wurde rot, denn die Erinnerung an seinen Irrtum war ihm peinlich. Trotzdem lachte er.

„Es wird dich vielleicht interessieren, mein lieber George“, sagte er triumphierend, „daß der berühmte Doktor Carrara die Zähne von vierhundert Verbrechern und einer gleichen Anzahl von Nichtverbrechern untersuchte und dabei fand, daß die Weisheitszähne bei den normalen Menschen häufiger vorhanden waren.“

„Ich gebe dir ja recht mit deinen Weisheitszähnen“, sagte Manfred hastig. „Aber sieh doch einmal aufs Meer hinaus hast du jemals etwas Schöneres gesehen?“

Sie saßen auf einer saftigen, grünen Wiese, von der aus man Babbacombe Beach übersehen konnte. Die Sonne ging unter, ein herrlicher Tag neigte sich seinem Ende entgegen. Die Sonnenstrahlen vergoldeten alle Bäume und Sträucher. Hoch über der blauen See erhoben sich die brandroten Klippen und die grünen Felder von Devonshire.

Manfred schaute auf die Uhr.

„Wollen wir uns zum Abendessen umziehen? Oder ist dein Freund, für den du dich so sehr interessierst, mehr ein Bohemien?“

„Er gehört zu der neuen Generation“, erwiderte Leon. „Über alte Traditionen fühlt er sich erhaben. Ich freue mich sehr, daß du ihn kennenlernst. Seine Hände sind direkt faszinierend.“

Manfred war klug genug, nicht zu fragen, warum die Hände faszinierend waren.

„Ich habe ihn beim Golfspiel getroffen“, fuhr Gonsalez fort. „Dabei haben sich verschiedene Dinge zugetragen, die mich sehr interessierten. Wenn er einen Regenwurm sah, blieb er zum Beispiel stehen und tötete das unschuldige Tier mit einer solchen Wut, daß ich höchst erstaunt war. Ein Wissenschaftler sollte doch keine solchen Schrullen und Vorurteile haben. Er ist sehr reich. Die Leute im Klub erzählten mir, daß ihm sein Onkel nahezu eine Million hinterlassen hätte. Außerdem ist er der einzige Erbe einer seiner Tanten oder Cousinen, die voriges Jahr starb und ihm ein großes Besitztum hinterließ, das man ebenfalls auf eine Million schätzt. Er ist natürlich eine glänzende Partie. – Ob Miss Moleneux allerdings dasselbe denkt, konnte ich nicht herausbringen", fügte er nach einer Pause hinzu.

„Großer Gott", rief Manfred verwirrt, „sie kommt wohl auch heute abend zum Essen?"

„Sie kommt mit ihrer Mutter", erklärte Leon ernst.

„Diese tüchtige Dame hat brieflichen Unterricht im Spanischen genommen und redet mich immer mit ihrem Kauderwelsch an, wenn ich sie treffe."

Die beiden Freunde hatten für den Frühling Cliff House gemietet, um sich dort zu erholen. Besonders Manfred liebte Devonshire im April, wenn die Abhänge der hügeligen Landschaft mit Schlüsselblumen und Narzissen bedeckt waren, die wie ein goldener Sprühregen auf den grünen Wiesen schimmerten. „Señor Fuentes" hatte das Haus nach einer Besichtigung gemietet. Die Ruhe und der Frieden, die hier von der Natur ausströmten, taten seinem unruhigen, geschäftigen Geist unendlich wohl.

Manfred hatte sich zum Essen umgekleidet und saß im Wohnzimmer vor dem großen Kamin, in dem ein Holzfeuer brannte. Als er das Geräusch eines näher kommenden Autos hörte, das vorsichtig den Klippenweg herunterfuhr, stand er auf und trat ins Freie.

Leon Gonsalez war bei ihm, bevor die große Limousine vor der Eingangshalle hielt.

Zuerst stieg ein großer, schlanker Herr aus dem Wagen. Er sah nicht schlecht aus, obgleich sein Gesicht von Falten durchzogen war und seine Augen tief lagen. Die Brauen waren nicht gewölbt, sondern verliefen in gerader Richtung. Er grüßte Gonsalez mit einer gewissen Herablassung.

„Hoffentlich haben wir Sie nicht zu lange warten lassen, meine Experimente haben mich noch etwas aufgehalten. Heute ging alles schief im Laboratorium."

Manfred, der ihn scharf beobachtet hatte, wurde ihm und den Damen vorgestellt. Er reichte einem, ernsten, jungen Mädchen von eigenartiger Schönheit die Hand.

Manfred war sehr sensitiv und erkannte sofort, daß Miss Moleneux von einer heimlichen Sorge bedrückt war. Ihr freundliches Lächeln, das zweifellos aufrichtig gemeint war, erschien ihm gleichwohl mechanisch und leer. Leon, der die Menschen mehr nach Verstandes- als nach Gefühlsmomenten beurteilte, zog ebenfalls seine Schlußfolgerungen aus ihrem Verhalten. Der ungewisse Eindruck Manfreds formte sich bei ihm zu einer bestimmten Erkenntnis. Das Mädchen fürchtete sich! Leon hätte gerne gewußt, vor wem sie Angst hatte. Sicherlich nicht vor dieser untersetzten, selbstzufriedenen Frau, die ihre Mutter war, und sicherlich auch nicht vor diesem hageren, bebrillten Gelehrten.

Während die Damen ihre Mäntel in einem der oberen Zimmer ablegten, hatte Manfred Gelegenheit, sich ein Urteil über Dr. Viglow zu bilden. Er brauchte ihn nicht zu unterhalten, denn der Doktor war selbst ein gewandter Gesellschafter.

„Ihr Freund spielt recht gut Golf", sagte er, indem er auf Gonsalez zeigte. „Wirklich gut für einen Fremden. Sie sind doch beide Spanier?"

Manfred nickte. Eigentlich war er ja mehr Engländer als sein Gast, aber augenblicklich stattete er England als Spanier einen Besuch ab und war auch mit einem spanischen Paß versehen.

„Wenn ich Sie recht verstanden habe, sind Ihre Forschungen ungewöhnlich erfolgreich?" fragte Leon.

Dr. Viglows Augen leuchteten auf.

„Ja, ich bin sehr zufrieden." Plötzlich fragte er schnell: „Wer hat Ihnen denn das gesagt?"

„Sie haben es mir doch selbst im Klub erzählt."

Der Doktor runzelte die Stirn.

„So?" Er fuhr mit der Hand über die Stirn. „Ich kann mich gar nicht darauf besinnen. Wann war denn das?"

„Heute morgen. Aber Ihre Gedanken waren wahrscheinlich mit wichtigeren Dingen beschäftigt."

Der junge Gelehrte biß sich auf die Lippen.

„Ich hätte nicht vergessen dürfen, was heute morgen passierte“, sagte er in besorgtem Ton.

Manfred hatte den Eindruck, daß er verzweifelt mit sich selbst kämpfte. Aber schließlich heiterte sich seine Miene wieder auf.

„Ja, ich habe wirklich einen ungewöhnlichen Erfolg zu verzeichnen. In einigen Monaten wird mein Name berühmt sein, sogar in meinem eigenen Vaterland. Aber diese Studien kosten auch eine unheimliche Menge Geld. Erst heute habe ich wieder nachgerechnet, daß ich allein für Stenotypistinnen wöchentlich nahezu sechzig Pfund zahle.“

Manfred schaute ihn erstaunt an.

„Für Stenotypistinnen?“ wiederholte er langsam. „Dann schreiben Sie sicher ein wissenschaftliches Werk?“

„Hier kommen unsere Damen“, sagte der Doktor.

Es lag zuweilen etwas Abruptes, fast Abstoßendes in seinem Wesen, und als sie später bei Tisch saßen, hatte Manfred weiteren Grund, sich über das schlechte Betragen ihres Gastes zu wundern. Dr. Viglow saß neben Miss Moleneux. Als sich das Essen seinem Ende näherte, wandte er sich plötzlich unerwartet zu ihr.

„Du hast mich heute noch nicht geküßt, Margaret“, sagte er laut.

Das junge Mädchen errötete und wurde dann blaß. Ihre Finger zitterten nervös. „Habe ich dich – noch nicht geküßt, Felix?“ stammelte sie.

Das Gesicht des Doktors war rot vor Ärger.

„Bei Gott, das ist wirklich gut!“ schrie er. „Ich bin mit dir verlobt, ich habe dir in meinem Testament mein ganzes Vermögen vermacht, ich zahle deiner Mutter tausend Pfund im Jahr, und du hast mich heute noch nicht einmal geküßt!“

„Doktor!“ unterbrach plötzlich die sanfte, aber eindringliche Stimme Leons die Spannung. „Können Sie mir nicht sagen, welcher Stoff mit der chemischen Formel Cl_2O_5 bezeichnet wird?“

Dr. Viglow wandte langsam den Kopf zu ihm und schaute ihn an. Allmählich verlor sich der seltsame Ausdruck aus seinem Gesicht, und er wurde wieder normal.

„Das ist eine Oxydverbindung von Chlor", sagte er ganz ruhig. Die Unterhaltung wandte sich nun wissenschaftlichen Dingen zu.

Die einzige Person bei Tisch, die durch Dr. Viglows Entgleisung nicht außer Fassung gebracht wurde, war die kleine, selbstzufriedene Frau, die an Manfreds rechter Seite saß. Als der Doktor das Jahresgeld erwähnte, das er ihr zahlte, kicherte sie nur. Nachdem die allgemeine Unterhaltung wieder eingesetzt hatte, wandte sie sich zu Manfred und sprach mit leiser Stimme zu ihm.

„Felix ist manchmal so exzentrisch, aber gewöhnlich ist er ein ruhiger, liebenswürdiger und freundlicher Charakter. Man muß doch an die Zukunft seines Kindes denken – sind Sie nicht auch meiner Ansicht, Señor?"

Die letzte Frage hatte sie in ihrem schlechten Spanisch an ihn gerichtet. Manfred nickte und schaute einen Augenblick zu dem jungen Mädchen hinüber, das immer noch verstört und totenblaß aussah.

„Ich bin fest davon überzeugt, daß sie noch ganz glücklich mit ihm werden wird", fuhr die Mutter fort, „viel glücklicher als mit diesem unmöglichen Menschen."

Sie erklärte nicht genauer, wer dieser unmögliche Mensch war, aber Manfred ahnte eine ganze Tragödie. Er war nicht gerade romantisch veranlagt, aber ein Blick auf das Mädchen hatte ihm gesagt, daß bei dieser Verlobung etwas nicht stimmte. Er kam jetzt zu dem Schluß, den sein Freund Leon schon längst gezogen hatte, und erkannte, daß sie von reiner Furcht beherrscht war. Und er wußte jetzt auch, vor wem sie sich fürchtete.

Eine halbe Stunde später standen die beiden vor der Tür und sahen dem verschwindenden roten Schlußlicht von Dr. Viglows Wagen nach. Dann gingen sie zurück in das Wohnzimmer, und Manfred legte etwas Brennholz auf das Feuer, um es neu anzufachen.

„Nun, welchen Eindruck hast du?" fragte Gonsalez und rieb sich offenbar erfreut die Hände.

„Ich finde dieses Verhältnis einfach entsetzlich", erwiderte Manfred, als er sich in einen Sessel setzte. „Ich dachte, es käme heutzutage nicht mehr vor, daß unvernünftige Mütter es wagen dürfen, ihre Töchter zu einer Ehe mit einem ungeliebten Mann zu zwingen. Man hört doch immer von den modernen jungen Mädchen, die so selbständig sind."

„Die menschliche Natur bleibt immer dieselbe, daran ändern auch die modernen Zeiten nichts", sagte Gonsalez lebhaft. „Die meisten Mütter handeln recht töricht, wenn es um das Schicksal ihrer Töchter geht. Ich weiß, daß du mir nicht recht geben wirst, aber ich kann Beweise anführen. Mantegazza hat statistische Angaben über achthundertdreiundvierzig Familien gesammelt . . ."

Manfred mußte lachen.

„Du bist nur zufrieden, wenn du deinen ewigen Mantegazza zitieren kannst! Hat dieser schreckliche Mensch denn alles gewußt?"

„Fast alles. Aber wir wollen von Miss Moleneux sprechen." Leon wurde wieder ernst. „Es ist klar, daß sie ihn nicht heiraten will."

„Was ist eigentlich mit ihm los?" fragte Manfred. „Er scheint ein ganz unbeherrschter Mensch zu sein."

„Er ist verrückt", antwortete Leon ruhig.

Manfred schaute ihn erstaunt an.

„Verrückt?" wiederholte er ungläubig. „Du meinst doch nicht etwa, daß er geisteskrank ist?"

„Ich brauche dieses Wort in vollem Ernst." Gonsalez steckte sich eine Zigarette an. „Der Mann ist zweifellos verrückt. Vor einigen Tagen war ich meiner Sache noch nicht sicher, aber jetzt weiß ich es gewiß. Eine ganz unzweideutige Probe ist das schwindende Gedächtnis. Leute, die am

Rande des Wahnsinns oder in den Anfängen einer Geisteskrankheit stehen, können sich nicht daran erinnern, was kurze Zeit vorher geschah. Hast du nicht bemerkt, wie bestürzt er war, als ich von der Unterhaltung sprach, die ich heute morgen mit ihm hatte?“

„Das ist mir allerdings aufgefallen“, gab Manfred zu.

„Er kämpfte mit sich selbst. Der noch gesunde Teil seines Gehirns lehnte sich gegen den kranken Teil auf – der Wissenschaftler gegen den unverantwortlichen, kranken Menschen. Der Gelehrte in ihm stellte fest, daß er auf dem Wege zum Wahnsinn war, wenn er plötzlich sein Gedächtnis für Vorfälle verlieren konnte, die nur einige Stunden zuvor passiert waren. Aber der Wahnsinn in ihm sagte, daß er so ein außergewöhnlicher, wunderbarer Mensch sei, daß die allgemein gültigen Regeln für ihn nicht in Betracht kämen. Wir werden ihm morgen einen Besuch machen und uns einmal sein Laboratorium ansehen. Wahrscheinlich entdecken wir dann auch, warum er sechzig Pfund wöchentlich für Stenotypistinnen bezahlt. Und nun gehst du am besten zu Bett, mein lieber George. Ich werde noch ein Kapitel des ausgezeichneten, aber manchmal auch irrenden Lombroso lesen.“

Dr. Viglows Laboratorium befand sich in einem neuen, roten Ziegelgebäude, das an der Grenze der Heide von Dartmoor lag. Daneben hatte er vor kurzem eine große Baracke errichten lassen, um die vielen Assistentinnen und Stenotypistinnen unterzubringen.

„Seit zwei oder drei Jahren habe ich nun keinen Professor getroffen“, sagte Manfred, als sie quer durch die Heide zu Dr. Viglow fuhren. „Seit fünf Jahren habe ich kein Laboratorium betreten. Und nun habe ich im Laufe weniger Wochen zwei außergewöhnliche Gelehrte kennengelernt, von denen allerdings einer schon tot war. Auch habe ich zwei Laboratorien besucht.“

Leon nickte.

„Eines Tages muß ich doch tatsächlich noch eine wissenschaftliche Abhandlung über die Duplizität der Fälle schreiben“, meinte er.

Vor dem Laboratorium hielt ein Postwagen. Drei Mädchen in weißen Arbeitskitteln trugen Postpakete aus der Tür und verstauten sie in dem Wagen.

„Er muß aber eine ungeheuer umfangreiche Korrespondenz haben", sagte Manfred verwundert.

Dr. Viglow, der auch einen weißen Arbeitsmantel trug, stand in der Tür und begrüßte sie freundlich, als sie ausstiegen.

„Kommen Sie bitte in mein Büro", sagte er und führte sie zu einem großen, luftigen Raum.

„Sie haben aber unheimlich viel Post", sagte Leon.

Dr. Viglow lachte.

„Ich schicke die Pakete vorläufig zum Postamt nach Torquay. Sie lagern einstweilen dort und sollen erst abgeschickt werden, wenn" – er machte eine Pause –, „wenn ich meiner Sache sicher bin. Ein Wissenschaftler kann nicht sorgfältig genug sein", sagte er ernst. „Wenn er eine Entdeckung bekanntgemacht hat, wird er hinterher dauernd von der Furcht gequält, daß er noch etwas Wichtiges, Ausschlaggebendes vergessen haben könnte, oder daß seine Schlußfolgerungen zu voreilig gezogen wären. Aber ich bin fest davon überzeugt, daß ich recht habe", sagte er halb zu sich selbst. „Ich bin sicher, daß alles richtig ist, aber ich muß noch mehr Gewißheit haben!"

Er führte sie in dem großen Laboratorium umher, aber es war hier für Manfred nicht viel mehr zu sehen als in dem Arbeitsraum des verstorbenen Professors Tableman.

Dr. Viglow hatte sie bei ihrer Ankunft herzlich begrüßt und war sehr unterhaltsam gewesen. Aber nach wenigen Minuten schon wurde er immer stiller und gab keine Erklärungen für gewisse Instrumente, die Leon sehr zu interessieren schienen. Erst als er direkt gefragt wurde, antwortete er kurz und ausweichend.

In dem nächsten Raum änderte sich plötzlich das Benehmen Dr. Viglows, er wurde wieder mitteilsam und machte einen fast vergnügten Eindruck.

„Ich werde es Ihnen jetzt sagen“, rief er. „Ich werde Ihnen alles erklären! Außer mir weiß noch keine lebende Seele davon. Niemand versteht die außerordentlich wichtige Arbeit, die ich geleistet habe, und niemand kennt die Bedeutung meines Planes.“

Seine Augen leuchteten, sein Gesicht nahm einen freudigen Ausdruck an, und es schien Manfred, als ob er sich in diesem Augenblick mehr straffte.

Dr. Viglow zog die Schublade eines Tisches auf, der an der Wand stand, nahm eine längliche Porzellanplatte heraus und stellte sie auf den Tisch. Aus einem Wandschrank, der mit Drahtgaze geschlossen war, holte er einen Zinnkasten und schüttete den Inhalt mit unverhülltem Widerwillen auf die Porzellanplatte. Es war gewöhnliche Gartenerde. Plötzlich sah Leon zu seinem Erstaunen einen kleinen Regenwurm, der durch das Umstürzen an die Oberfläche gekommen war. Der kleine Kerl versuchte, sich möglichst schnell wieder mit vielen Windungen in den Erdhaufen einzubohren.

„Dieser verdammte Bursche!“ Viglows Stimme klang zornig und erregt. Sein Gesicht zuckte und war wutentstellt. „Wie ich diese Biester hasse!“ Seine Augen sprühten Haß, aber er schien auch von einem entsetzlichen Angstgefühl gepackt zu sein.

George Manfred holte tief Atem und trat einen Schritt zurück, um Viglow besser beobachten zu können. Der Mann beruhigte sich allmählich wieder und sah Leon an.

„Als ich noch ein Kind war“, sagte er mit zitternder Stimme, „konnte ich mir nichts Schlimmeres vorstellen als diese häßlichen Würmer. Ich hatte damals ein Kinderfräulein, eine böse Person von schlechtem Charakter. Einmal hat sie mir einen solchen Regenwurm in den Halsausschnitt gesteckt. Denken Sie doch, wie schrecklich das gewesen ist!“

Leon erwiderte nichts. Für ihn war ein Regenwurm irgendein Tier aus der Familie der Olygochaeten, der den etwas pompösen Namen lumbricus terrestris trug. Er konnte nicht verstehen, warum Dr. Viglow, dieser hervorragende Naturwissenschaftler, das kleine Geschöpf nicht ebenso beurteilte.

„Ich habe eine Theorie aufgestellt." Der Doktor war nun ruhiger geworden und wischte sich den Schweiß von der Stirn. „In bestimmten großen Perioden kommen alle Lebewesen auf dieser Welt der Reihe nach einmal zur Herrschaft. In Millionen von Jahren wird der Mensch wahrscheinlich zu der Größe einer Ameise zusammenschrumpfen, und der Regenwurm wird an seine Stelle treten. Er wird seine Intelligenz mit unerhörter Kraft steigern und wird sich durch Schlauheit und Grausamkeit die Herrschaft über die Welt aneignen! Dieser Gedanke hat mich immer gequält", fuhr er fort, als weder Leon noch Manfred irgendeine Bemerkung machte. „Und er quält mich noch dauernd bei Tag und bei Nacht. Deshalb sehe ich meine Lebensaufgabe darin, die Menschheit vor dieser drohenden Gefahr zu schützen." Er machte eine Pause. „Augenblicklich sind die Regenwürmer weder intelligent noch klug, auch haben sie nicht den geringsten Ehrgeiz. Es ist also jetzt noch leicht, ihrer Herr zu werden."

Dr. Viglow ging wieder zu dem Schrank und nahm eine weithalsige Flasche heraus, die mit grauem Pulver gefüllt war. Er trat an Leon heran und zeigte bedeutsam auf das Gefäß.

„Dies ist das Resultat einer zwölfjährigen Arbeit", sagte er schlicht. „Es ist nicht schwer, irgendeinen Stoff zu finden, der diese pestilenzartigen Tiere tötet. Aber dies ist etwas ganz anderes."

Er nahm eine winzige Portion mit einem Seziermesser heraus, füllte ein Gefäß von zwei Litern mit Wasser und löste das Pulver darin auf. Er rührte die farblose Flüssigkeit mit einem Glasstab um und ließ dann drei Tropfen auf den Erdhaufen fallen, in dem sich der Wurm verborgen hatte. Nach einigen Sekunden bewegte sich die Erde heftig, in der das arme Opfer eingeschlossen war.

„Er ist tot“, rief Dr. Viglow triumphierend. Er teilte die Erde mit einem Stäbchen, um die Wahrheit seiner Behauptung zu beweisen. „Und nicht nur das Tier ist tot, sondern diese Handvoll Erde bringt auch jedem anderen Regenwurm Verderben, der damit in Berührung kommt.“ Er klingelte, und eine seiner Assistentinnen kam herein. „Nehmen Sie das weg“, sagte er und schüttelte sich vor Widerwillen. Dann ging er mit düsteren Blicken zu seinem Schreibtisch.

Leon sprach auf dem Heimweg nicht. Er saß zusammengekauert in einer Ecke des Wagens, hatte die Arme über der Brust gekreuzt und das Kinn nachdenklich gesenkt. Am selben Abend verließ er das Haus ohne irgendein Wort der Erklärung. Er hatte vorher Manfreds Einladung zu einem gemeinsamen Spaziergang abgelehnt und nicht gesagt, wohin er gehen wollte.

Gonsalez ging den Weg an den Klippen entlang quer über die Hügel von Babbacombe und kam nach einer längeren Wanderung ungefähr um neun Uhr abends zu der Wohnung Dr. Viglows. Das Haus des Doktors war ziemlich groß und erforderte eine Menge Dienstboten. Aber es gehörte zu seinen vielen Eigentümlichkeiten, daß er in einem kleinen Gärtnerhaus schlief, das in einiger Entfernung von dem Hauptgebäude stand.

Erst vor kurzem hatte sich Dr. Viglow diesen einsamen Aufenthaltsort ausgesucht. Vorher war es ihm in dem großen Hause recht gut gegangen, in dem schon sein Vater gewohnt hatte. Aber in letzter Zeit hatte er dort nachts Stimmen und Knarren im Holzwerk gehört, auch hatte er Gestalten aus dem Dunkel auftauchen sehen, die in den langen Gängen einherschlichen. In seinen krankhaften Anwandlungen war er zu der Überzeugung gekommen, daß sich seine Dienstboten gegen ihn verschworen hätten und ihn während der Nacht ermorden wollten. Deshalb hatte er den Gärtner ausquartiert und das kleine Haus neu ausstatten und möblieren lassen. Hier verbrachte er nun hinter verschlossenen Türen die Nächte, indem er las, seinen Gedanken nachhing oder schlief. Gonsalez hatte schon von dieser Schrulle gehört und näherte sich dem Gärtnerhaus mit einiger Vorsicht, denn ein furchtsamer Mann ist gefährlicher als ein böser Mann. Er klopfte an die Tür und hörte gleich darauf Schritte auf dem Steinflur.

„Wer ist da?“ fragte eine Stimme.

„Ich bin es“, erwiderte Gonsalez und nannte den Namen, unter dem er bekannt war.

Nach einem Zögern wurde aufgeschlossen, und die Tür öffnete sich.

„Treten Sie bitte ein“, sagte Dr. Viglow unwirsch und schloß die Tür wieder hinter ihm zu. „Sie sind sicher hierhergekommen, um mir zu gratulieren. Sie müssen auch zu meiner Hochzeit kommen, lieber Freund. Es wird ein großartiges Fest werden, denn ich werde dabei eine Rede halten über die Bedeutung meiner Entdeckung. Wollen Sie etwas trinken? Ich habe zwar nichts hier, aber ich kann es vom Haupthaus bringen lassen. In meinem Schlafzimmer habe ich ein Telefon.“

Leon schüttelte den Kopf.

„Ich habe mir noch viele Gedanken über Ihre Entdeckung gemacht, Doktor“, sagte er dann und nahm die angebotene Zigarette an. „Auch die vielen Postpakete, die heute vor Ihrer Tür aufgeladen wurden, habe ich mit der Entdeckung in Verbindung gebracht, von der Sie uns erzählten.“

Dr. Viglows Züge erhellten sich, und er strahlte vor Genugtuung. Er lehnte sich in seinen Stuhl zurück und legte ein Bein über das andere wie jemand, der sich auf eine längere Rede vorbereitet.

„Das will ich Ihnen auch erklären. Seit Monaten stehe ich in Briefwechsel mit landwirtschaftlichen Gesellschaften, sowohl hier in diesem Lande als auf dem Kontinent. Ich bin eine europäische Größe“, sagte er hochfahrend und anmaßend. „Ich habe ein Mittel gegen die Reblaus gefunden, und durch mich wurde diese Geißel der Weinberge unschädlich gemacht.“

Leon nickte, denn er wußte, daß er die Wahrheit gesprochen hatte.

„Sie sehen also, daß man auf mein Wort etwas gibt, wenn es sich um Ackerbau handelt. Aber nach verschiedenen Unterredungen mit unseren beschränkten Landwirten fand ich, daß sie die Vernichtung dieser ...", er erwähnte den Namen der ihm so schrecklichen Tiere nicht, aber er zitterte, „... nicht gerne sehen. Und nach dieser Erfahrung muß ich natürlich meine Handlungsweise einrichten, jetzt, da ich davon überzeugt bin, daß mein Mittel in jeder Weise wirksam ist, kann ich der Post den Auftrag geben, die Pakete abzusenden. Ich wollte eben mit dem Vorsteher des Postamts telefonieren, als Sie an die Tür klopften. Die Pakete sind schon adressiert und mit Marken versehen."

„An wen schicken Sie denn die Pakete?"

„An Gutsbesitzer und Landwirte. Es sind ungefähr vierzehntausend Pakete, die nach allen Teilen Europas versandt werden. In jedem Paket befindet sich eine gedruckte Anweisung in Englisch, Französisch, Deutsch und Spanisch. Damit die Leute meine Vorschriften auch ausführen, habe ich ihnen gesagt, daß dieses Pulver ein neues Düngemittel ist."

„Was sollen die Leute denn tun, wenn sie die Pakete bekommen?" fragte Leon weiter.

„Sie sollen das graue Pulver in Wasser auflösen und einen gewissen Teil ihres Landes damit besprengen. Ich habe angegeben, daß es am besten auf gepflügtem Lande geschieht. Sie brauchen nur einen Teil ihres Landes damit zu besprengen. Diese niederträchtigen Biester werden das andere Land bald genug infizieren. Ich bin fest davon überzeugt, daß in sechs Monaten in ganz Europa und Asien kein Exemplar dieser schrecklichen Geschöpfe mehr am Leben ist."

„Die Leute wissen also nicht, daß dieses Gift dazu bestimmt ist, Regenwürmer zu töten?"

„Nein, das habe ich Ihnen doch eben erklärt", erwiderte der Doktor böse. „Warten Sie einen Augenblick. Ich will nur mit dem Postmeister telefonieren."

Er erhob sich schnell, aber Leon war noch schneller und packte ihn am Arm.

„Mein lieber Freund", sagte er, „das dürfen Sie nicht."

Dr. Viglow versuchte sich loszumachen.

„Lassen Sie mich gehen“, schrie er wütend. „Gehören Sie auch zu diesen Dämonen, die mich quälen?“

Unter gewöhnlichen Umständen wäre Leon stark genug gewesen, einen Mann wie Dr. Viglow aufzuhalten, aber der Wahnsinnige besaß außergewöhnliche Kräfte und warf Gonsalez in einen Stuhl. Bevor sich sein Gegner wieder erheben konnte, schlüpfte Dr. Viglow durch die Tür, machte sie rasch zu und schloß sie ab.

Das eingeschossige Haus war durch eine Holzwand, die Dr. Viglow hatte einziehen lassen, in zwei Räume geteilt. Über der Tür war ein Fenster angebracht; Leon zog schnell den Tisch dorthin, sprang hinauf und schlug das Glasfenster mit seinem Ellbogen ein.

„Rühren Sie das Telefon nicht an!“ rief er Viglow zu. „Hören Sie?“

Der Doktor sah sich hämisch lachend um.

„Sie sind auch ein Freund dieser Teufel!“ Er streckte gerade die Hand aus, um den Hörer abzuheben, als Leon ihn niederschoß.

Als Manfred am nächsten Morgen von seinem Spaziergang zurückkam, traf er Gonsalez, der auf dem Rasen vor dem Haus auf und ab ging und eine besonders lange Zigarre rauchte.

„Mein lieber Leon, du hast mir ja nichts von alledem gesagt?“ Manfred legte seinen Arm in den seines Freundes.

„Ich dachte, es wäre das beste, zu warten.“

„Ganz zufällig habe ich die Geschichte gehört. Man erzählt, daß ein Dieb in das Gärtnerhaus einbrach und den Doktor erschoß, als er um Hilfe telefonieren wollte. Alles Silberzeug in dem äußeren Raum ist gestohlen worden, auch die goldene Taschenuhr und die Brieftasche des Doktors sind verschwunden.“

„Sie ruhen auf dem Grund des Meeres in der Babbacombe-Bucht“, erwiderte Leon. „Ich bin heute morgen schon zum Angeln ausgefahren, als du noch schliefst.“

Sie gingen eine Weile schweigend auf und ab.

„War es denn wirklich notwendig?“ fragte Manfred dann.

„Durchaus“, antwortete Leon ernst. „Du mußt vor allem daran denken, daß dieser Mann, obwohl er verrückt war, nicht nur ein Gift, sondern auch einen Ansteckungsstoff entdeckte.“

„Aber mein lieber Leon“, fragte Manfred lächelnd, „waren denn die Regenwürmer das alles wert?“

„Ja, sie sind viel mehr wert als sein Leben. Die größten Gelehrten, die sich mit Landwirtschaft befaßt haben, sind darin einig, daß die ganze Erdoberfläche steril würde und die Menschheit in sieben Jahren verhungern könnte, wenn die Regenwürmer nicht dauernd in Tätigkeit wären.“

Manfred blieb stehen und starrte seinen Freund an.

„Glaubst du das wirklich?“

Leon nickte.

„Die Regenwürmer sind im Haushalt der Natur unbedingt notwendig“, entgegnete er ernst. „Das Land wird fruchtbar durch sie. Leider ist ihr Nutzen noch nicht allgemein bekannt. Sie sind die besten Freunde der Menschen. – Aber nun will ich zum Postamt gehen und dem Postmeister eine genügend glaubhafte Geschichte erzählen, damit ich alle diese Pakete zurückbekomme.“

„Ich bin in mancher Beziehung froh darüber“, sagte Manfred lächelnd. „Eigentlich in jeder Beziehung. Das junge Mädchen hat mir sehr gut gefallen, und ich bin sicher, daß dieser unmögliche Mensch doch nicht so ganz unmöglich ist.“

4. Der Mann, der zweimal starb

Die Pause zwischen dem zweiten und dritten Akt war ungewöhnlich lang. Aber die drei Herren, die in einer der Logen saßen, waren in so harmonischer Stimmung, daß keiner es für notwendig hielt, Konversation zu machen. Das Theaterstück, das sie sich ansahen, war ein gewöhnliches Detektiv- und Verbrecherstück, und jeder von ihnen hatte das „Geheimnis" des Mordes schon enträtselt, bevor der Vorhang nach dem ersten Akt fiel. Alle drei hatten ohne große geistige Anstrengung die richtige Lösung gefunden.

Mr. Fare, der Polizeidirektor, hatte mit George Manfred und Leon Gonsalez zu Abend gespeist, dann waren sie gemeinsam zum Theater gegangen.

Mr. Fare runzelte die Stirn, als ob er eine unangenehme Erinnerung hätte. Plötzlich hörte er ein leises Lachen und begegnete den belustigten Blicken Leons, als er aufschaute.

„Warum lachen Sie?" fragte er, angesteckt von der Fröhlichkeit des anderen.

„Über Ihre Gedanken!"

„Über meine Gedanken?" wiederholte Mr. Fare erstaunt.

„Ja – Sie dachten eben an die „Vier Gerechten"."

„Das ist aber sehr merkwürdig! Ich habe tatsächlich an sie gedacht. War das nun Telepathie?"

Gonsalez schüttelte den Kopf.

Manfred schaute währenddessen zerstreut ins Parkett.

„Nein, es war keine Telepathie", erwiderte Leon. „Ich konnte Ihre Gedanken von Ihrem Gesichtsausdruck ablesen."

„Aber ich habe doch kein Wort von diesen Kerlen gesagt! Wie kommen Sie denn darauf . . .?"

„Der Gesichtsausdruck, besonders der Ausdruck der Erregung, gehört in die Kategorie der primitiven Instinkte – sie sind nämlich nicht gewollt, nicht beabsichtigt." Leon war nun bei seinem Lieblingsthema. „Wenn ein Billardspieler zum Beispiel einen Ball gestoßen hat, so verrenkt er gewöhnlich seinen Körper je nach der Richtung, die der Ball nimmt. Sie haben doch sicher schon einmal die Verdrehungen eines solchen Spielers beobachtet, der die zweite Kugel nur um ein Geringes verfehlte? Ein Mann, der mit der Schere ein Stück Tuch abschneidet, kaut unwillkürlich, und ein Ruderer bewegt seine Lippen bei jedem Ruderschlag. Wir nennen das unwillkürliche Bewegungen. Bei Tieren können Sie dasselbe bemerken."

„Gibt es denn tatsächlich einen feststehenden Gesichtsausdruck für den Gedanken an die „Vier Gerechten"?" fragte Mr. Fare lächelnd.

Leon nickte.

„Es würde sehr lange dauern, das genau zu beschreiben – aber ich will Sie nicht täuschen. Ich habe Ihre Gedanken weniger gelesen als vermutet, indem ich ihnen folgte. Die letzten Worte des Aktes, den wir eben sahen, wurden von einem theatralischen Geistlichen gesprochen: „Gerechtigkeit! Es gibt eine Gerechtigkeit, die über dem Gesetz steht!" Ich sah, daß Sie die Stirn runzelten und dann dem Redakteur des „Megaphone" zunickten, der in der anderen Logenreihe sitzt. Es fiel mir ein, daß Sie für diese Zeitung einen Artikel über die „Vier Gerechten" geschrieben haben –"

„Ach, Sie meinen den kleinen Nachruf für den armen Falmouth", verbesserte Mr. Fare. „Ja, nun verstehe ich. Sie haben natürlich recht. Ich dachte an diese Leute und an ihre Anmaßung, sich als Richter und Henker aufzuwerfen, wenn das Gesetz die Schuldigen zu strafen verfehlt oder wenn sich die Schuldigen dem gerechten Urteil entziehen konnten."

Manfred wandte sich plötzlich um.

„Leon", sagte er in Spanisch – die drei hatten sich schon den ganzen Abend in dieser Sprache unterhalten –, „sieh dir doch einmal den Herrn mit den großen Brillantknöpfen an der Hemdenbrust an. Was hältst du von ihm?"

Leon richtete sein Opernglas auf den Mann und betrachtete ihn eingehend.

„Ich würde ihn gern einmal sprechen hören", erwiderte er nach einer Weile. „Er hat ein zartes Gesicht, aber sein Unterkiefer ist so stark entwickelt, daß die unteren Zähne über die oberen vorgreifen. Sind seine Augen nicht ungewöhnlich groß?“

Manfred schaute durch das Opernglas zu dem ahnungslosen Fremden hinüber.

„Sie sind groß – ja, sie treten stark hervor.“

„Was siehst du sonst noch?“

„Seine Lippen sind dick und wie geschwollen.“

Leon nahm das Glas zurück und wandte sich an Fare.

„Ich wette nie, aber wenn ich es täte, würde ich tausend Pesetas darauf setzen, daß dieser Mann eine heisere, gebrochene Stimme hat.“

Mr. Fare schaute auch ins Parkett hinunter.

„Sie haben ganz recht. Mr. Ballams Stimme ist tatsächlich ungewöhnlich rauh und heiser. Was schließen Sie denn daraus?“

„Daß er einen bösen Charakter hat“, erwiderte Gonsalez. „Mein lieber Freund, dieser Mann ist ein gefährlicher, schlechter Mensch. Die vortretenden Augen und die krächzende Stimme sind untrügliche Zeichen – sie deuten auf nichts Gutes.“

Mr. Fare rieb aufgeregt seine Nase.

„Wenn ich Sie nicht so genau kennen würde, könnte ich jetzt sehr grob werden und einfach behaupten, daß Ihnen der Mann von früher her bekannt ist und daß Sie ihn schon öfter getroffen haben. Aber nachdem Sie mir gestern eine so außergewöhnliche Probe Ihrer Fähigkeiten gegeben haben, bin ich davon überzeugt, daß doch etwas hinter der Physiognomik stecken muß.“

Mr. Fare dachte an den Besuch, den Leon Gonsalez und Manfred in der Registratur von Scotland Yard gemacht hatten. Man hatte vierzig Fotografien auf dem Tisch vor Gonsalez ausgebreitet, und er hatte die Leute nacheinander beurteilt und die Verbrechen aufgezählt, deren sie sich schuldig gemacht hatten. Es unterliefen ihm dabei im ganzen nur vier Fehler, und auch diese waren entschuldbar.

„Ja, Gregory Ballam ist ein schlechter Mensch“, sagte der Polizeidirektor nachdenklich. „Er ist uns niemals unter die Hände gekommen, aber das ist eben Glück im Spiel. Er ist so schlau wie der Teufel, und es tut mir leid, daß eine so hübsche Dame wie Genee Maggiore ihn begleitet.“

„Ist das die Dame, die neben ihm sitzt?“ fragte Manfred interessiert.

„Sie ist Schauspielerin“, murmelte Gonsalez. „Siehst du, wie sie in gewissen Zwischenräumen ihren Kopf erst nach links und dann nach rechts dreht, obwohl es weder links noch rechts etwas zu sehen gibt? Sie ist daran gewöhnt, daß man sie beobachtet. Das ist weniger Eitelkeit als ein ganz besonderes Kennzeichen ihres Berufes.“

„Was treibt dieser Ballam eigentlich?“ fragte Manfred den Polizeibeamten.

„Sie kennen doch unseren Dickens?“ Mr. Fare hielt Manfred für einen Spanier. „Es ist sehr schwer, Ihnen zu erklären, wie Gregory Ballam sein großes Einkommen erwirbt“, sagte er dann ernst. „Er ist eine Art Geldverleiher und hat nebenbei noch verschiedene andere einträgliche Geschäfte.“

„Was denn zum Beispiel?“ fragte Manfred.

Mr. Fare schien nicht gern zu antworten.

„Ich will es Ihnen im tiefsten Vertrauen sagen. Wir haben Grund anzunehmen, daß er eine Opiumhöhle unterhält, die von reichen Leuten besucht wird. Haben Sie nicht letzte Woche von John Didworth gelesen, der eine Krankenpflegerin in Kensington Gardens niederknallte und sich dann selbst erschoß?“

Manfred nickte.

„Er war doch ein sehr bekannter Mann?“

„Ja, er genoß so großes Ansehen und hatte so viele Beziehungen, daß wir den Fall auf sich beruhen ließen. Es hätte zuviel Staub aufgewirbelt. Er starb am nächsten Tag im Hospital, und die Ärzte erklärten, daß er unweigerlich unter dem Einfluß eines indischen Rauschgiftes stand. In den wenigen Augenblicken, in denen er noch zum Bewußtsein kam, erzählte er dem Arzt, daß er in der Nacht vorher betrunken war und schließlich in einer Art Opiumhöhle landete. Von der Zeit an konnte er sich auf nichts mehr besinnen, bis er im Hospital erwachte. Er starb, ohne zu wissen, daß er dieses gräßliche Verbrechen begangen hatte. Zweifellos hat er unter dem Einfluß dieses Rauschgiftes in einer Art Wahnsinn die erste Person niedergeschossen, die ihm begegnete."

„War er in Mr. Ballams Opiumhöhle?" fragte Gonsalez interessiert.

In diesem Augenblick hob sich der Vorhang wieder, und sie konnten ihre Unterhaltung nur noch flüsternd fortsetzen.

„Das wissen wir nicht genau. In seinem Delirium hat er allerdings Ballams Namen erwähnt. Wir haben alles getan, was in unseren Kräften stand, um es herauszubringen. Ballam ist Tag und Nacht beobachtet worden. Alle Lokale, die er besucht hat, haben wir durchforscht, aber wir haben nichts gefunden, was ihn in irgendeiner Weise belasten könnte."

Leon Gonsalez hatte seine besonderen Eigentümlichkeiten. Morgens um neun Uhr beim Frühstück war er am lebhaftesten und leistungsfähigsten. Am nächsten Morgen legte er die Zeitung hin und fragte:

„Was ist eigentlich Verbrechen?"

„Mein lieber Professor", sagte Manfred feierlich, „das will ich dir sagen. Es ist die Abweichung von den Gesetzen, welche die menschliche Gesellschaft beherrschen."

„Das ist eine abgegriffene Erklärung. Mein lieber George, um neun Uhr morgens bist du immer etwas fade. Hätte ich dich um Mitternacht gefragt, so hättest du mir geantwortet, daß jede Handlung ein Verbrechen ist, die absichtlich deinen Nächsten verletzt oder schädigt. Wenn ich die Sache noch genauer bestimmen und, wie man sich hierzulande ausdrückt, juristisch definieren wollte, würde ich hinzusetzen, „die gegen das Gesetz verstößt". Auf ein aufgeklärtes Verbrechen kommen wohl zehntausend unentdeckte. Die Leute nennen eigentlich nur diejenigen Übertretungen

Verbrechen, die von einer gewissen Klasse von ungebildeten oder halbgebildeten Verrückten oder Halbverrückten begangen werden. Hier liegt doch eine ganz gemeine Tat vor, ein ungeheuerliches Verbrechen. Wir haben hier einen Mann, der die Lebenskraft junger Menschen zerstört und ihr Glück erbarmungslos mordet. Hier ist einer, der Männer und Frauen in den Schmutz zieht, sie in ihren eigenen Augen herabsetzt und allen Ehrgeiz, alles Aufwärtsstreben in ihnen tötet, nur damit er in einem gewissen Luxus leben, schneeweiße Wäsche tragen, teure Weine trinken und die feinsten Leckerbissen essen kann."

„Wen meinst du denn eigentlich?" fragte Manfred.

„Er wohnt Nr. 93 Jermyn Street, er ist sozusagen unser Nachbar."

„Ach so, du sprichst von Mr. Ballam?"

„Allerdings", erwiderte Gonsalez ernst. „Heute abend werde ich als ein ausländischer Artist ausgehen und mir viel Geld in die Tasche stecken. Ich habe die Absicht, mich auf Tod und Leben zu amüsieren, und ich zweifle nicht, daß ich früher oder später dabei mit Mr. Ballam zusammentreffe. Sehe ich eigentlich wie ein Detektiv aus, George?" fragte er unvermittelt.

„Du siehst eher wie ein genialer Klaviervirtuose aus", sagte George.

Gonsalez rümpfte die Nase.

„Du kannst sogar morgens um neun Uhr schon recht unausstehlich sein."

Die Verbrecher haben mit zwei Gefahrmomenten zu rechnen, wenn sie darauf ausgehen, schnell und leicht zu Reichtum zu kommen. Zunächst besteht das Risiko der Entdeckung und Bestrafung sowohl für wohlhabende als für arme Verbrecher, und außerdem können sie viel Geld verlieren, das sie angelegt haben, um sich damit noch größere Summen anzueignen. Der Verbrecher, der Geld in ein Geschäft steckt, läuft die geringste Gefahr, entdeckt zu werden. Aus diesem Grunde werden gewöhnlich auch nur die Mittellosen und die Dummen gefaßt und zur Verantwortung vor den Richter gezogen, während die Wohlhabenden selten auf der Anklagebank sitzen.

Mr. Gregory Ballam hatte früher bei einer Auktion drei Häuser in der Montague Street, Portland Place, gekauft. Sie standen nebeneinander und bildeten einen Block für sich. Das erste war als Bürogebäude vermietet; ein Rechtsanwalt hatte das Erdgeschoß belegt, im ersten Stock befanden sich die Räume eines Wein- und Spirituosenhändlers. Der zweite Stock enthielt eine Reihe einfacher Zimmer, in denen Mr. Gregory Ballam seine Geschäfte abwickelte. Außerdem benutzte er auch das Kellergeschoß, das er vollständig hatte ausbessern und herrichten lassen. Hier war, wenn auch gerade nicht ein komfortables, so doch nettes und sauberes Lager angelegt. Durch den Keller konnte man unter anderem auch zu einer neuen Garage kommen, die für einen Teilhaber Mr. Ballams eingebaut worden war.

Nur die Bauarbeiter, die bei den Reparaturen beschäftigt waren, wußten, daß man auch von einem Haus in das andere gelangen konnte, und zwar durch eine Tür im Keller, die schon vor dem Verkauf der Häuser bestand, oder durch einen neuen Zugang in den Büroräumen Mr. Ballams.

Das dritte Haus beherbergte die Räume des Internationalen Artistenklubs. Die Polizei war Mr. Ballam niemals dorthin gefolgt, weil er niemals dorthin gegangen war, wenigstens nicht durch den vorderen Haupteingang. Der Artistenklub hatte unter seinen Räumen auch einen „Ruhesalon“, und hier war Mr. Ballam manchmal erschienen, als ob er ein Zauberer wäre. Er hatte dann eine kleine, ausgewählte Gesellschaft getroffen und sie durch eine wohlverborgene Seitentür in das Erdgeschoß des Mittelhauses geführt, welches das ansehnlichste der drei Gebäude war. Hübsche Gardinen hingen an allen Fenstern. Hier wohnte Mr. Reymond, ein älterer, achtbarer Herr mit seiner Frau.

Es war seine Gewohnheit, jeden Morgen um zehn Uhr ins Geschäft zu gehen. Sein blitzblanker Zylinder saß dann immer etwas kühn auf dem Kopf, unter dem Arm schaute ein zusammengerollter Regenschirm hervor, und im Knopfloch prangte eine Blume. Die Polizei kannte ihn vom

Ansehen, und die Polizisten des Bezirks grüßten ihn freundlich. In früheren Zeiten hatte dieser Mr. Reymond einen prachtvollen, weißen Bart und bezog ein verhältnismäßig hohes Einkommen, indem er Bettelbriefe schrieb und leichtgläubige, mitfühlende alte Damen besuchte, um ihren Geldbeutel zu erleichtern. Damals führte er allerdings einen ganz anderen Namen und genoß auch nicht den guten Ruf, dessen er sich in der Montague Street erfreute. Aber jetzt war er glattrasiert, sah aus wie ein pensionierter Admiral und erhielt vier Pfund wöchentlich dafür, daß er jeden Morgen um zehn Uhr aus dem Hause ging, seinen tadellosen Zylinder kühn durch die Straßen trug, den zusammengerollten Regenschirm unter den Arm klemmte und eine Blume im Knopfloch trug. Die meiste Zeit des Tages verbrachte er in der Guildhall-Bibliothek; um fünf Uhr abends kam er dann wieder heiter und guter Dinge in seine Wohnung zurück.

Wenn er sein schweres Tagwerk vollendet hatte, ging er mit seiner Frau in das kleine Wohnzimmer, und dort spielten sie Karten. Sie unterhielten sich dabei lustig und vergnügt, aber ihre Ausdrücke waren keineswegs salonfähig.

Im Obergeschoß dieses Mittelhauses befand sich ein geheimnisvoller, luxuriös eingerichteter Salon. Dort frönten hinter dreifachen schwarzen Samtvorhängen Männer und Frauen Tag und Nacht dem Opiumrauchen. Mr. Ballam hatte die Trennungswand zwischen zwei Zimmern herausbrechen lassen und dadurch einen kleinen Saal geschaffen, der unter seiner persönlichen Aufsicht auf das prächtigste ausgestattet worden war. Dieser Raum war nur zum Opiumrauchen bestimmt. Wenn jemand Haschisch bevorzugte, konnte er sich diesen Genuß im Erdgeschoß verschaffen. Zuweilen erschien auch Mr. Ballam selbst, um eine Pfeife von diesem träumeerzeugenden Kraut zu rauchen, aber gewöhnlich beschränkte er seine Besuche auf besondere Gelegenheiten, zum Beispiel die Einführung eines neuen lukrativen Kunden. Merkwürdigerweise hatten die Rauschgifte keinen gesundheitsschädigenden Einfluß auf ihn, worauf er sehr stolz war.

Auch jetzt rühmte er sich wieder einem neuen Gast gegenüber. Es war ein reicher, spanischer Artist, den einer seiner Agenten aufgegriffen und zum Internationalen Artistenklub gebracht hatte.

„Mir schadet es auch nicht", erwiderte der Fremde und wehrte einen gelbgesichtigen Chinesen ab, der ihm eine Opiumpfeife anbieten wollte. „Nur bringe ich für gewöhnlich meinen eigenen Stoff mit."

Ballam neigte sich neugierig vor, als der Spanier eine grünliche harzige Pille aus einem kleinen, silbernen Kasten herausnahm.

„Was ist denn das?" fragte er neugierig.

„Das ist meine eigene Mischung, canabis indica, Opium und etwas türkischer Tabak. Sie ist noch milder als Opium und die Wirkung noch viel wundervoller."

„Das können Sie hier oben aber nicht rauchen", meinte Ballam kopfschüttelnd. „Versuchen Sie ruhig eine Pfeife Opium, alter Knabe."

Aber der „alte Knabe", der trotz seiner weißen Haare noch sehr jung war, ließ sich nicht überreden.

„Das macht nichts – ich kann ebensogut auch zu Hause rauchen. Ich bin eigentlich nur aus Neugierde hergekommen." Mit diesen Worten erhob er sich, um zu gehen.

„So eilig werden Sie es doch wohl nicht haben", erwiderte Ballam hastig.

„Wir haben unten im Erdgeschoß noch einen Salon für die Hanfraucher – die Leute hier oben können den Geruch nicht vertragen. Ich werde mit Ihnen hinuntergehen und einmal Ihre neue Mischung probieren. Nehmen Sie Ihren Kaffee mit."

Der untere Salon war ganz leer. Sie suchten sich einen bequemen, weichen Diwan aus und nahmen dort Platz.

„Meine Mischung können Sie mit einem einfachen Streichholz anzünden, Sie brauchen keinen Spirituskocher dazu", sagte der Fremde.

Ballam nippte an seinem Kaffee und betrachtete argwöhnisch die Pfeife, die ihm Gonsalez anbot.

„Ich wollte Sie noch etwas fragen. Verursacht Ihnen der Betrieb eines solchen Lokals nicht schlaflose Nächte?“

„Nun seien Sie doch nicht wunderlich.“ Mr. Ballam steckte seine Pfeife gemächlich an und rauchte mit offenbarer Befriedigung. „Wirklich eine gute Mischung. Weshalb soll ich denn schlaflose Nächte haben?“

„Nun, es werden doch viele Leute hier aus ihrem Gleis geworfen. Ich meine, die Leute, die diese Rauschgifte zu sich nehmen, werden doch alle früher oder später ruiniert.“

„Das ist ihre Sache, das geht mich nichts an“, sagte Mr. Ballam selbstzufrieden. „Dafür haben sie aber auch eine ganze Menge Vergnügen genossen. Wir haben eben nur ein Leben, und wir müssen alle einmal sterben.“

„Manche Menschen sterben aber zweimal“, erwiderte Leon trocken. „Menschen, die ihr Bewußtsein unter dem Einfluß dieser schädlichen Gifte verlieren und zu Mördern geworden sind, wenn sie wieder aufwachen. Im Osten gibt es ein Rauschmittel, das die Eingeborenen Bal nennen. Es macht die Menschen rasend und wahnsinnig.“

„Ach, das interessiert mich nicht.“ Ballam wurde ungeduldig. „Ich habe auch nicht mehr viel Zeit, wir müssen schnell machen, daß wir mit dem Rauchen zu Ende kommen. Heute abend besucht mich eine Dame – ich habe noch eine Verabredung, die ich einhalten muß, alter Freund!“ meinte er lachend.

„Im Gegenteil, diese Frage interessiert Sie sehr, und selbst wenn Sie sich mit Miss Maggiore verabredet haben –“

Mr. Ballam starrte ihn erstaunt an.

„Zum Teufel, wovon reden Sie denn überhaupt?“ fragte er heftig.

„Obwohl Sie diese Verabredung haben, muß ich Ihnen mitteilen, daß dieses Rauschgift Bal, das die Menschen zu Amokläufern macht, stärker ist als irgendein anderes Mittel, das Sie hier in Ihrem Lokal verabreichen.“

„Was hat denn das mit mir zu tun?“ brummte Ballam.

„Sehr viel“, entgegnete Leon kühl. „Sie rauchen gerade ein doppeltes Quantum von dem, was ein gewöhnlicher Mensch vertragen kann!“

Mit einem Schreckensschrei sprang Ballam auf, aber er konnte sich später nicht mehr auf die weiteren Vorgänge besinnen. Es war ihm nur, als ob ihm irgend etwas den Schädel spaltete, ein entsetzliches Licht blendete seine Augen, und dann schienen Tausende von Jahren an ihm vorüberzuziehen. Eine Ewigkeit lang wurde er von grellen Blitzen geschreckt, donnerähnliche Geräusche betäubten seine Ohren, er hörte flüsternde, geheimnisvolle Stimmen, und eine namenlose Unruhe bemächtigte sich seiner. Manchmal kam ihm zum Bewußtsein, daß er sprach, und er lauschte gierig auf seine eigenen Worte. Zuweilen redeten fremde, unsichtbare Geister zu ihm und verhöhnten ihn, und er fühlte, daß ihn irgend jemand verfolgte.

Wie lange dieser Zustand dauerte, konnte er selbst nicht beurteilen. In seiner halb bewußtlosen Verfassung versuchte er, die Zeit nachzurechnen, aber er fand, daß er kein Maß besaß, an das er sich halten konnte. Es schienen ihm viele Jahre verflossen zu sein, als er mit einem tiefen Seufzer die Augen öffnete. Er fuhr mit der Hand über seinen schmerzenden Kopf, und allmählich wurde ihm klar, daß er in einem Bett lag. Es war hart, und die Kopfstütze noch härter. Er starrte zu der weißgetünchten Decke empor und betrachtete dann die einfachen, gekalkten Wände. Als er über die Seite seines Lagers schaute, wurde er gewahr, daß der Fußboden aus Eisenbeton bestand. Zwei Lichter brannten in dem Raum, eins auf dem Tisch und eins in der Ecke des Zimmers, wo ein Mann saß und die Zeitung las. Der Mann kam ihm ganz sonderbar vor, und er blinzelte zu ihm hinüber. „Ich träume natürlich“, sagte er laut.

Der Mann schaute auf.

„Hallo! Wollen Sie aufstehen?“

Ballam antwortete nicht. Er starrte noch mit offenem Munde umher und traute seinen Sinnen nicht. Der Mann war in Uniform, trug einen dunklen, enganliegenden Rock und hatte einen Ledergürtel umgeschnallt. Auf dem Kopf saß eine Mütze mit einer Kokarde. Ballam las die Buchstaben auf den Schulterstücken.

„A. W.", wiederholte er verwirrt. „A. W."

Was sollte dieses „A. W." bedeuten? Aber plötzlich wurde es ihm klar.

Assistenzwärter! Er schaute sich in dem Raum um. Es war nur ein Fenster zu sehen, das mit schweren, eisernen Gittern verschlossen war. Dickes Milchglas war dort eingesetzt. An der Wand hing ein Anschlag. Ballam erhob sich mit großer Mühe vom Bett, taumelte dorthin und versuchte, den Text zu lesen.

„Dienstvorschriften für die königlichen Gefängnisse." Er schaute auf seine eigene Kleidung. Er war allem Anschein nach in Strümpfen und Beinkleidern zu Bett gegangen, aber die Hose, die er trug, war aus einem rauhen, gelblichgrauen Stoff und über und über mit verwaschenen schwarzen Pfeilen bedruckt. Er war im Gefängnis! Wie lange mochte er hier sein?

„Wollen Sie sich heute anständig benehmen?" fragte der Wärter kurz. „Wir haben keine Lust, noch mehr von diesen Spektakelszenen zu erleben, wie Sie gestern wieder eine aufgeführt haben!"

„Seit wann bin ich denn eigentlich hier?" stieß Ballam heiser hervor.

„Sie wissen doch ganz genau, wie lange Sie hier sind. Gestern waren es drei Wochen."

„Drei Wochen!" rief Ballam entsetzt. „Weshalb hat man mich denn angeklagt?"

„Nun fangen Sie nicht wieder diesen alten Quatsch an, mein lieber Ballam", sagte der Wärter nicht unfreundlich. „Sie wissen ganz genau, daß es mir verboten ist, mich mit Ihnen zu unterhalten. Legen Sie sich wieder aufs Bett und schlafen Sie. Manchmal denke ich wirklich, daß Sie so verrückt sind, wie Sie sich anstellen."

„Habe ich denn – irgendwelche Dummheiten angestellt?"

„Dummheiten?“ Der Wärter wandte sich erstaunt um. „Ich war zwar nicht bei der Gerichtsverhandlung dabei, aber sie haben mir alle erzählt, daß Sie vor Gericht den Verrückten gespielt haben. Und als der Richter Sie zum Tode verurteilte –“

„Mein Gott!“ schrie Ballam und sank kreidebleich und vernichtet auf das Bett. „Zum Tode verurteilt!“ Er konnte die Worte kaum aussprechen. „Was habe ich denn getan?“

„Sie haben doch die junge Dame umgebracht – das wissen Sie doch ganz genau ... Ich wundere mich nur über Sie, daß Sie mir nun auch noch solch ein Theater vorspielen, nachdem ich doch die ganze Zeit so gut zu Ihnen war, Ballam. Warum bocken Sie denn? Tragen Sie doch Ihre Strafe wie ein Mann.“

Über dem Platz des Wärters hing ein Abreißkalender.

„Der zwölfte April“, las Ballam. Am liebsten hätte er wieder laut aufgeschrien, denn am ersten März hatte er diesen sonderbaren Fremden getroffen. Jetzt konnte er sich wieder an alles erinnern. Er hatte Bal geraucht, das Gift, das die Menschen zum Wahnsinn treibt!

Plötzlich sprang er wieder auf.

„Ich will den Gefängnisdirektor sprechen! Ich will ihm die Wahrheit sagen, wie sich alles zugetragen hat ... man hat mich betäubt!“

„All den Quatsch haben Sie uns ja früher schon, wer weiß wie oft, erzählt“, erwiderte der Wärter ärgerlich. „Als Sie die junge Dame umgebracht haben –“

„Welche junge Dame?“ schrie Ballam. „Doch nicht Miss Maggiore! Sagen Sie nicht ...“

„Sie wissen gut genug, daß Sie sie getötet haben. Was hat es denn für einen Zweck, diesen ganzen Lärm zu machen. Legen Sie sich zu Bett, Ballam. Es ist ganz sinnlos, daß Sie heute wieder einen solchen Spektakel aufführen. Ausgerechnet in dieser Nacht!“

„Ich muß den Gefängnisdirektor sehen! Kann ich ihm nicht schreiben?“

„Sie können ihm schreiben, wenn es Ihnen Spaß macht“, sagte der Wärter und zeigte auf einen Tisch.

Ballam taumelte hin und setzte sich in den Stuhl. Er zitterte an allen Gliedern. Vor sich sah er ein halbes Dutzend großer, blauer Briefbogen, auf denen mit schwarzer Schrift „Königliches Gefängnis Wandsworth S. W. J.“ gedruckt stand.

Er war im Wandsworth-Gefängnis! Wieder schaute er sich in der Zelle um. Sie machte eigentlich kaum den Eindruck einer Zelle, und doch mußte es wahr sein. Es war alles so schrecklich kahl, die Tür war fest und mit Eisen beschlagen. Er war früher niemals in einer Gefängniszelle gewesen, und sie sah doch ganz anders aus, als er gedacht hatte.

Plötzlich kam ihm ein fürchterlicher Gedanke.

„Wann – wann – findet die Hinrichtung statt?“ Er konnte die Worte kaum hervorbringen, so würgten sie ihn.

„Morgen!“

Die ganze Welt brach für ihn zusammen bei diesem Schicksalsspruch. Er fiel vornüber auf den Tisch und vergrub den Kopf in seine Arme. Ein Weinkrampf befiel ihn. Aber dann riß er sich plötzlich zusammen und begann in fieberhafter Eile zu schreiben. Er konnte kaum klar sehen, immer wieder traten ihm die Tränen in die roten Augen.

Was er schrieb, war vollständig zusammenhanglos. Er erzählte von einem Mann, der zu dem Klub gekommen war und ihm ein Gift gegeben hatte. Dann hatte er eine ganze Ewigkeit lang in Finsternis gelegen, hatte Blitze gesehen, war von schrecklichen Gestalten verfolgt worden und hatte unheimliche Stimmen gehört. Und doch war er nicht schuldig, im Gegenteil, er liebte doch Genee Maggiore. Er würde ihr niemals ein Haar gekrümmt haben.

Er konnte nicht weiterschreiben, er mußte immer wieder schluchzen. Aber vielleicht war dies alles nur ein schrecklicher Traum? Vielleicht stand er immer noch unter dem Einfluß dieses höllischen Rauschgiftes. Er schlug mit aller Gewalt gegen die Wand und schrie dann vor Schmerz laut auf.

„Lassen Sie das bleiben!“ sagte der Wärter streng. „Jetzt legen Sie sich sofort wieder zu Bett.“

Ballam schaute auf seine blutenden Knöchel. Es war bittere Wahrheit! Es war kein Traum – es war wahr – wahr!

Er lag auf dem Bett und verlor das Bewußtsein wieder. Als er aufs neue erwachte, saß der Wärter immer noch auf seinem Platz und las die Zeitung. Es schien ihm, als ob er wieder eine halbe Stunde im Halbschlaf gelegen hätte, obwohl es in Wirklichkeit nur ein paar Minuten gewesen waren. Und jedesmal, wenn er wieder aufschreckte, sagte eine Stimme in ihm: „Heute morgen mußt du sterben!“

Einmal sprang er in unheimlicher Angst vom Bett auf und schrie laut vor Furcht. Der Wärter mußte ihn wieder niederdrücken.

„Wenn Sie noch mehr solchen Unfug machen, muß ich einen anderen Beamten rufen, dann binden wir Sie ans Bett fest. Warum tragen Sie es denn nicht in aller Ruhe wie ein Mann? Es ist für Sie doch nicht schlimmer als für das arme Mädchen“, sagte der Wärter böse.

Ballam lag nun still und fiel wieder in einen längeren Schlaf, aus dem er plötzlich erwachte, als der Wärter ihn an der Schulter berührte. Er sah, daß seine eigenen Kleider sorgfältig zusammengefaltet auf dem Stuhl vor seinem Bett lagen. Eilig kleidete er sich an und schaute sich suchend um.

„Wo ist mein Kragen?“ fragte er zitternd.

„Sie brauchen doch keinen Kragen“, erwiderte der Wärter mit grimmigem Humor. „Nehmen Sie sich doch endlich zusammen! Andere Leute haben das auch durchmachen müssen. Soviel ich weiß, haben Sie doch eine Opiumspelunke gehabt? Viele haben dort ihren Verstand verloren und sind dann auch zu uns gekommen. Die haben es auch ausgehalten. Nun ist die Reihe eben an Ihnen.“

Ballam setzte sich auf die Kante seines Bettes und vergrub das Gesicht in den Händen. Plötzlich öffnete sich die Tür, und ein Mann kam herein. Er war schlank, hatte einen roten Bart und rötliche Haare.

Der Wärter packte den Gefangenen an der Schulter, stellte ihn auf die Füße und drehte ihn um.

„Legen Sie Ihre Hände auf den Rücken", sagte er.

Ballam brach der kalte Angstschweiß aus, als er fühlte, daß seine Handgelenke zusammengebunden wurden.

Dann ging das Licht aus. Es wurde ihm eine Kappe über das Gesicht gezogen, und er glaubte, Stimmen hinter sich zu hören. Er war nicht darauf vorbereitet, zu sterben, seine Nerven würden ihn im Stich lassen, das fühlte er jetzt. Aber er hatte doch immer gehört, daß bei solchen Gelegenheiten ein Geistlicher zugegen sein müßte. Zwei Leute faßten ihn an den Armen und führten ihn langsam vorwärts durch die Tür über einen Hof, dann durch eine andere Tür. Der Weg schien endlos zu sein, und einmal gaben seine Knie nach. Gleich darauf hielten sie an.

„Bleiben Sie, wo Sie sind!"

Es wurde ihm eine Schlinge ums Genick gelegt, und er wartete, wartete verzweifelt und in Todesangst. Minuten vergingen, die ihm wie Stunden erschienen. Plötzlich hörte er schwere Schritte, dann packte ihn jemand am Arm.

„Was machen Sie denn hier, mein Herr?" fragte eine Stimme.

Die Kappe wurde ihm vom Gesicht gerissen. Er stand auf der Straße. Es war Nacht, neben ihm brannte eine Straßenlaterne. Der Mann, der ihn neugierig betrachtete, war ein Polizist.

„Sie haben ja einen Strick um den Hals . . . jemand hat Ihnen die Hände auf dem Rücken zusammengebunden! Hat man Sie überfallen?" Der Polizist schnitt die Stricke durch. "Oder wollen Sie mir hier etwa einen Schabernack spielen?" fragte der Vertreter des Gesetzes. „Ich bin erstaunt – so ein alter Herr wie Sie, mit weißen Haaren!"

Vor sieben Stunden war Gregory Ballams Haar noch schwarz gewesen, Leon Gonsalez hatte ihm ein Betäubungsmittel in den Kaffee geschüttet und ihn dann durch die Tür im Keller auf den großen Hof geführt, der hinter dem Klub lag. Hier befand sich die neue Garage, die Leon entdeckt hatte, als er den Platz auskundschaftete. Und hier konnten Gonsalez und Manfred ungestört die Komödie in der angeblichen Verbrecherzelle mit ihm aufführen. Das blaue Briefpapier hatten sie sich besonders für diesen Zweck beschafft. Ein Exemplar der „Dienstvorschriften für die königlichen Gefängnisse“ hatte ihnen Mr. Fare geschenkt, ohne allerdings zu wissen, wozu es dienen sollte.

5. Der Mann, der Amelia Jones haßte

Leon Gonsalez erhielt einen Brief, der eine spanische Marke trug. Während Cordova schlief, hatte der ruhige Poiccart in einer Mußestunde an seine Freunde geschrieben und von allem berichtet, was ihm in den Sinn kam. Er hatte in einer Orangenlaube gesessen und auf den majestätischen Guadalquivir hinabgeschaut, dessen gelbe Fluten aus den Ufern getreten waren.

„Er ist von Poiccart“, sagte Leon.

„Ja, was schreibt er denn?“ fragte George Manfred, der schläfrig in einem großen Lehnstuhl vor dem Kamin saß.

Eine grüne Leselampe und das flackernde Feuer beleuchteten das gemütliche Wohnzimmer in der Jermyn Street.

„Also – erzähl.“ George streckte sich gemächlich aus.

„Auf seinen Zwiebelfeldern ist eine Krankheit ausgebrochen“, begann Leon feierlich.

Manfred mußte lachen.

„Sieh einmal an, Poiccart hat jetzt eine Zwiebelplantage!“

„Warum auch nicht?“ fragte Leon. „Hast du eigentlich „Die drei Musketiere“ gelesen?“

„Natürlich“, erwiderte Manfred und schaute lächelnd in die Flammen.

„In welcher Ausgabe?“

„In dem Buch „Die drei Musketiere““, antwortete Manfred erstaunt.

„Das war nicht richtig. Wenn du den wirklichen Charakter der drei Musketiere kennenlernen willst, dann mußt du das Buch „Nach zwanzig Jahren“ lesen. Da ist einer von ihnen behäbig und dick geworden und legt viel Wert auf seine Kleidung, ein anderer ist ein Hofmann beim König von Frankreich, und der dritte kümmert sich auf seine alten Tage um den Liebeskummer seiner Tochter. Sie sind dann ebenso menschlich geworden, mein lieber Manfred, wie Poiccart, der jetzt Zwiebeln züchtet. Soll ich dir ein wenig aus seinem Brief vorlesen?“

„Bitte“, sagte Manfred sehr verlegen.

„Ich habe wunderbare Rosenbeete. Manfred würde seine Freude daran haben . . . Ereifert Euch nicht zu sehr über diese Geschichten von den neuen Blutproben. Irgend so ein amerikanischer Doktor hat behauptet, daß er daraus die Verwandtschaftsgrade zweier Personen feststellen kann . . . Die kleinen Ferkel gedeihen aufs beste. Eins von ihnen ist ganz besonders intelligent und nachdenklich, ich habe es George getauft.“

Manfred grinste vergnügt.

„Wir werden ein gutes Weinjahr bekommen, wie man hier allgemein sagt. Aber die Orangenernte wird nicht so gut ausfallen wie letztes Jahr . . . Wißt Ihr auch schon, daß die Fingerabdrücke von Zwillingen identisch sind? Merkwürdigerweise sind aber die Fingerabdrücke der menschenähnlichen Affen meistens ungleich. Ich wünschte, Ihr würdet Euch darüber etwas genauer informieren . . .“

Leon las weiter von Poiccarts kleinen häuslichen Sorgen, von seinen neuen wissenschaftlichen Erfahrungen und von dem Stadtklatsch, dann faltete er die zehn engbeschriebenen Blätter und steckte sie in die Tasche.

„Was er da über die Fingerabdrücke von Zwillingen schreibt, ist natürlich nicht richtig. In dem Punkt hat sich Lombroso schwer geirrt. Das ganze System ist überhaupt unzureichend."

„Ich habe aber noch nie gehört, daß jemand etwas daran aussetzte. Warum hältst du es denn für unzureichend?" fragte George erstaunt.

Leon rollte sich geschickt eine Zigarette und steckte sie in Brand, bevor er antwortete.

„In Scotland Yard haben sie eine Sammlung von schätzungsweise hunderttausend Fingerabdrücken. In Großbritannien gibt es aber fünfzig Millionen Menschen. Wir haben also glücklich in Scotland Yard den fünfhundertsten Teil der ganzen Bevölkerung erfaßt. Nehmen wir einmal an, du wärst ein Polizeibeamter und würdest zur Albert Hall gerufen, wo fünfhundert Leute versammelt sind. Man sagt dir, daß einer von ihnen gestohlene Gegenstände bei sich trägt, und gibt dir die Erlaubnis, alle zu durchsuchen. Würdest du zufrieden sein, einen einzigen zu durchsuchen und alle anderen frei laufen zu lassen, wenn du nichts bei ihm findest?"

„Natürlich nicht. Aber was willst du damit sagen?"

„Meiner Ansicht nach kann man nicht behaupten, daß zwei menschliche Fingerabdrücke gleich sind, bevor man nicht die Fingerabdrücke aller Bewohner dieses Landes und aller Länder Europas miteinander verglichen hat. Es müßte ein Gesetz eingebracht werden, das die Registrierung der Fingerabdrücke aller Bürger fordert, ferner müßten alle Nationen die Fingerabdrücke ihrer Einwohner untereinander austauschen."

„Damit wäre also das System der Fingerabdrücke geregelt", sagte Manfred mit dem Brustton der Überzeugung.

„Logischerweise wohl, aber in der Wirklichkeit noch lange nicht."

Es trat ein langes Schweigen ein, dann nahm Manfred ein Buch von dem kleinen Regal neben dem Kamin.

Plötzlich erhob sich Gonsalez und verließ unauffällig den Raum. Manfred schaute auf die Uhr – es war halb neun.

Fünf Minuten später kam Leon wieder zurück. Er hatte sich umgezogen, und seine Verkleidung war wie immer vollkommen. Er hatte sich nicht in dem gewöhnlichen Sinn des Wortes maskiert, denn er hatte sein Gesicht in keiner Weise bearbeitet, hatte auch seine Haare nicht anders gefärbt. Seine Verwandlungskunst bestand nur in seiner vollendeten Mimik und einem besonderen Geschick, sich in das Wesen anderer Menschen einzufühlen. Er sah aus wie ein armer Mann. Sein Kragen war sauber, aber ein wenig ausgefranst, seine Stiefel glänzten, aber sie waren alt und geflickt. Die Absätze waren abgetreten, aber er hatte zwei Gummiecken darauf genagelt, die gerade ein wenig zu groß waren.

„Du siehst aus wie ein alter Mann, der sich mühsam seinen Lebensunterhalt erwirbt und dabei doch immer noch versucht, standesgemäß aufzutreten“, meinte Manfred.

Gonsalez schüttelte den Kopf.

„Heute abend spiele ich die Rolle eines Rechtsanwalts, der vor zwanzig Jahren aus der Liste der Anwälte gestrichen wurde und sich ruinierte, weil er einem armen Mann half, der Gesetzesstrafe zu entkommen. Das ist doch noch eine sympathischere Rolle, George. Außerdem haben die Leute mehr Zutrauen zu mir und suchen meinen Rat in allen möglichen Angelegenheiten. An einem der nächsten Abende mußt du mit mir zu dem Wirtshaus „Cow and Compasses“ kommen und meinen Vortrag über das Eigenvermögen der verheirateten Frau hören.“

„Viel Erfolg, Leon, und meine besten Grüße an Amelia Jones.“

Gonsalez biß sich auf die Lippen und sah nachdenklich in das Kaminfeuer.

„Ja, die arme Amelia Jones“, sagte er leise.

„Du bist wirklich ein prächtiger Mensch.“ Manfred lächelte. „Es gelingt nur dir, eine alte Aufwartefrau mit dem Zauber der Romantik zu umgeben.“

Leon zog einen abgetragenen Mantel an.

„Ich glaube, der englische Dichter Pope sagte einmal, daß jeder romantisch ist, der etwas Schönes bewundern kann oder fähig ist, selbst eine schöne Tat zu tun. Amelia Jones hat beides getan."

„Cow and Compasses" ist ein kleines Gasthaus in der Treet Road in Deptford. Der Abend war kühl und neblig, und die düstere Straße lag einsam und verlassen da, als Leon in die Schenke eintrat. Das ungünstige Wetter hielt wahrscheinlich auch die Gäste fern, denn es waren nur wenig Rechtsuchende an diesem Abend gekommen. Kaum ein halbes Dutzend Leute befanden sich in der Gaststube, als er zu dem Schanktisch ging.

Eine Frau, die offensichtlich auf ihn gewartet hatte, erhob sich von einer Bank, als sie ihn sah. Leon schritt mit dem Glas in der Hand auf sie zu.

„Nun, Mrs. Jones, wie geht es Ihnen?" begrüßte er sie. Er schaute in das abgezehrte, bleiche Gesicht einer stattlichen Frau. Ihre Hände zitterten krampfhaft.

„Ich bin so froh, daß Sie gekommen sind", sagte sie.

Sie hielt ein kleines Glas Portwein in der Hand, aber es war kaum berührt. Leon hatte diese Frau kennengelernt, als sie an einem verzweifelten Abend, von Furcht und Schrecken getrieben, aus ihrer einsamen Wohnung in diese Gaststube geflohen war. Er selbst verfolgte damals mit großer Vorsicht einen breitschulterigen Dienstmann, den er in Covent Garden getroffen hatte und der einen außergewöhnlich geformten Schädel besaß. Er war ihm bis zu seiner Wohnung und diesem Gasthaus gefolgt und war gerade dabei, wenn möglich, die Lebensgeschichte dieses Mannes festzustellen und seine Schädelabmessungen zu nehmen, als er die Bekanntschaft von Amelia Jones machte. Diesen Abend hatte sie scheinbar etwas besonders Wichtiges auf dem Herzen, denn sie machte drei vergebliche Ansätze, bevor sie zu erzählen begann.

„Mr. Lukas (unter diesem Namen verkehrte Gonsalez in der Wirtschaft), ich möchte Sie um einen großen Gefallen bitten. Sie sind so gütig zu mir gewesen und haben mir schon manchen Rat gegeben wegen meines

Mannes und wegen all dieser unangenehmen Dinge. Aber diesmal ist es ein großes Opfer für Sie – Sie sind ein so vielbeschäftigter Mann.“

Sie sah ihn bittend, fast flehend an.

„Ich habe im Augenblick viel Zeit“, erwiderte Gonsalez.

„Würden Sie morgen mit mir fortfahren? Ich möchte, daß Sie – daß Sie jemand sehen.“

„Aber gewiß, Mrs. Jones.“

„Können Sie mich morgen früh um neun Uhr am Paddington-Bahnhof erwarten? Ich werde natürlich Ihre Fahrkarte zahlen“, sagte sie eifrig. „Ich kann nicht dulden, daß Sie meinetwegen auch noch Ausgaben haben. Ich habe etwas Geld gespart.“

„Ich habe heute auch etwas verdient, so daß Sie sich darum nicht zu kümmern brauchen. Haben Sie etwas von Ihrem Mann gehört?“

„Nicht von ihm selbst, aber von einem anderen Mann, der eben aus dem Gefängnis gekommen ist.“

Ihre Lippen zitterten, und Tränen traten in ihre Augen.

„Er wird seine Drohung schon wahr machen, ich weiß es ganz genau“, sagte sie mit schluchzender Stimme. „Aber ich habe nicht meinetwegen Sorge.“

Leon sah sie erstaunt an. „Sie haben keine Sorge um sich?“

Er hatte schon immer vermutet, daß noch eine dritte Person im Spiel war, aber er hatte bisher noch nicht klarsehen können.

„Nein“, erwiderte sie bedrückt. „Sie wissen, daß er mich haßt, und Sie wissen auch; daß er mich umbringen wird, sobald er aus dem Gefängnis kommt. Aber ich habe Ihnen noch nicht alles erzählt.“

„Wo ist er denn jetzt?“

„Im Gefängnis zu Devizes. Er ist dorthin versetzt worden, in zwei Monaten wird er entlassen.“

„Und Sie glauben, daß er dann gleich zu Ihnen kommt?“

Sie schüttelte den Kopf.

„Nein, so wird er es nicht machen", entgegnete sie bitter. „Das ist nicht seine Art. Sie kennen ihn nicht, Mr. Lukas. Aber niemand kennt ihn so gut wie ich. Wenn er gleich zu mir käme, dann wäre ja alles gut. Aber das tut er nicht. Er wird mich ermorden, ich sage es Ihnen. Ich sorge mich nicht darum, wann es kommt. Er wurde nicht umsonst Bash Jones, der Totschläger, genannt. Ich kann dem Schicksal nicht entfliehen", fuhr sie grimmig fort. „Er wird geradenwegs in mein Zimmer gehen und mich, ohne ein Wort zu sprechen, einfach niederschlagen. Und das wird dann mein Ende sein. Aber das ist mir alles gleich, darum kümmere ich mich nicht. Es ist das andere, was mir fast das Herz bricht und was mich die ganze Zeit so bedrückt hat."

Leon wußte, es war nutzlos, ihr zuzureden, daß sie ihm alle ihre Sorgen anvertrauen sollte. Kurz darauf verließen sie zusammen die Wirtschaft.

„Ich hätte Sie gern gebeten, mich in meiner Wohnung zu besuchen, aber das würde die ganze Sache nur noch schlimmer machen, und ich möchte nicht, daß Sie meinetwegen in Unannehmlichkeiten kommen, Mr. Lukas."

Er gab ihr zum erstenmal die Hand, und sie drückte sie schwach.

Nur wenige Menschen haben Amelia Jones bisher die Hand gegeben, dachte Gonsalez.

Er ging nach der Jermyn Street zurück und fand Manfred, der vor dem Kamin eingeschlafen war.

Am nächsten Morgen wartete er im Paddington-Bahnhof. Sein Anzug war diesmal nicht ganz so abgetragen, und zu seiner Überraschung hatte sich auch Mrs. Jones viel besser gekleidet, als er für möglich gehalten hatte. Ihre Kleider waren zwar einfach, aber niemand hätte in ihr eine arme Aufwartefrau vermutet. Sie lösten Billetts nach Swindon und sprachen auf der Hinfahrt wenig miteinander. Offenbar hatte sie sich noch nicht dazu entschlossen, sich ihm gegenüber auszusprechen.

In Newbury wurde der Zug aufgehalten, bis ein Personenzug, der nach der Stadt fuhr, auf ein Nebengeleise umgeleitet war, um einen Feriensonderzug vorbeifahren zu lassen. Frohe Knaben und Mädchen winkten aus den Fenstern.

„Ich hatte ganz vergessen, daß die Osterferien beginnen“, sagte Leon.

In Swindon stiegen sie aus, und nun sprach Amelia Jones zum erstenmal über den Zweck ihrer Reise.

„Wir müssen hier auf dem Bahnsteig bleiben“, sagte sie nervös. „Ich erwarte jemand, und ich möchte gern, daß Sie das Mädchen auch sehen, Mr. Lukas.“

Gleich darauf fuhr ein anderer Sonderzug ein, und die Mehrzahl der Fahrgäste waren wieder Kinder. Einige stiegen aus, um von hier aus andere Züge zu benutzen, die nicht nach London fuhren.

Leon sprach mit seiner Begleiterin, obwohl er wußte, daß sie ihm nicht zuhörte. Plötzlich sah er, wie ihre Augen aufleuchteten. Sie verließ ihn mit einem kleinen Seufzer, ging den Bahnsteig entlang und begrüßte ein hübsches, schlankes Mädchen, das an der Mütze das rotweiße Band einer berühmten Schule im Westen Englands trug.

„Mrs. Jones, es ist lieb von Ihnen, daß Sie hierhergekommen sind, um mich zu treffen. Ich wünschte, Sie würden sich nicht soviel Mühe machen. Ich wäre ebensogerne nach London gekommen“, sagte sie lachend. „Ist dies ein Bekannter von Ihnen?“ Sie reichte Leon mit einem freundlichen Lächeln die Hand:

„Es ist schon gut, Miss Grace“, entgegnete Mrs. Jones erregt, „ich dachte nur, ich würde schnell hierherfahren, um Sie wieder einmal zu sehen. Wie geht es denn auf der Schule?“

„Oh, glänzend. Ich habe einen Schulpreis gewonnen.“

„Ist das nicht herrlich?“ sagte Mrs. Jones fast ehrfürchtig. „Aber Sie haben Ihre Sachen schon immer sehr gut gemacht, mein Liebling.“

Das Mädchen wandte sich an Leon.

„Mrs. Jones war meine Kinderfrau vor vielen, vielen Jahren. Das stimmt doch, Mrs. Jones?“

Amelia nickte.

„Wie geht es denn Ihrem Mann? Ist er noch so unliebenswürdig?“

„Ach, er ist nicht so schlecht“, anwortete Mrs. Jones tapfer. „Nur manchmal ist es schwer, mit ihm auszukommen.“

„Ich hätte eigentlich Lust, ihn einmal zu sehen.“

„Ach nein, das wäre nichts für Sie, Miss Grace“, sagte Mrs. Jones hastig. „Das gibt Ihnen nur Ihr gutes Herz ein. Wo werden Sie denn die Ferien zubringen?“

„Ich gehe mit einigen Freundinnen nach Clifton. Molly Walker hat uns eingeladen. Sie ist die Tochter von Sir George Walker.“

Amelia Jones sah das Mädchen begeistert an, und Leon verstand, daß sich alle Liebe, deren diese arme Frau fähig war, auf dieses Kind konzentrierte, das sie aufgezogen hatte. Die drei gingen auf dem Bahnsteig auf und ab, bis der Anschlußzug einfuhr. Mrs. Jones stand vor der Tür des Abteils, bis sich der Zug in Bewegung setzte. Dann schaute sie den Wagen nach, die in der Ferne verschwanden.

„Ich werde sie nie wiedersehen“, sagte sie verzweifelt. „Nie wieder!“

Ihr Gesicht war eingefallen und noch bleicher als sonst. Leon nahm ihren Arm.

„Sie müssen jetzt mit mir kommen und etwas zu sich nehmen, Mrs. Jones. Sie haben wohl dieses junge Mädchen sehr gern?“

„Ob ich sie gern habe? O ja, ich liebe sie – sie ist ja meine Tochter!“

Als sie nach London zurückfuhren, saßen sie allein in einem Abteil, und nun erzählte Mrs. Jones ihre Leidensgeschichte.

„Grace war erst drei Jahre alt, als ihr Vater in Schwierigkeiten kam. Er war schon immer ein brutaler Mensch, und ich bin jetzt davon überzeugt, daß die Polizei seit seiner frühesten Jugend immer ein Auge auf ihn hatte.

Als ich ihn heiratete, wußte ich das noch nicht. Er brach in ein Haus ein, in dem ich Kindermädchen war, und ich wurde damals entlassen, weil ich die Küchentür für ihn hatte offenstehen lassen. Ich hatte ja keine Ahnung, daß er ein Dieb war. Er wurde dann zu einer langen Gefängnisstrafe verurteilt, und als er wieder herauskam, schwor er, er würde nicht wieder ins Gefängnis zurückgehen. Wenn er das nächstemal in Gefahr käme, würde er einen Mord begehen. Er und einer seiner Bekannten machten bald darauf die Bekanntschaft eines reichen Buchmachers in Blackheath. Mein Mann pflegte alle schmutzige Arbeit für ihn zu tun, aber schließlich zankten sie sich, und Bash beraubte mit seinem Komplicen das Haus des Buchmachers. Sie erbeuteten nahezu neuntausend Pfund. Sie verübten den Einbruch an einem Renntage, und Bash wußte, daß sehr viele Banknoten im Haus lagen, die auf dem Rennplatz eingenommen waren. Man konnte also die Herkunft der Scheine nicht nachweisen. Ich dachte zuerst, daß er den Mann umgebracht hätte, und es lag ja auch nicht an ihm, daß es nicht so gekommen war. Er ging in das Schlafzimmer des Buchmachers und schlug ihn im Bett nieder. Das war so seine Art. Er glaubte, die Polizei würde genaue Nachforschungen anstellen und gab mir das Geld, damit ich es verwahren sollte. Ich mußte die Banknoten in eine alte Bierflasche stopfen, die halb mit Sand gefüllt war, dann fest verkorken und den Flaschenhals über und über mit geschmolzenem Stearin begießen, damit die Flasche wasserdicht wurde. Später versenkte ich sie in eine Zisterne, die man von einem der Räume unserer Wohnung auf der Rückseite des Hauses erreichen konnte. Ich war fast wahnsinnig vor Furcht, weil ich dachte, der Buchmacher sei ermordet worden. Aber ich tat alles, was Bash mir sagte, und versenkte die Flasche in dem Brunnen. Am selben Abend wollte Bash Jones mit seinem Komplicen nach Nordengland fahren, aber sie wurden schon am Euston-Bahnhof verhaftet. Bashs Freund wurde bei einem Fluchtversuch getötet, er lief in einen gerade ankommenden Zug hinein. Aber Bash Jones verhafteten sie, und unsere Wohnung wurde vollständig durchsucht. Er bekam fünfzehn Jahre Zuchthaus und wäre schon vor zwei Jahren herausgekommen, wenn er sich im Gefängnis ordentlich benommen hätte.

Ich mußte nun meine Lage überdenken, und mein erster Gedanke galt meinem Kind. Es war mir klar, welch trauriges Los Grace bevorstand, wenn sie unter diesen Umständen aufwuchs, in dieser schrecklichen Umgebung, in den Elendsquartieren von London, in ständiger Furcht vor der Polizei. Mein Mann hätte sein Geld immer wieder in ein paar Wochen durchgebracht, selbst wenn er eine Million besessen hätte. Ich wußte, daß ich Bash nun für mindestens zwölf Jahre los war, und als ich lange und angestrengt alles überdacht hatte, faßte ich einen Entschluß.

Nach zwölf Monaten wagte ich es, das Geld aus dem Brunnen zu holen, denn die Polizei hatte immer noch ein Auge auf mich und beobachtete mich scharf, da das gestohlene Geld nicht gefunden worden war. Ich will Ihnen nicht erzählen, wie ich gute Kleider kaufte, so daß niemand eine Arbeiterfrau in mir vermuten konnte, und wie ich das Geld anlegte.

Ich kaufte wertbeständige Aktien dafür. Ich habe zwar keine gute Erziehung genossen, aber ich habe monatelang die Zeitungen gelesen und immer die Börsenberichte genau studiert. Zuerst verwirrten mich die vielen Zahlen, und ich wußte nicht, was ich daraus machen sollte. Aber allmählich verstand ich sie immer besser, und schließlich kaufte ich argentinische Eisenbahnaktien. Ich übergab sie einem Rechtsanwalt in Bermondsey, den ich zum Verwalter des Vermögens machte. Meine Tochter erhält vierteljährlich die Zinsen und zahlt davon alle ihre eigenen Rechnungen. Ich habe niemals einen Shilling von dem Geld angerührt. Die nächste Aufgabe war nun, meine Tochter aus dieser armseligen Umgebung fortzubringen. Mein Herz brach beinahe, daß ich mich von ihr trennen mußte, aber ich schickte sie in ein Heim für kleine Kinder, bis sie alt genug war, um in die Schule zu gehen. Ich besuchte sie in regelmäßigen Zwischenräumen. Als ich aber nach meinem ersten Besuch merkte, daß sie fast vergessen hatte, wer ich war, gab ich mich als ihre Kinderfrau aus. Nun wissen Sie alles."

Gonsalez schwieg eine lange Weile.

„Weiß Ihr Mann davon?" fragte er dann.

„Er weiß, daß ich das Geld verbraucht habe." Sie starrte geistesabwesend aus dem Fenster. „Er weiß auch, daß das Mädchen auf einer guten Schule ist. Er wird alles herausbringen", sagte sie leise.

Das war also das Geheimnis dieser Frau. Leon war aufs tiefste erschüttert.

„Warum glauben Sie, daß er Sie töten will? Diese Leute drohen zwar häufig, aber sie führen ihre Drohungen nicht aus."

„Bash Jones droht für gewöhnlich nicht", unterbrach sie ihn. „Das hat er auch nicht getan. Ich weiß nur, daß er die Leute, die mich kennen, nach mir ausgefragt hat. Es sind die Leute von Deptford, die er im Gefängnis getroffen hat. Er fragt sie, wo ich über Nacht bin, wann ich zu Bett gehe, welche Beschäftigung ich tagsüber habe."

„Ja, jetzt verstehe ich den Zusammenhang. Haben ihm denn die Leute die nötigen Angaben gemacht?"

Sie schüttelte den Kopf.

„Nein, sie sind alle für mich und haben ihr Bestes getan, um mir zu helfen. Es sind wohl schlechte Menschen, sie begehen Verbrechen, aber in mancher Beziehung haben sie doch ein gutes Herz. Sie haben ihm nichts verraten."

„Wissen Sie das ganz bestimmt?"

„Ja. Wenn sie es ihm gesagt hätten, würde er doch nicht weiterfragen. Vor einem Monat wurde Toby Brown von dort entlassen. Er erzählte mir, daß Bash Jones immer noch nach mir fragt. Mein Mann will nicht wieder ins Gefängnis zurück und rechnet damit, daß er noch bis Mitte des Jahres zu leben hat, wenn sie ihn fangen."

Leon kehrte in gehobener Stimmung nach Hause zurück.

„Wo warst du denn?" fragte Manfred. „Ich habe inzwischen mit dem tüchtigen Mr. Fare zu Mittag gespeist."

„Und ich habe etwas außerordentlich Erhebendes und Großartiges erlebt. Nicht daß ich selbst eine Heldentat vollbracht hätte, George, nein, aber ich bin ganz begeistert von dieser Amelia Jones. Sie ist eine wunderbare Frau, George. Um ihretwillen werde ich einen Monat Ferien machen. Während der Zeit kannst du ja nach Spanien reisen, unseren lieben Poiccart besuchen und einmal hören, wie es mit seinen Zwiebelfeldern steht."

„Ich würde ganz gerne auf einige Tage nach Madrid gehen", meinte Manfred nachdenklich. „Ich finde zwar London auch sehr anziehend, aber wenn du wirklich eine Erholungsreise machen willst – wo willst du übrigens deine Ferien verbringen?"

„Im Gefängnis zu Devizes", antwortete Gonsalez freundlich.

Manfred kannte ihn zu gut, um irgendeine Bemerkung darüber zu machen.

Schon am nächsten Nachmittag begab sich Leon Gonsalez nach Devizes. Er kam bei Einbruch der Dunkelheit dort an und schwankte mit unsicheren Schritten auf den Marktplatz. Um zehn Uhr abends lehnte er an der Rückwand des „Hotel zum Bären" und sang mit lauter Stimme lustige Lieder. Ein Polizist fand ihn dort und forderte ihn auf, ruhig zu sein und weiterzugehen. Darauf begann Leon den Beamten in der unflätigsten Weise zu beschimpfen.

Am nächsten Morgen mußte er sich deshalb vor dem Polizeirichter verantworten. Er war angeklagt wegen Trunkenheit, wegen widersetzlichen Benehmens gegen einen Polizisten und wegen Beamtenbeleidigung.

„Dieser Fall ist so schwer, daß er kaum mit einer Geldstrafe gesühnt werden kann", sagte der Polizeirichter. „Dies ist ein Fremder, der von London hierhergekommen ist und sich in der niederträchtigsten Weise benommen hat. Liegt sonst etwas gegen den Mann vor?"

„Nein", entgegnete der Gefängniswärter bedauernd.

„Sie werden eine Strafe von zwanzig Shilling zahlen oder, wenn Sie nicht zahlen, einundzwanzig Tage ins Gefängnis wandern."

„Dann will ich lieber ins Gefängnis gehen als das Geld zahlen“, erklärte Leon, der Wahrheit entsprechend.

So wurde er denn in das Gefängnis des Ortes gebracht, wie er erwartet hatte.

Einundzwanzig Tage später kam er braungebrannt, gesund und vergnügt in die gemeinschaftliche Wohnung in der Jermyn Street zurück. Manfred ging ihm mit ausgestreckten Händen entgegen.

„Ich habe schon gehört, daß du zurückgekommen bist“, sagte Leon erfreut. „Ich habe eine großartige Zeit verlebt. Sie haben allerdings meine Berechnungen ziemlich über den Haufen geworfen, als sie mir nur drei Wochen statt eines Monats gaben, und ich dachte schon, ich würde vor dir zurück sein.“

„Ich kam gestern an“, erwiderte George, und seine Blicke wanderten zum Büfett.

Sechs große spanische Zwiebeln lagen dort in einer Reihe. Gonsalez mußte herzlich lachen. Dann ging er in sein Zimmer und legte den abgetragenen Anzug ab. Als er nach einiger Zeit wieder mit seinem gewöhnlichen Aussehen ins Zimmer trat, erzählte er George Manfred von seinen Erfahrungen.

„Bash Jones hat unzweifelhaft die Absicht, seine Frau zu ermorden. Ich habe ihn genau betrachtet, derartig unregelmäßige Gesichtszüge habe ich noch nie gesehen. Wir haben zusammen in der Schneiderwerkstätte gearbeitet. Nächsten Montag kommt er heraus.“

„Er hat sich wohl an dich herangemacht, als er entdeckte, daß du von Deptford kamst?“

Leon nickte.

„Er wird den Anschlag gegen seine Frau am Dritten nächsten Monats ausführen, einen Tag nach seiner Entlassung.“

„Woher weißt du denn das so genau?“ fragte Manfred erstaunt.

„Weil das die einzige Nacht ist, in der Amelia Jones allein in dem Hause schläft. Sie hat noch zwei Untermieter, junge Leute, die bei der Eisenbahn beschäftigt sind, die haben am Dritten jeden Monats bis drei Uhr morgens Dienst."

„Entspricht das den Tatsachen, oder hast du ihm das nur eingeredet?"

„Ich habe ihm natürlich ein Märchen erzählt, aber er nahm die Geschichte für bare Münze. Die beiden jungen Leute haben keinen Hausschlüssel und müssen durch die Küchentür hereinkommen, die Mrs. Jones für sie offenläßt. Zu der Küchentür kommt man dann durch einen engen Gang von der Little Mill Street aus, der an der Hauswand entlangführt. Er hat mich gleich mit Fragen bestürmt und mir auch gesagt, daß er niemals wieder ins Gefängnis kommen wird, höchstens auf kurze Zeit. Ein interessanter Mann. Es ist wohl das beste, daß er stirbt", sagte Leon ernst und nachdenklich. „Denke daran, welches Unheil er anrichten kann, George. Das arme Mädchen, das nun glücklich und zufrieden bei ihren Freundinnen weilt – sie ist so wohlerzogen –"

„Wenn sie einen so gemeinen Verbrecher wie Bash Jones zum Vater hat?" fragte Manfred lächelnd.

„Ich wiederhole, sie ist wohlerzogen. Erziehung erwirbt ein Mensch durch langen Umgang mit vornehm denkenden Leuten. Nimm den Sohn eines Herzogs und lasse ihn in den Verbrechervierteln von London aufwachsen, und du wirst einen Verbrecher aus ihm machen. Denke doch einmal, wie entsetzlich es wäre, wenn man dieses Kind wieder in die traurige Umgebung von Deptford zurückversetzte! Das würde doch die Folge sein, wenn Bash Jones seine Frau nicht umbrächte. Wenn er sie auf der anderen Seite aber tatsächlich ermordet, dann kommt die ganze schreckliche Wahrheit ans Licht. Beides wäre nicht gut, und ich halte es für das beste, daß wir die Sache mit Bash Jones in Ordnung bringen."

„Ich bin ganz deiner Meinung." Manfred rauchte nachdenklich seine Zigarre.

Leon Gonsalez setzte sich an den Tisch, nahm einen Gedichtband von Browning und las darin. Ab und zu machte er eine Pause und sah gedankenvoll auf das Tischtuch, während er den Plan ausarbeitete, auf welche Weise Bash Jones sterben sollte.

Am Nachmittag des betreffenden Tages wurde Mrs. Amelia Jones durch ein Telegramm aus ihrer Wohnung gerufen. Sie traf Leon Gonsalez im Paddington-Bahnhof.

„Haben Sie Ihre Schlüssel mitgebracht, Mrs. Jones?“

„Ja“, erwiderte sie erstaunt. „Wissen Sie auch schon, daß mein Mann aus dem Gefängnis gekommen ist?“

„Es ist mir bekannt, und gerade weil er frei ist, möchte ich, daß Sie einige Tage verreisen. Ich habe Freunde in Plymouth, sie werden Sie wahrscheinlich an der Bahn abholen. Und wenn Sie sich verfehlen sollten, so wenden Sie sich an diese Adresse.“

Er gab ihr einen Zettel mit der Adresse einer Pension, die er in einer Zeitung von Plymouth gefunden hatte.

„So, und hier haben Sie auch einiges Geld. Ich bestehe darauf, daß Sie es annehmen. Meine Freunde wollen Ihnen sehr gern helfen.“

Sie vergoß Tränen der Dankbarkeit, als er sich von ihr trennte.

„Sind Sie auch sicher, daß Sie Ihr Haus abgeschlossen haben?“ fragte Leon beim Abschied.

„Ich habe den Schlüssel hier.“

Bei diesen Worten öffnete sie ihre Handtasche, und er sah, daß ihre Hände zitterten.

„Lassen Sie einmal sehen.“ Leon nahm die Handtasche. Er schaute in seiner kurzsichtigen Art hinein. „Ja, ich sehe ihn, er ist da.“

Er faßte hinein, brachte seine Hand scheinbar leer wieder heraus und schloß die Handtasche.

„Auf Wiedersehen, Mrs. Jones. Lassen Sie den Mut nicht sinken.“

Als die Dunkelheit hereinbrach, begab sich Leon Gonsalez in die Little Mill Street. Er gelangte mit seiner schwarzen Tasche unbemerkt in das

Haus, denn es war ein regnerischer und windiger Abend, und die Leute zogen es vor, am warmen Kamin zu sitzen und nicht auf die unwirtliche Straße hinauszugehen.

Er schloß die Tür hinter sich. Mit Hilfe einer Taschenlampe fand er den Weg zu dem einfachen Schlafzimmer von Mrs. Jones. Er schlug die Bettdecke zurück, öffnete vorsichtig die schwarze Tasche und nahm den wichtigsten Gegenstand, einen großen, runden Glasbehälter, heraus.

Nachdem er sorgfältig eine schwarze Perücke darübergezogen hatte, suchte er in dem Raum nach Kleidungsstücken von Mrs. Jones. Er rollte sie zusammen und machte eine Puppe daraus, die er ins Bett legte. Dann trat er einige Schritte zurück und betrachtete mit Genugtuung sein Werk. Als er mit allem fertig war, stieg er die Treppe hinunter und schloß die Küchentür auf, die ins Freie führte. Um seiner Sache ganz sicher zu sein, ging er den Gang am Hause entlang und sah nach, ob die Tür im Zaun offen war. Das Schloß schien in dauernder Unordnung zu sein, so daß es überhaupt nicht geschlossen werden konnte. Beruhigt kehrte er zurück.

In einer Ecke des Schlafzimmers befand sich ein Kleiderhalter, der durch einen billigen Kattunvorhang verdeckt war. Die Kleider hatte er schon vorher verwandt. Er holte sich einen Stuhl, setzte sich an den Tisch und wartete. Geduld, die ja auch andere große Wissenschaftler auszeichnet, gehörte zu seinen hervorragendsten Eigenschaften.

Die Kirchenglocken hatten eben zwei geschlagen, als er die Küchentür knarren hörte. Geräuschlos erhob er sich, nahm einen Gegenstand aus der Tasche und trat hinter den Vorhang. Es war ein altes, gebrechliches Haus, in dem man sich nicht bewegen konnte, ohne daß die Bodenbretter krachten. Aber der Mann, der Schritt für Schritt die Treppe heraufschlich, war gewandt und geschickt, und Leon vernahm erst wieder einen Laut, als sich die Tür langsam öffnete und eine Gestalt hereintrat.

Behutsam ging der Eindringling näher ans Bett und blieb dann einige Sekunden stehen. Vermutlich lauschte er, ob sich irgend etwas regte ... Dann sah Leon, wie er einen Stock hob und mit furchtbarer Gewalt auf die vermeintliche Frau im Bett einschlug.

Bash Jones hatte kein Wort gesprochen, bis er das Splittern des Glases hörte. Nun stieß er einen wilden Fluch aus und suchte in seinen Taschen nach Streichhölzern. Diese Verzögerung war sein Verhängnis, denn das unter einem Druck von vielen Atmosphären in der Gasflasche komprimierte Chlorgas erfüllte sofort den Raum. Er hustete, keuchte und wandte sich zur Flucht, aber nach einigen Schritten fiel er um. Das todbringende, gelbe Gas hüllte seinen Körper ganz ein.

Leon Gonsalez trat aus seinem Versteck hervor. Der sterbende Bash Jones starrte auf die ungeheuer großen Glasaugen einer Gasmaske, als er das Bewußtsein verlor.

Leon sammelte die Glassplitter vorsichtig und wickelte die einzelnen Stücke in eine Papiertüte, die er dann in seiner Tasche verwahrte. Mit der größten Sorgfalt hängte er die Kleider wieder an die Wand, entfernte die Perücke, brachte das Zimmer in Ordnung und öffnete Tür und Fenster. Dann ging er nach unten und öffnete auch dort alle Fenster, um frische Luft hereinzulassen. Es wehte ein kräftiger Südwestwind, und am Morgen würde das Haus ganz von dem Gas gesäubert sein.

Erst als er durch die Küchentür das Haus verlassen hatte, nahm er die Gasmaske ab und legte sie ebenfalls in die Handtasche.

Eine Stunde später lag er in seinem Bett und schlief fest und ruhig.

Auch Mrs. Jones verbrachte eine friedliche, unbekümmerte Nacht, und in einem kleinen, prächtigen Schlafzimmer im Westen Englands schmiegte sich ein junges Mädchen in die weichen Kissen und seufzte glücklich. Aber Bash Jones schlief den tiefsten Schlaf, aus dem es kein Erwachen gibt.

6. Der Mann, der glücklich war

An einem schönen Frühsommerabend stieg Leon Gonsalez am Piccadilly Circus vom Autobus, ging mit energischen Schritten Haymarket hinunter und bog in die Jermyn Street ein, ohne scheinbar zu bemerken, daß ihm jemand wie ein Schatten folgte.

Manfred schaute von seiner Schreibarbeit auf, als sein Freund in das Zimmer trat, und nickte ihm lächelnd zu. Leon legte seinen leichten Überzieher ab, trat ans Fenster und sah auf die Straße.

„Wonach schaust du denn so ängstlich aus, Leon?“

„Nach Jean Prothero, der Barside Buildings Nr. 75 in Lambeth wohnt“, erwiderte Gonsalez, ohne sich in seiner Beschäftigung stören zu lassen. „Ah, dort ist er, dieser eifrige Bursche!“

„Wer ist denn eigentlich Jean Prothero?“

Leon lachte.

„Ein sehr unternehmender Herr, daß er es wagt, sich am hellichten Tag in Westend auf der Straße sehen zu lassen“, gab Leon ausweichend zur Antwort. Er schaute auf seine Uhr. „Es ist allerdings nicht so tollkühn von ihm, denn alle Leute, die etwas vorstellen, kleiden sich jetzt zum Abendessen um.“

„Ist er etwa ein Fassadenkletterer, der um diese Zeit in die Wohnungen einbricht?“

Leon lachte wieder.

„Nein, nicht ganz so etwas Gewöhnliches. Du meinst doch vermutlich einen Menschen, der ins Schlafzimmerfenster steigt, während die Familie im Untergeschoß beim Abendessen sitzt, und dann alle Wertsachen stiehlt, deren er habhaft werden kann?“

„Ja, ganz richtig.“

Leon schüttelte den Kopf.

„Nein, Mr. Prothero ist viel interessanter, und zwar aus einem ganz anderen Grund. Zunächst einmal ist er ein kahlköpfiger Verbrecher, das heißt, er wird wahrscheinlich zum Verbrecher werden. Und wie du wohl weißt, George, sind solche Leute selten. Die Durchschnittsverbrecher haben struppige oder dünne Haare, und manchmal tragen sie einen

Scheitel auf der verkehrten Seite, aber in den seltensten Fällen haben sie eine Glatze. Auf dem Schädel von Mr. Prothero wächst auch nicht ein einziges Haar. Er ist Schiffsmaat auf einem Frachtdampfer, der zwischen den Kanarischen Inseln und Southampton verkehrt, und hat eine sehr hübsche junge Frau; sein Schwager ist merkwürdigerweise ein Einbrecher, der allerdings nur kleine Diebstähle begeht. Ohne es zu wissen, habe ich seinen Verdacht erregt. Er weiß nämlich zufällig, daß ich einer der Vier Gerechten bin", ergänzte er scheinbar sorglos.

„Woher weiß er das?" fragte Manfred nach einer Weile.

Leon hatte seinen Rock ausgezogen und eine seidene Hausjacke angelegt. Er rollte sich erst eine spanische Zigarette und steckte sie in Brand, bevor er antwortete.

„Vor vielen Jahren, als die ganze Welt in Aufruhr war wegen der verderbenbringenden Organisation der Vier Gerechten, wurdest du festgenommen, mein lieber George, und im Chelmsford-Gefängnis eingesperrt. Von dort bist du damals auf eine recht abenteuerliche Weise entkommen, und als wir die Küste erreichten, gingen wir beide und Poiccart an Bord der Jacht unseres guten Freundes, des Prinzen von Asturien, der uns damals die Ehre gab, als Vierter in unserem Bunde zu agieren."

Manfred nickte.

„Auf diesem Schiff befand sich auch Mr. Jean Prothero", fuhr Leon fort. „Wie er dorthin kam, will ich dir später einmal erklären. Ich vergesse niemals ein Gesicht, das ich einmal gesehen habe, George, aber unglücklicherweise geht es anderen Leuten auch so. Mr. Prothero erinnerte sich an mich, und als er mich in Barside Buildings sah –"

„Was hast du denn in Barside Buildings zu tun?" fragte Manfred lächelnd.

„Dort wohnen zwei Verbrecher, die nichts voneinander wissen und beide farbenblind sind!"

Manfred legte seine Feder nieder und wandte sich um. Er war schon darauf gefaßt, wieder einen Vortrag über Verbrecherphysiognomien und Kriminalstatistiken zu hören, denn er hatte die Begeisterung in Gonsalez' Stimme gehört.

„Diese beiden Leute machen es mir möglich, Mantegazzas und Schemls vollständig falsche Theorien zu widerlegen, daß Verbrecher niemals farbenblind sind. Und doch sind diese beiden Männer von frühester Jugend an Übeltäter gewesen, sie haben schon lange Gefängnisstrafen hinter sich. Und das Merkwürdigste: Auch ihre Väter waren farbenblind und waren Verbrecher!"

„Nun gut, aber du wolltest mir doch etwas von Mr. Prothero erzählen?" unterbrach ihn Manfred taktvoll.

„Einer der beiden Leute, die ich beobachtet habe, ist Mr. Protheros Schwager, der Halbbruder seiner Frau. Ihr eigener Vater ist ein rechtschaffener Zimmermann, der in einer Wohnung über ihnen haust. Diese Wohnungen sind allerdings nur sehr klein, sie bestehen gewöhnlich aus zwei Zimmern und einer Küche. Die Baumeister dieser Mietskasernen in Lambeth haben den Luxus eines Badezimmers nicht für nötig gehalten. Ich bin auch mit Mrs. Prothero bekannt geworden, als ich versuchte, ihren Bruder auszuholen."

„Und dabei hast du vermutlich auch Mr. Prothero kennengelernt", sagte Manfred geduldig.

„Nein, dem bin ich nur zufällig auf der Treppe begegnet. Ich bemerkte, daß er mich scharf ansah, aber sein eigenes Gesicht lag im Schatten, und ich erkannte ihn erst, als ich ihn heute zum zweitenmal traf. Er folgte mir hierher, und ich habe auch die Überzeugung, daß er mir gestern nachgegangen ist. Heute wollte er sich wohl nun die Bestätigung holen, daß ich wirklich hier wohne."

„Du bist doch ein merkwürdiger Mensch", meinte Manfred.

„Möglich, daß ich noch viel merkwürdiger werde“, erwiderte Leon lächelnd. „Es hängt jetzt alles davon ab, ob Prothero glaubt, daß ich ihn erkannt habe. Wenn das der Fall ist –“

Leon zuckte die Schultern.

„Es ist nicht das erstemal, daß ich mit dem Tod gespielt habe und doch mit heiler Haut davongekommen bin“, sagte er leichthin.

Manfred ließ sich aber durch den sorglosen Ton seines Freundes nicht täuschen.

„Ist es so schlimm? Ich glaube, daß die Sache für Prothero noch viel gefährlicher ist. Ich möchte nicht gern einen Menschen töten, nur weil er uns erkannt hat... Das deckt sich durchaus nicht mit meiner Ansicht über Recht und Gerechtigkeit.“

„Ganz recht“, entgegnete Leon kurz. „Das wird wohl auch nicht nötig sein. Es sei denn –“ Er machte eine Pause.

„Was meinst du?“

„Es sei denn, daß Prothero seine Frau wirklich liebt. Dann wird es ein sehr schwieriger Fall werden.“

Am nächsten Morgen kam er mit seiner Tasse Tee in Manfreds Schlafzimmer. George schaute ihn verwundert an.

„Was ist denn mit dir los, Leon? Du bist wohl gar nicht zu Bett gewesen?“

Leon Gonsalez trug einen grauen Flanellrock, dazu gleiche Beinkleider und ein weiches, seidenes Hemd. Manfred schloß aus diesem Anzug, daß er die ganze Nacht aufgeblieben war und sich seinen Studien gewidmet hatte.

„Ich habe im Speisezimmer gesessen und eine Friedenspfeife geraucht.“

„Aber doch nicht die ganze Nacht? Ich wachte einmal auf und sah kein Licht.“

„Ich saß im Dunkeln, ich wollte ja auch nur verschiedenes hören.“

Manfred rührte nachdenklich seinen Tee um.

„Steht es schon so schlimm? Hast du etwa erwartet . . .?“

Leon lächelte.

„Ich habe allerdings nicht das erwartet, was eintrat. Willst du mir einen sehr großen Gefallen tun, mein lieber George?“

„Was soll es sein?“

„Sprich bitte heute nicht über Mr. Prothero. Wir wollen uns lieber über rein wissenschaftliche, am besten landwirtschaftliche Dinge unterhalten, wie es sich für ehrbar andalusische Farmer ziemt. Außerdem wollen wir spanisch sprechen.“ Leon war sehr ernst geworden.

Manfred runzelte die Stirn.

„Warum das alles? Du bist etwas geheimnisvoll. Aber wenn du es willst, werde ich nur in Spanisch über Landwirtschaft sprechen und Prothero in keiner Weise erwähnen.“ Er nickte seinem Freund zu und erhob sich. „Darf ich wenigstens darüber sprechen, daß ich ein Bad nehmen will?“ fragte er ein wenig ironisch.

An diesem Tag ereignete sich nichts Besonderes. Einmal war Manfred nahe daran, doch von Mr. Prothero zu sprechen, aber Leon, der seine Gedanken erriet, hob warnend den Finger.

Gonsalez selbst sprach über Verbrechen, er beleuchtete das Thema allerdings mehr von der wissenschaftlichen Seite und ging besonders auf seine Entdeckung ein, daß es farbenblinde Verbrecher gäbe. Aber von Mr. Prothero sagte er kein Wort.

Nachdem sie zu Abend gegessen hatten, entfernte sich Leon aus der Wohnung, kam aber gleich wieder zurück.

„Gott sei Dank, nun können wir wieder frei und ohne Bedenken miteinander reden.“

Er stellte einen Stuhl an die Wand und kletterte hinauf. Direkt über ihnen befand sich ein kleiner Ventilator, der mit Schrauben an der Wand befestigt war. Leon summte eine kleine Melodie, als er den

Schraubenzieher ansetzte und geschickt das Deckgitter löste. Manfred sah ihm interessiert zu.

„Sieh einmal hierher, George. Nimm dir auch einen Stuhl."

Manfred sah einen kleinen, flachen, braunen Kasten, der etwa 5×5 cm groß war. In der Mitte befand sich eine schwarze, etwas vertiefte Scheibe aus Hartgummi.

„Weißt du, was das ist?" fragte Leon. „Das ist ein Mikrophon!"

„Dann hat wohl jemand unsere ganzen Gespräche belauscht?"

Leon nickte.

„Der Herr über uns muß einen recht traurigen und öden Tag gehabt haben. Selbst wenn er spanisch sprechen kann, muß er sich da oben schrecklich gelangweilt haben."

„Aber ...", begann Manfred.

„Du brauchst dir keine Sorge zu machen. Er ist fortgegangen. Um aber ganz sicher zu sein –"

Geschickt löste er einen der Drähte, mit denen der Apparat in dem Lüftungsschacht aufgehängt war.

„Mr. Prothero kam gestern abend", erklärte Leon. „Er mietete das Zimmer über uns. Er hat direkt danach gefragt, das hörte ich von dem Oberkellner. Der Mann ist mir treu ergeben, weil ich ihm dreimal so viel und dreimal so oft Trinkgeld gebe, als er es von den anderen Bewohnern der Pension gewöhnt ist. Ich wußte nicht genau, was Prothero im Schilde führte, bis ich hörte, daß er das Mikrophon den Schacht herunterließ."

Leon befestigte das Gitter wieder über der Öffnung und sprang dann von dem Stuhl herunter.

„Du mußt mir versprechen, morgen mit nach Lambeth zu kommen. Es ist nicht wahrscheinlich, daß wir Mr. Prothero dort treffen. Aber wir werden seine Frau sehen, die regelmäßig um elf Uhr ihre Einkäufe in der London Road macht. Sie ist sehr ordnungsliebend."

„Warum soll ich sie denn sehen?“

Gewöhnlich deckte Leon seine Pläne nicht eher auf, als bis der dramatische Abschluß dicht bevorstand.

„Ich brauche dein Urteil, deine große Menschenkenntnis. Du sollst mir sagen, ob diese Frau solche Eigenschaften besitzt, daß ein kahlköpfiger Mann ihretwegen einen Mord begeht.“

Manfred sah ihn bestürzt an.

„Wer soll denn das Opfer sein?“

„Ich“, entgegnete Gonsalez und krümmte sich vor Lachen, als Manfred ihn verständnislos anschaute. –

Einige Minuten vor elf sahen sie Mrs. Prothero. Leon drückte Manfreds Arm und gab ihm ein Zeichen mit den Augen.

„Dort geht sie.“

Eine junge Frau ging quer über die Straße. Sie war hübsch und viel besser gekleidet, als man es bei ihrem Stand erwarten konnte. Sie hatte Handschuhe an und trug einen Einkaufsbeutel in der einen, eine kleine Handtasche in der anderen Hand.

„Sie ist wirklich reizend“, sagte Manfred.

Mrs. Prothero war vor dem Schaufenster eines Juweliers stehengeblieben, und Manfred hatte Gelegenheit, sie zu beobachten.

„Nun, was hältst du von ihr?“

„Sie ist tatsächlich eine außerordentlich schöne junge Frau.“

„Komm, ich will dich mit ihr bekannt machen.“ Leon zog ihn mit sich fort.

Mrs. Prothero sah sich erstaunt um, lächelte dann aber, als sie Leon erkannte. Manfred sah eine Reihe blitzender weißer Zähne und volle, rote Lippen. Sie sprach zwar nicht wie eine Dame, aber sie besaß eine ruhige und klangvolle Stimme.

„Guten Morgen, Herr Doktor“, begrüßte sie Leon. „Was tun Sie denn schon so früh morgens hier?“

Manfred fiel es auf, daß sie seinen Freund mit „Doktor“ anredete, aber er wußte ja, daß Gonsalez in den verschiedensten Berufen auftrat, um sich die gewünschten Nachrichten für seine Zwecke zu verschaffen.

„Wir kommen gerade vom Guy-Hospital. Dies ist Dr. Seibert“, stellte er Manfred vor. „Sie sind beim Einkaufen?“

Sie nickte.

„Eigentlich hätte ich es nicht nötig gehabt, heute auszugehen. Mein Mann ist für drei Tage unten bei den Docks.“

„Haben Sie Ihren Bruder heute morgen schon gesehen?“ fragte Leon.

Ein Schatten glitt über ihr Gesicht.

„Nein“, erwiderte sie kurz.

Offensichtlich war sie nicht sehr stolz auf diesen Verwandten. Vielleicht ahnte sie sein dunkles Gewerbe, jedenfalls hatte sie nicht den Wunsch, weiter darüber zu sprechen, denn sie änderte das Thema schnell.

Sie plauderten noch eine Weile miteinander, dann verabschiedete sie sich mit einer Entschuldigung von ihnen. Die beiden sahen ihr nach, bis sie in einem Lebensmittelgeschäft verschwand.

„Glaubst du, daß ihr Mann ihretwegen einen Mord begehen könnte?“ fragte Leon.

„Es wäre nicht ausgeschlossen. Aber warum sollte er denn dich umbringen?“

„Das werden wir ja sehen.“

Als sie am Nachmittag wieder nach Hause kamen, fanden sie mehrere Briefe vor. Ein Kuvert, das ein großes Wappen trug, zog Manfreds Aufmerksamkeit auf sich.

„Lord Pertham“, sagte er, als er nach der Unterschrift sah. „Wer ist denn eigentlich Lord Pertham?“

„Ich habe gerade kein Nachschlagebuch zur Hand, aber mir kommt der Name bekannt vor. Was will denn Lord Pertham von uns?“

„Sehr geehrter Herr, unser gemeinsamer Freund, Mr. Fare von Scotland Yard, wird heute bei uns in Connaught Gardens zu Abend speisen. Dürften wir auch Sie bitten, zu kommen? Mr. Fare erzählte mir, daß Sie einer der tüchtigsten Kriminologen unserer Zeit sind, und da ich mich auch für diesen Zweig der Wissenschaft ganz besonders interessiere, würde ich mich freuen, Ihre Bekanntschaft zu machen.“

Unter der Unterschrift stand noch ein Nachsatz:

„Natürlich schließt diese Einladung auch Ihren geschätzten Freund ein.“

Manfred rieb sich das Kinn. „Ich möchte wirklich heute abend nicht in vornehmer Gesellschaft speisen.“

„Aber ich“, erwiderte Leon entschieden. „Ich habe eine Vorliebe für gute englische Küche, und ich erinnere mich, daß Lord Pertham in dem Ruf steht, eine Art Epikuräer zu sein.“

Pünktlich um acht erschienen sie in dem großen Haus von Lord Pertham, das an der Ecke von Connaught Gardens stand. Sie wurden sofort von einem Diener eingelassen, der ihre Hüte und Mäntel abnahm und sie in einen geräumigen, etwas düsteren Empfangssalon führte.

Ein großer, schlanker Mann mit vollem, grauem Haar lehnte am Kamin. Er mochte etwa fünfzig Jahre sein. Schnell kam er auf die beiden zu, als sie eintraten.

„Wer von Ihnen ist Mr. Fuentes?“

„Das ist mein Name“, erwiderte Manfred lächelnd, „aber mein Freund ist der große Kriminologe.“

„Ich freue mich sehr, Sie beide kennenzulernen, aber ich muß mich bei Ihnen entschuldigen. Durch einen unglücklichen Umstand ist der Brief, den ich an Mr. Fare geschrieben habe, nicht rechtzeitig aufgegeben worden. Ich habe es leider erst vor einer halben Stunde erfahren. Hoffentlich macht es Ihnen nicht zuviel aus.“

Manfred murmelte eine konventionelle Höflichkeitsphrase, als sich die Tür öffnete und eine Dame hereinkam.

„Darf ich Sie Mylady vorstellen?“

Die Dame war schmal und hager. Ihre blauen, ausdruckslosen Augen und ihre dünnen Lippen entbehrten jedes Reizes. Sie machte einen verdrießlichen Eindruck und runzelte häufig die Stirn, was sie noch mehr entstellte.

Leon Gonsalez, der unwillkürlich jedes Gesicht analysierte, das er sah, kam zu dem Urteil: Groll, Argwohn, Undankbarkeit, Hartherzigkeit, Eitelkeit.

Als sie Gonsalez und Manfred nachlässig die Hand gab, vertieften sich die Falten auf ihrer Stirn noch mehr.

„Das Essen ist fertig, Pertham“, wandte sie sich an den Lord und machte nicht den geringsten Versuch, ihren Gästen gegenüber freundlich zu sein.

Bei Tisch war es sehr peinlich. Lord Pertham war nervös, aber obwohl eine denkbar schlechte Stimmung herrschte, ließen sich die beiden Freunde nicht beeinflussen. Dieser große, stattliche Mann schien sich vor seiner Frau zu fürchten, er war sehr rücksichtsvoll, fast unterwürfig in ihrer Gegenwart. Als die unliebenswürdige Gastgeberin schließlich das Zimmer verließ, machte er kein Hehl daraus, daß er sich erleichtert fühlte.

„Ich fürchte, daß Sie sich bei Tisch nicht gut unterhalten haben. Mylady hatte eine kleine Auseinandersetzung mit dem Koch.“

Offensichtlich hatte Mylady die Angewohnheit, sich stets mit ihren Dienstboten zu überwerfen, denn der Lord erwähnte in der Unterhaltung einige Leute, die sie entlassen hatte. Er sprach des langen und breiten über die Physiognomie von Dienstboten. Aber Manfred, der wie sein Freund eifrig zuhörte, schien es, daß der Lord keine große Autorität auf diesem Gebiet war. Er sprach sehr stockend und machte viele Fehler, aber Leon verbesserte ihn nicht. Gelegentlich erwähnte er auch, daß sein Interesse an Verbrechen noch gestiegen sei, da sein eigenes Leben bedroht würde.

„Wir wollen jetzt nach oben gehen und Mylady Gesellschaft leisten“, sagte er nach einer Weile. Manfred hätte darauf wetten können, daß Lord Pertham alles, was er über Kriminologie gesagt hatte, besonders für diesen Abend einstudiert hatte.

Sie gingen die breite Treppe zur ersten Etage hinauf und traten in einen kleinen Salon ein. Der Lord schien überrascht zu sein, daß niemand anwesend war.

„Ich bin sehr erstaunt“, begann er, als plötzlich die Tür aufgerissen wurde und Lady Pertham hereinstürzte. Sie war totenbleich, und ihre dünnen Lippen zitterten.

„Pertham“, rief sie atemlos, „es ist ein Mann in meinem Ankleidezimmer!“

„Was, ein Einbrecher?“ Der Lord eilte aus dem Zimmer.

Die beiden Freunde wollten ihm folgen, aber er blieb halbwegs auf der Treppe stehen und wehrte sie mit einer Handbewegung ab.

„Es ist besser, Sie bleiben unten bei Mylady. Läute doch bitte nach Thomas, Liebling!“

Leon und George standen am Fuß der Treppe, als er oben eine Tür aufstieß. Gleich darauf hörten sie einen Schrei und Geräusche, als ob jemand handgemein geworden wäre. Manfred eilte die Treppe hinauf; oben wurde eine Tür heftig zugeworfen. Man hörte erregte Stimmen, dann krachte ein Schuß, und etwas fiel schwer zu Boden.

Manfred stemmte sich mit aller Gewalt gegen die Tür des Zimmers, aus dem der Lärm kam.

„Es ist alles in Ordnung“, hörten sie Lord Perthams Stimme.

Einen Augenblick später schloß er die Tür auf.

„Ich fürchte, ich habe diesen Menschen umgebracht.“

Er hatte die rauchende Pistole noch in der Hand. Mitten im Zimmer lag ein ärmlich gekleideter Mann, sein Blut färbte den perlgrauen Teppich.

Gonsalez ging schnell zu dem reglos Daliegenden und drehte ihn um. Auf den ersten Blick sah er, daß der Mann tot war. Lange und ernst blickte er in das Gesicht des Einbrechers.

„Kennen Sie ihn?“ fragte Lord Pertham.

„Ich glaube, ja“, erwiderte Gonsalez ruhig. „Es ist mein farbenblinder Verbrecher.“ Er erkannte den Bruder von Mrs. Prothero.

Die beiden Freunde gingen nach Hause und ließen Lord Pertham mit einem Detektiv von Scotland Yard zurück. Seine Frau war ganz aufgelöst vor Aufregung und hatte einen Weinkrampf bekommen.

Keiner der beiden sprach, bis sie ihre Wohnung erreicht hatten. Leon setzte sich mit einem Seufzer der Erleichterung in den großen Armsessel und rauchte zufrieden.

„Leon!“

Gonsalez rührte sich nicht.

„Leon!“

Gonsalez drehte sich langsam um und sah George an.

„Ist dir heute abend bei der Schießerei nichts aufgefallen?“

„O doch, verschiedenes.“

„Was denn?“

„Vor allem dieses seltsame Zusammentreffen, daß ausgerechnet der Bruder von Mrs. Prothero in Lord Perthams Haus einbrechen muß. Hast du eigentlich die Hand des Toten betrachtet?“

„Nein.“ Manfred sah Leon erstaunt an.

„Das ist schade – die Sache wäre dir dann wohl noch viel merkwürdiger vorgekommen. Was hast du denn beobachtet?“

„Ich wunderte mich, daß Lord Pertham eine Pistole bei sich trug. Er muß sie schon während des Essens bei sich gehabt haben.“

„Das kann ich dir leicht erklären. Erinnerst du dich, daß er uns erzählte, er sei in anonymen Briefen bedroht worden?“

„Das hatte ich ganz vergessen. Wer hat denn die Tür oben abgeschlossen?“

„Natürlich der Einbrecher.“ Leon lächelte, und dieses Lächeln verriet Manfred, daß sein Freund nicht seine wahre Meinung sagte.

„Da wir nun gerade von verschlossenen Türen sprechen –“

Leon erhob sich, ging in sein Zimmer und kehrte mit zwei kleinen Instrumenten zurück, die wie Glocken von elektrischen Klingeln aussahen. Feine Metallspitzen schauten daraus hervor.

Leon schloß die Tür des Wohnzimmers und legte eine der Alarmglocken auf den Fußboden. Dann befestigte er die Metallspitze an dem Türflügel, so daß es unmöglich war, die Tür zu öffnen, ohne einen Druck auf die Klingel auszuüben. Er versuchte es, und sofort ertönte ein schrilles Klingelzeichen.

„Das wäre in Ordnung“, sagte er und wandte sich zu den Fenstern.

„Erwartest du denn Einbrecher?“

„Allerdings, und ich möchte wirklich nicht deshalb meinen Schlaf opfern.“

Leon schien mit dem Verschluß der Fenster nicht zufrieden zu sein und schob noch einen Keil hinein.

Eine andere Tür, die von Manfreds Zimmer direkt auf den Gang führte, sicherte er in derselben Weise wie die erste.

Mitten in der Nacht schlug die eine Alarmklingel schrill an. Manfred sprang aus dem Bett und drehte das Licht an. Seine eigene Tür war intakt, und er eilte in das Wohnzimmer, aber Gonsalez war ihm schon zuvorgekommen und betrachtete die Sicherung. Die Tür war nicht zugeschlossen. Mit dem Pantoffel schob er die Alarmglocke beiseite.

„Kommen Sie herein, Lord Pertham“, sagte er dann. „Wir wollen die Sache in aller Ruhe besprechen.“

Einen Augenblick herrschte tiefe Stille, dann hörten sie Schritte, und ein Mann trat in das Zimmer. Er war in Gesellschaftskleidung, trug aber keinen Hut. Manfred sah erstaunt auf den kahlen Kopf.

„Nehmen Sie Platz und machen Sie es sich bequem. Ich darf Ihnen wohl die Waffe abnehmen, die Sie in der Tasche haben? Vielleicht können wir dann die Angelegenheit auf freundschaftliche Weise erledigen."

Zweifellos war es Lord Pertham, obwohl man nichts mehr von seinem üppigen Haarwuchs sehen konnte. Manfred war aufs höchste überrascht, als Leon mit seiner linken Hand in die Rocktasche des Besuchers griff und eine Pistole hervorzog, die er sorgfältig auf den Kaminsims legte.

Lord Pertham sank in einen Stuhl und bedeckte sein Gesicht mit den Händen. Eine Weile herrschte tiefe Stille in dem Zimmer.

„Erinnerst du dich des ehrenwerten George Fearnside?" begann Leon.

„Fearnside – ja, er war doch damals auf der Jacht des Herzogs", sagte Manfred verblüfft.

„Ganz recht. Wir dachten seinerzeit, daß er uns nicht mit entkommenen Übeltätern identifizieren würde, aber offensichtlich wußte er doch, daß wir die Vier Gerechten waren. Sie erbten Ihren Titel doch etwa vor sechs Jahren, Lord Pertham?"

Der zusammengesunkene Mann nickte, aber plötzlich richtete er sich auf. Sein Gesicht war kreidebleich, und tiefe, schwere Schatten lagen unter seinen Augen.

„Nun, meine Herren, es scheint, daß Sie mich fingen, anstatt daß ich Sie faßte. Was wollen Sie nun unternehmen?"

Gonsalez lachte leise.

„Ich habe nicht die geringste Neigung, vor Gericht als Zeuge aufzutreten und zu bekunden, daß Lord Pertham ein Bigamist ist und schon seit vielen Jahren ein Doppelleben führt. Denn das würde bedeuten, daß ich auch gewisse unangenehme Details über mich selbst geben müßte."

Lord Pertham räusperte sich.

„Ich kam hierher, um Sie zu töten“, sagte er heiser.

„Das haben wir vermutet“, erwiderte Manfred. „Was steckt denn eigentlich hinter dieser ganzen Geschichte, Leon?“

„Es wäre wohl das beste, wenn Lord Pertham uns alles erzählte“, entgegnete Gonsalez.

Der Lord sah sich im Zimmer um.

„Würden Sie mir bitte ein Glas Wasser geben?“

Leon erfüllte seine Bitte.

„Es ist richtig“, begann er nach einer Weile, „daß ich Sie als zwei Mitglieder der Vier Gerechten erkannte. Ich war mit dem Herzog eng befreundet und befand mich zufällig an Bord seiner Jacht, als Sie dorthin kamen. Mein Freund erzählte mir zwar eine lange Geschichte von einer Flucht, die Ihre Anwesenheit auf der Jacht erklären sollte, aber als ich in Spanien an Land ging und die Berichte in den Zeitungen las, wußte ich, wer Sie waren. Wahrscheinlich wissen Sie auch aus meinem früheren Leben, daß ich als gewöhnlicher Matrose in der Handelsmarine diente und um die ganze Welt reiste. Diese Art Leben sagte mir mehr als alles andere zu. Auf diese Weise konnte ich Land und Leute kennenlernen, und zwar von einem ganz anderen Gesichtspunkt aus, als ich es als Mitglied der großen Gesellschaft jemals hätte tun können. Wenn man die Welt wirklich kennenlernen will, muß man als Matrose reisen!

Ich traf Martha Grey eines Abends in einem Theater im Osten Londons. Als ich noch zur See fuhr, handelte ich auch wie ein richtiger Matrose. Zwischen mir und meinem Vater herrschten nicht gerade die besten Beziehungen, und ich hatte deshalb auch nie das Verlangen, nach Hause zu gehen. Es mag Ihnen lächerlich erscheinen, aber als das Mädchen an meiner Seite im dunklen Theater saß, verliebte ich mich in sie.“

„Und Sie haben dann Miss Grey geheiratet?“ fragte Leon.

„Nein“, erwiderte der Lord schnell. „Ich ließ mich törichterweise überreden, mich drei Monate später mit Mylady trauen zu lassen, nachdem mir das Abenteurerleben zur See über geworden war und ich wieder in der Gesellschaft verkehrte. Sie war die Erbin eines großen Vermögens und war aus diesem Grund eine gute Partie. Dies spielte sich ab, bevor mein Vater den Titel und das Vermögen seines Vetters geerbt hatte. Das Eheleben, das ich mit Mylady führte, war entsetzlich, es war die Hölle auf Erden. Sie haben sie ja heute abend selbst gesehen und ihre Art kennengelernt. Ich habe eine zu große Achtung vor Frauen und stand zu sehr unter ihrem Einfluß, als daß ich das giftige Temperament meiner Frau hätte zügeln können. Und dieses schreckliche Leben, das ich zu Hause führen mußte, trieb mich zu Martha.

Sie hat einen guten Charakter.“ Seine Augen leuchteten auf. „Sie ist die reinste, selbstloseste und liebevollste Frau, die jemals lebte. Als ich sie wieder traf, wurde mir erst bewußt, wie sehr ich sie liebte. Bei einem Mädchen ihrer Art blieb kein anderer Weg – ich heiratete sie. Auf einer Reise nach Australien bekam ich ein schweres Fieber und verlor mein ganzes Haar. Das war aber schon lange, bevor ich Martha traf. Es mag Eitelkeit gewesen sein, daß ich mir eine Perücke machen ließ, als ich wieder zu meinen Verwandten und zur Gesellschaft zurückkehrte. Aber es hatte einen doppelten Vorteil für mich: Einmal verbarg sie meinen kahlen Kopf und außerdem schützte sie mich vor der Gefahr, von meinen früheren Kameraden erkannt zu werden.

Als ich allmählich grau wurde, ließ ich auch die Farbe meiner Perücke meinem Alter entsprechend ändern. Martha fand nichts dabei, daß ich keine Haare hatte. Das Leben, das ich mit ihr führe, ist sehr glücklich. Ich muß sie von Zeit zu Zeit verlassen, um mich um die Verwaltung meines Besitzes zu kümmern. Dann gebe ich vor, daß ich eine längere Seereise mache. Mylady muß ich auf der anderen Seite erzählen, daß ich in Geschäftsangelegenheiten nach Amerika fahre, um ihr meine Abwesenheit zu erklären.“

„Der Mann, den Sie erschossen haben, war natürlich Marthas Halbbruder“, sagte Gonsalez.

Lord Pertham nickte.

„Es war einer der unglücklichsten Zufälle, daß er ausgerechnet in mein Haus einbrechen mußte. Bei dem Handgemenge riß er mir die Perücke ab und erkannte mich. Es blieb mir nichts anderes übrig, als ihn zu erschießen“, sagte der Lord ruhig. „Ich tat es mit vollem Bewußtsein, weil mein Lebensglück durch ihn vernichtet worden wäre und weil er schon seit Jahren seine Schwester tyrannisiert und von ihrem geringen Einkommen lebt.“

Gonsalez nickte.

„Ich sah ein Büschel grauer Haare in seiner Hand und vermutete, was sich zugetragen hatte.“

„Was werden Sie nun tun?“ fragte Lord Pertham.

„Was haben Sie denn vor?“ fragte Leon dagegen. „Vielleicht ist es Ihnen lieb, wenn ich es Ihnen sage?“

„Das ist wohl das beste“, erwiderte Lord Pertham ernst.

„Sie nehmen Mylady mit sich auf eine Reise, sobald die Leichenschau vorüber ist, warten eine genügende Zeit und überreden sie dann, sich von Ihnen scheiden zu lassen. Wenn das geschehen ist, heiraten Sie Mrs. Prothero unter Ihrem wirklichen Namen.“

Manfred wandte sich an Leon, nachdem Lord Pertham in das obere Zimmer gegangen war.

„Du bist doch eigentlich ein ganz unmoralischer Mensch, Leon. Nimm doch einmal an, Lady Pertham läßt sich nicht von ihm scheiden –“

Leon lachte.

„Es ist gar nicht nötig, daß sie sich von Lord Pertham scheiden läßt, denn er hat uns ein wenig belogen. Er hat Martha erst geheiratet, verließ sie dann und kehrte wieder zu ihr zurück. Ich weiß das zufällig, weil ich die ganzen Heiratsregister durchgesehen habe. Es gab eine Mrs. Prothero, ehe es eine Lady Pertham gab.“

„Du bist wirklich ein Prachtkerl, mein lieber Leon“, sagte Manfred bewundernd.

„Ja, da hast du recht“, gab Gonsalez bescheiden zu.

7. Der Mann, der Musik liebte

Die hervorstechendsten Eigenschaften des Mr. Homer Lynne waren weitgehende Sympathie und eine unüberwindliche Vorliebe für Tschaikowskys Konzertouvertüre „1812“. Er liebte zwar Musik im allgemeinen, aber seine Nachbarn in Pennerthon Road in Hampstead bezeugten mit einer gewissen Bitterkeit, daß er dieser großen Schlachtkomposition vor allem anderen den Vorzug gab. Zuerst hatte es private Auseinandersetzungen mit ihm gegeben, dann war er wegen öffentlicher Ruhestörung vor das Polizeirevier zitiert worden. Als auch das nichts nützte, schrieben die Rechtsanwälte der benachbarten Parteien scharfe Briefe an ihn.

Es war ebenso sonderbar als bedauernswert, daß dieser sympathische und liebenswürdige Herr sich nicht im geringsten um die Wünsche und das Wohlergehen seiner Nachbarn kümmerte. In seinem Schlafzimmer stand das größte und lauteste Grammophon, das Hampstead jemals gesehen hatte. Der teuere Apparat war außerdem mit einem automatischen Plattenwechsler versehen, so daß der Spektakel unentwegt von neuem begann. Aber das schlimmste war, daß Mr. Lynne sich die Nachtstunden zu seinen Konzerten wählte.

Auf dem Polizeirevier hatte er angegeben, daß Grammophonmusik das einzige Mittel sei, seine aufgeregten Nerven so weit zu beruhigen, daß er Schlaf finden könne. Und nur sein Lieblingsstück „1812“ sei laut genug, um diese Wirkung zu erzielen.

Daß Mr. Lynne sonst sehr mitfühlend war, konnten zum mindesten drei betrübte Elternpaare bezeugen. Er war ein Theateragent, der hauptsächlich für Südamerika arbeitete; seine Spezialität war die Zusammenstellung von „Truppen“ für zwanzig größere oder kleinere Theater. Die großen Künstler, die auf seine Engagements hin durch Argentinien, Mexiko, Chile und Brasilien gereist waren, lobten ihn über die Maßen. Sie waren ausgezeichnet behandelt worden und hatten überall das größte Entgegenkommen bei den Leuten gefunden, für die Mr. Lynne sie engagiert hatte. Man nahm an, und es war auch eine Tatsache, daß er selbst finanziell an einer großen Anzahl von Theatern und Varietés interessiert war. Darin konnte man auch zum Teil die Erklärung für die Aufmerksamkeit finden, die den bekannten Künstlern auf ihren Tourneen zuteil wurde.

Aber er schickte auch kleinere Artisten auf Reisen, unbedeutende Leute, deren Namen niemals auf den Programmen englischer Aufführungen zu finden waren. Sie wurden je nach ihrer äußeren Erscheinung und nach der Art ihres Wesens gewählt. Auch spielte dabei die Frage eine große Rolle, ob sie irgendwelche Verwandten besaßen oder sonst gebunden waren.

„Es ist ein entzückendes Land“, pflegte Mr. Homer Lynne zu sagen.

Er machte einen würdigen, vertrauenerweckenden Eindruck, verfügte über gute, gefällige Manieren und war glattrasiert mit Ausnahme eines kleinen grauen Backenbartes. Wenn man ihn nicht genauer kannte, hätte man ihn für einen erfolgreichen Rechtsanwalt mit einer Praxis in Kirchenangelegenheiten halten können.

„Es ist wirklich ein außerordentlich sympathisches Land, aber ich weiß nicht, ob ich ein junges Mädchen wie Sie dorthin schicken kann. Natürlich bekommen Sie ein sehr gutes Gehalt, und das Leben ist angenehm dort – haben Sie eigentlich Verwandte?“

Wenn die junge Dame dann etwas von einem Bruder oder einem Vater erzählte, oder auch nur von einer Mutter oder einer unverheirateten Tante sprach, die sich um sie kümmerte, so nickte Mr. Lynne und versprach, am nächsten Tag zu schreiben. Dieses Versprechen erfüllte er auch unweigerlich und bedauerte, mitteilen zu müssen, daß er die Dame für den Posten für nicht geeignet halte – und damit sagte er die Wahrheit. Wenn sie aber vollständig allein stand und keine Verwandten oder Freunde besaß, die ihm später durch Nachforschungen die Hölle heiß machten, dann konnte sie sicher sein, von ihm ein Dampferbillett erster

Klasse nach Südamerika zu erhalten; aber nicht für eine Tournee, wie er sie für große Künstler arrangierte. Auch sollten die Damen nicht an den großen Bühnen auftreten, wo man sie leicht finden konnte. Er schickte sie zu kleineren Vergnügungsetablissements, die weniger den Charakter eines Theaters, aber mehr den eines Kabaretts hatten.

Im Laufe seiner Tätigkeit hatten ihn drei junge Mädchen angelogen, als sie sich um eine Stellung bei ihm bemühten. Sie erzählten ihm, daß sie keine Verwandten hätten, aber nach einiger Zeit erschien ein Bruder und erkundigte sich nach dem Verbleib seiner Schwester.

An einem herrlichen Junimorgen erlebte Mr. Lynne einen ähnlichen Fall. Er saß in seinem schönen Büro, hatte die Hände gefaltet und schaute ernst auf einen nervösen, kleinen, jüdischen Herrn, der an der anderen Seite des großen Mahagonischreibtisches Platz genommen hatte und seinen großen, breitkrempigen Hut im Schoß hielt.

„Rosie Goldstein", sagte Mr. Lynne nachdenklich. „Ja, ich glaube, ich kann mich auf den Namen besinnen."

Er klingelte, und ein junger Mann von dunkler Gesichtsfarbe erschien in der Tür.

„Bringen Sie mir mein Engagementsbuch, Mr. Mandez."

„Sie müssen wissen, Mr. Lynne", sprach der Besucher auf den Agenten ein, „daß ich nicht die geringste Kenntnis davon hatte, daß meine Tochter Rosie so weit über See gehen wollte, bis eine ihrer Freundinnen mir sagte, sie wäre zu Ihnen gegangen und hätte hier ein Engagement für Südamerika erhalten."

„Ich verstehe vollkommen. Sie hat Ihnen also nicht gesagt, daß sie fortgehen wollte?"

„Nein."

Der junge Mann kam mit einem großen Buch zurück. Mr. Lynne wandte langsam die einzelnen Blätter um und fuhr mit dem Finger die Liste der Namen entlang.

„Hier haben wir sie schon“, sagte er dann. „Rosie Goldstein. Ja, ich besinne mich jetzt ganz genau auf die junge Dame. Aber sie erklärte mir, sie sei eine Waise.“

Goldstein nickte.

„Das hat sie wohl getan, weil sie fürchtete, ich würde sie nicht fortreisen lassen“, sagte er dann mit einem Seufzer der Erleichterung. „Aber solange ich weiß, wo sie ist, mache ich mir nicht soviel Sorgen. Können Sie mir ihre augenblickliche Adresse sagen?“

Lynne schloß das Buch sorgfältig und sah seinen Besucher liebenswürdig an.

„Ich habe ihre gegenwärtige Adresse nicht“, entgegnete er freundlich. „Aber wenn Sie ihr einen Brief schreiben wollen, so adressieren Sie nur bitte an mich. Ich werde ihn dann zu unseren Agenten nach Buenos Aires senden. Die werden natürlich wissen, wo sie sich augenblicklich aufhält. Sie müssen bedenken, daß ich mit vielen größeren und kleineren Theatern in Verbindung stehe und daß ich mich nicht darum kümmern kann, wo die einzelnen Künstler zur Zeit auftreten. Es ist sehr wahrscheinlich, daß sie augenblicklich weiter im Lande ist.“

„Ja, das begreife ich vollkommen“, sagte Mr. Goldstein dankbar.

„Sie hätte Ihnen aber unter allen Umständen sagen müssen, was sie vorhatte“, meinte Mr. Lynne und schüttelte den Kopf.

In Wirklichkeit meinte er ja, daß sie es ihm hätte sagen müssen.

„Aber auf alle Fälle werde ich sehen, was wir in dieser Angelegenheit tun können.“

Er reichte Mr. Goldstein seine kleine, fleischige Hand, und Mr. Mandez begleitete den Herrn bis zur Tür.

Drei Minuten später saß Mr. Lynne einer hübschen jungen Dame gegenüber, die schon einige Bühnenpraxis besaß. Sie war mit einer Truppe, die in Revuen auftrat, auf Reisen gewesen. Als sie alles über ihre bisherige kurze Theaterlaufbahn erzählt hatte, kam Mr. Lynne zu der entscheidenden Frage.

„Was sagen denn Ihr Vater und Ihre Mutter dazu, daß Sie so weit in die Welt hinausgehen wollen?“ Er schaute sie mit seinem wohlwollenden Lächeln an.

„Ich habe keine Eltern mehr.“

Mr. Lynne sah, daß sie sehr ernst geworden war und daß ihre Lippen zitterten. Daraus schloß er, daß sie erst kürzlich einen schweren Verlust erlitten haben mußte.

„Aber Sie haben doch sicher noch Geschwister oder nahe Verwandte?“

„Nein, auch nicht. Ich stehe ganz allein in der Welt, Mr. Lynne. Sie werden mich doch hoffentlich engagieren?“ fragte sie bittend.

Natürlich war Mr. Lynne entschlossen, sie zu engagieren. In Wirklichkeit brachten ja die kleineren Artisten, die er nach Südamerika schickte, unendlich viel mehr ein als die großen Nummern, deren Namen in London und in der ganzen Welt bekannt waren.

„Ich werde Ihnen morgen meinen Bescheid zukommen lassen“, sagte er wie gewöhnlich.

„Sie haben doch nichts gegen mich? Bitte engagieren Sie mich doch.“

Er lächelte.

„Nun, dann will ich Ihnen jetzt schon zusagen, Miss Hacker. Sie brauchen sich deswegen keine Sorge zu machen. Ich werde Ihnen den Kontrakt zuschicken – aber es ist eigentlich besser, Sie kommen persönlich her und unterzeichnen hier.“

Das Mädchen eilte mit beflügelten Schritten die Treppe hinunter zum Leicester Square. Ihr Herz jubilierte. Sie hatte ein Engagement in Aussicht, und ihr Honorar war dreimal größer als das größte Gehalt, das sie jemals früher erhalten hatte! Am liebsten hätte sie allen Leuten, denen sie begegnete, von ihrem Glück mitgeteilt. Und doch hätte sie sich nicht im Traum einfallen lassen, daß sie schon ein paar Augenblicke später einem vollständig fremden Menschen all ihre frohen Hoffnungen erzählen würde.

Er sah hübsch aus, war tadellos gekleidet und machte den Eindruck eines Ausländers. Sein Gesicht war so freundlich und gütig, daß Kinder sofort Zutrauen zu ihm fassen konnten – eine Eigenschaft, die kein Psychologe bisher analysiert hat.

Sie machte seine Bekanntschaft buchstäblich durch einen Zufall. Er stand am Fuß der Treppe, als sie herunterkam. In ihrer großen Freude verfehlte sie eine Stufe und fiel ihm in die Arme.

„Entschuldigen Sie, bitte, es tut mir sehr leid", sagte sie lächelnd.

„Sie sehen aber gerade nicht sehr traurig aus – im Gegenteil, Sie sehen wie eine junge Dame aus, die eben ein sehr vorteilhaftes Engagement nach Übersee erhalten hat."

Sie starrte ihn an. „Woher wissen Sie denn das?"

„Das weiß ich, weil – nun gut, ich weiß es eben." Er lachte, gab scheinbar seine Absicht auf, nach oben zu gehen, wandte sich um und ging mit ihr auf die Straße.

„Ja, Sie haben recht. Ich werde nach Südamerika gehen. Es ist eine außerordentliche Gelegenheit für mich. Gehören Sie auch zur Bühne?"

„Nein, ich bin kein Schauspieler und habe auch sonst nichts mit Theater zu tun. Aber ich kenne die Länder sehr gut, in die Sie gehen wollen. Möchten Sie gerne etwas über Argentinien hören?"

Sie sah ihn etwas erstaunt an.

„Ach ja", sagte sie zögernd, „aber ich –"

„Ich möchte eine Tasse Tee trinken, kommen Sie doch bitte mit", forderte Leon sie liebenswürdig auf.

Obgleich sie weder den Wunsch hatte, Tee zu trinken, noch sich mit ihm zu unterhalten, übte seine Persönlichkeit doch eine solche Anziehungskraft auf sie aus, daß sie die Einladung annahm. In demselben

Augenblick unterhielt sich Mr. Lynne mit seinem dunkelhäutigen Angestellten.

„Fonso, sie ist wirklich eine ausgesuchte Schönheit.“ Dabei küßte der sonst so nüchterne und ruhige Mann ekstatisch die Spitzen seiner Finger.

Es war das drittemal, daß Leon Gonsalez das elegante Büro Mr. Homer Lynnes in der Panton Street besuchte.

Früher bestand einmal eine Organisation, die man „Die Vier Gerechten“ nannte. Sie hatten sich zusammengefunden zu dem Zweck, Gerechtigkeit an denen auszuüben, die das Gesetz verschont oder übersehen hatte, und der Ruf ihrer kühnen Taten war in die ganze Welt gedrungen. Einer von ihnen war allerdings schon gestorben, und von den dreien, die noch übrigblieben, hatte sich Poiccart, den man früher das Gehirn der vier nannte, zu einem stillen Leben nach Sevilla zurückgezogen. Vor kurzem hatte er einen Brief von einem Landsmann aus Rio de Janeiro erhalten, der allerdings nicht wußte, daß er zu den Vier Gerechten gehörte. Dieser schrieb ohne besondere Absicht, aber mit großer Erbitterung über gewisse Vorkommnisse. Poiccart wechselte verschiedene Briefe mit ihm und erfuhr dadurch, daß die meisten der hübschen jungen Engländerinnen, die in den obskuren Tanzhallen kleiner Städte aufgetaucht waren, durch die Agentur des ehrenwerten Mr. Lynne engagiert worden waren. Poiccart hatte seinen beiden Freunden in London darüber berichtet.

„O ja, es ist ein ausgezeichnetes Land“, sagte Leon Gonsalez und rührte nachdenklich seinen Tee um. „Sie sind natürlich sehr zufrieden mit Ihrem Engagement?“

„Es ist einfach wundervoll. Denken Sie, ich werde wöchentlich zwölf Pfund erhalten, außerdem Wohnung und Essen. Ich kann fast das ganze Geld sparen.“

„Wissen Sie eigentlich schon, wo sie auftreten werden?“

„Ich kenne doch das Land nicht“, antwortete sie lächelnd. „Es ist sehr beschämend für mich, aber ich kenne nicht eine einzige Stadt in Argentinien.“

„Es gibt auch nur wenig Leute, die darüber Bescheid wissen. Aber Sie haben wahrscheinlich schon einmal etwas von Brasilien gehört?“

„O ja, das ist ein kleines Land in Südamerika. Das weiß ich.“

„Wo die Nüsse herkommen“, scherzte Leon. „Nein, da irren Sie. Es ist kein kleines Land, es ist so breit wie von hier bis zur Mitte von Persien und so groß wie von Brighton bis zum Äquator. Haben Sie jetzt ungefähr einen Begriff von der Größe Brasiliens?“

Sie sah ihn staunend an.

Leon fuhr fort, ihr zu erzählen, aber er beschränkte sich auf Nachrichten über das Klima dieser Länder. Nicht ein einziges Mal erwähnte er ihren Kontrakt. Die eigentliche Absicht seines Zusammenseins mit ihr kam ans Tageslicht wenn sie auch nichts davon merkte –, als er sich von ihr verabschiedete!

„Ich werde Ihnen ein Buch schicken, Miss Hacker, das Sie sicherlich interessieren wird, wenn Sie nach Argentinien gehen. Sie finden darin alle Informationen, die Sie brauchen.“

„Das ist sehr liebenswürdig von Ihnen“, sagte sie dankbar. „Darf ich Ihnen meine Adresse geben, damit das Buch auch ankommt?“

Weiter wollte Leon nichts erreichen. Er steckte den kleinen Zettel, auf den sie sie geschrieben hatte, in seine Brieftasche, und sie trennten sich.

George Manfred, der sich einen kleinen Zweisitzer gekauft hatte, wartete vor der Nationalgalerie auf ihn, und sie fuhren nach Kensington Gardens. Die Restaurationsräume dort waren zu dieser Zeit sehr wenig besucht. Sie ließen sich an einem einsamen Tisch nieder, und Leon erzählte von dem Erfolg seines Besuches.

„Es war außerordentlich günstig, daß ich eins seiner Opfer getroffen und kennengelernt habe.“

„Hast du denn Lynne selbst gesehen?“

Leon nickte.

„Nachdem ich mich von dem Mädchen verabschiedet hatte, besuchte ich ihn noch. Es war recht schwer, an diesem mexikanischen Herrn vorbeizukommen – ich glaube, er heißt Mandez –, aber schließlich saß ich doch Lynne gegenüber. Ich spiele wirklich nicht Banjo“, fuhr er lachend fort, „ich gebe dir in allem Ernst die feierliche Erklärung, mein lieber George. Das Banjo ist für mich ein schreckliches Instrument –“

„Du willst also mit anderen Worten sagen, daß du dich als einen Banjosolisten vorgestellt hast, der um ein Engagement in Südamerika bat?“

„Du hast es erraten. Und ich brauche dir wohl kaum zu sagen, daß er mich nicht nahm. Aber der Mann ist tatsächlich interessant.“

„Für dich sind alle Menschen interessant, Leon“, sagte Manfred lachend, stellte seine Kaffeetasse beiseite und steckte sich eine lange, dünne Zigarre an.

„Ich hätte dem Kerl am liebsten gesagt, daß er seiner ganzen Veranlagung nach eigentlich ein richtiger Brandstifter ist. Er hat das Gesicht eines Mordbrenners – Lombroso hat diesen Typ am genauesten beschrieben. Eine fleckenlose, zarte Haut, ein plumpes, kindliches Gesicht, außergewöhnlich feine Haare. Man kann solche Leute unter Tausenden herausfinden.“

Er strich sich das Kinn und runzelte die Stirn.

„Diese Kerle leben von der Zerstörung menschlichen Glücks und profitieren davon. Ich glaube, dieser Menschentyp ist zu allen Verbrechen fähig. Ich würde gerne einmal mit unserem Freund Poiccart hierüber sprechen.“

„Kann er nicht gesetzlich belangt werden?“ fragte Manfred. „Können wir ihn nicht einfach anzeigen?“

„Nein, wir haben durchaus keine Handhabe gegen ihn. Der Mann ist wirklich ein Agent. Die Namen von ausgezeichneten Künstlern stehen in seinen Engagementsbüchern, und sie geben ihm alle das beste Zeugnis. Die Lüge, die nur halb eine Lüge ist, kann man leichter entdecken als einen Verbrecher, der nur halb ein Verbrecher ist. Wenn der Hauptkassierer der Bank von England zum Falschmünzer würde, so würde er der erfolgreichste Fälscher der Welt werden. Dieser Mr. Lynne hat sich nach allen Seiten hin gesichert. Ich habe vor einigen Tagen mit einem jüdischen Herrn gesprochen, einem kleinen, lebhaften Mann namens Goldstein, dessen Tochter vor sieben oder acht Monaten abgereist ist. Er hat bis jetzt noch nichts von ihr gehört, und er sagte mir, daß Mr. Lynne sehr erstaunt war, als er erfuhr, daß sie einen Vater hatte. Er machte seine Geschäfte am liebsten und eigentlich prinzipiell nur mit alleinstehenden Mädchen."

„Hat Lynne dem Mann die Adresse seiner Tochter mitgeteilt?"

Leon zuckte die Schultern.

„Argentinien ist ein Land mit annähernd drei Millionen Quadratkilometern – wie soll man sie da finden? Cordova, Tucuman, Mendoza, Salta, Santa Fe, Rosalio – das sind nur ein paar Städte, und es gibt Hunderte von Plätzen, wo die kleine Goldstein jetzt tanzen mag. Und diese kleineren Orte haben weder einen englischen noch einen amerikanischen Konsul. Es ist entsetzlich, daran zu denken, George."

Manfred sah nachdenklich auf den grünen Rasen des Parks.

„Wenn wir nur ganz sicher wären", fuhr Gonsalez fort. „Es wird allerdings zwei Monate dauern, bevor wir es genau feststellen können, aber das Geld würde sich sicher lohnen. Unsere junge Freundin wird mit dem nächsten Postdampfer nach Südamerika abfahren. Du sagtest doch vor einiger Zeit, daß du gern wieder einmal nach Spanien gehen würdest? Ich glaube, ich werde die Reise nach Südamerika machen."

„Das wird das beste sein. Ich sehe keine Möglichkeit, gegen den Mann vorzugehen, wenn du dich nicht vorher an Ort und Stelle informiert hast."

Miss Lilah Hacker ging in Boulogne an Bord der „Braganza“ und war sehr überrascht, als sie entdeckte, daß der höfliche fremde Herr, der sie so unterhaltend über die Geographie Südamerikas aufgeklärt hatte, auf demselben Dampfer fuhr.

Sie war in der rosigsten Stimmung und freute sich, in das Land zu kommen, in dem es ihr so gut gehen würde. Ihre Hoffnungen auf die Zukunft waren himmelhoch. Und wenn sie auch ein wenig enttäuscht war, daß der liebenswürdige Mr. Gonsalez sich während der Überfahrt nicht viel um sie kümmerte, sondern sich merkwürdig zurückhielt, so war ihr sein Verhalten doch nicht besonders wichtig. –

Einen Monat, nachdem Miss Hacker die „Braganza“ betreten hatte, waren ihre Hoffnung und ihr Glaube an die Menschheit beinahe ganz zerstört. Die Schuld daran trug Rafferty, ein stämmiger Irländer, der allerdings in Argentinien geboren war. Er war der Eigentümer der Tanzhalle „La Plaza“ in einer kleinen Stadt im Innern des Landes, wo Viehmärkte abgehalten wurden. Mit zwei anderen Mädchen war sie dorthin geschickt worden. Ihre Gefährtinnen besaßen allerdings schon Erfahrung darin, wie man die Gauchos zu unterhalten hatte, die jede Nacht zur Stadt kamen und für die das Lokal „La Plaza“ der größte Anziehungspunkt war.

„Sie müssen Ihr Benehmen aber von Grund auf ändern“, sagte Rafferty lässig. „Ich habe gehört, daß Sie gestern abend Spektakel machten, als Señor Santiago wünschte, daß Sie sich auf seinen Schoß setzen sollten.“

„Ja, das stimmt“, erwiderte Miss Hacker empört. „Ich kann mich doch nicht mit einem Farbigen einlassen!“

„Also hören Sie einmal zu. In diesem Land gibt es keine Farbigen. Verstanden? Mr. Santiago ist ein Gentleman, außerdem hat er dicke Gelder – und wenn er sich das nächstemal um Sie bemüht, dann sind Sie gefälligst nett und liebenswürdig zu ihm. Haben Sie das begriffen?“

„Das tue ich nicht.“ Sie war blaß und zitterte vor Aufregung. „Ich fahre heute noch nach Buenos Aires zurück.“

„So? Sehen Sie einmal an!“ Ein breites Grinsen ging über Raffertys Gesicht. „Die verrückte Idee können Sie sich aber gleich aus dem Kopf schlagen!“

Plötzlich ergriff er sie am Arm.

„Sie gehen jetzt sofort auf Ihr Zimmer und bleiben dort so lange, bis ich Sie heute abend zur Vorstellung herunterhole. Und wenn Sie Launen und Grillen haben sollten – dann wird Ihnen das noch leid tun!“

Er stieß sie durch die rohe Holztür der kleinen Kammer, die ihr als Schlafzimmer diente. Nachdem er die Tür zugeschlagen hatte, blieb er noch im Gang stehen. Seine Flüche und Drohungen brachten sie vollständig außer Fassung und ließen ihr fast das Blut stocken.

Am Abend kam sie herunter und absolvierte ihre Tanznummer. Zu ihrem Erstaunen und ihrer Erleichterung erregte sie nicht die geringste Aufmerksamkeit des protzigen Mr. Santiago. Dieser halbblütige Spanier mit dem gelben Gesicht saß unten und würdigte sie keines Blicks.

Auch Mr. Rafferty war ungewöhnlich höflich und liebenswürdig.

Sie ging etwas beruhigter in ihr Zimmer zurück. Aber plötzlich entdeckte sie, daß der Schlüssel verschwunden war. Erfüllt von neuer Sorge legte sie sich nicht zu Bett, sondern blieb auf und wachte. Worauf sie wartete, wußte sie selbst nicht. Um ein Uhr hörte sie leise Schritte im Gang, und gleich darauf versuchte jemand, ihre Tür zu öffnen. Aber sie hatte zur Sicherung die Stuhllehne unter die Türklinke gestellt. Es wurde heftig daran gerüttelt, und der morsche Stuhl krachte. Dann vernahm sie ein Geräusch, als ob ein Kissen mit einem Stock geschlagen würde, und es war ihr, als ob draußen jemand längs der Holzwand zu Boden gesunken wäre. Einen Augenblick später klopfte es leise an ihrer Tür.

„Miss Hacker!“ Sie erkannte die Stimme sofort wieder, „öffnen Sie schnell, ich will Sie von hier fortbringen.“

Mit zitternden Händen rückte sie den Stuhl fort, entfernte die wenigen schwachen Möbelstücke, die sie gegen die Tür gestellt hatte, und öffnete.

Bei dem Licht einer Kerze, die sie angesteckt hatte, sah sie Mr. Gonsalez, der mit ihr auf der „Braganza“ nach Argentinien gekommen war.

„Treten Sie ganz leise auf. Wir gehen über die Hintertreppe auf den Hof hinunter. Haben Sie einen Mantel? Nehmen Sie ihn mit, wir müssen über sechzig Kilometer mit dem Auto fahren, bevor wir die Eisenbahn erreichen . . .“

Als sie durch die Tür trat, sah sie jemand im Gang liegen, und schaudernd erkannte sie, was das Geräusch vorhin bedeutet hatte.

Sie erreichten den großen Hof hinter der Tanzhalle, wo viele staubbedeckte Autos standen. Die Wagen gehörten den Farmern und ihren Gauchos, die in die Stadt gekommen waren, um sich am Abend zu amüsieren. Schnell gingen die beiden durch das Tor. Leon führte das Mädchen zu einem großen Wagen, der in der Mitte der Straße stand. Sie schaute sich noch einmal nach Raffertys Lokal um. Die Fenster waren hell erleuchtet, die Klänge der Kapelle tönten schwach durch die ruhige Nacht. Dann bedeckte sie ihr Gesicht mit den Händen und weinte.

Leon Gonsalez hatte eine Anwandlung von Reue, denn er hätte ihr dies alles ersparen können.

Genau zwei Monate waren seit dem Tag seiner Abreise verflossen, als Leon die Treppe zu der Wohnung in der Jermyn Street hinauf eilte. Manfred saß behaglich in einem Sessel und las die Zeitung.

„Du siehst vergnügt und wohl aus, Leon.“ George sprang auf und drückte dem Freund die Hände. „Du hast mir kein einziges Mal geschrieben – ich habe allerdings auch nicht erwartet, daß du Zeit, dazu finden würdest. Ich bin erst vor zwei Tagen zurückgekommen.“

Er berichtete kurz, wie es Poiccart in Sevilla ging.

„Hast du unseren Fall prüfen können?“ fragte er dann.

„Ja, es bestätigt sich alles, was wir vermutet haben“, erwiderte Leon grimmig. „Nur vor Gericht können wir nicht beweisen, daß Lynne schuldig ist. Aber für uns liegt die Sache vollständig klar. Ich habe seinen Agenten besucht, als ich in Buenos Aires war, und habe in dessen

Abwesenheit den Schreibtisch erbrochen und alle Papiere, durchgesehen. Es waren auch verschiedene Briefe von Lynne dabei. Aus ihrem Inhalt und Ton ging deutlich hervor, daß er genau weiß, um was es sich bei diesen Engagements handelt."

Die beiden Freunde schauten einander an.

„Der Rest ist einfach", sagte Manfred. „Ich möchte es dir überlassen, alle Einzelheiten auszuarbeiten, mein lieber Leon, und ich hoffe, Mr. Lynne wird es noch bitter bereuen, daß er vom schmalen Pfad der Tugend abgewichen ist."

Es gab keinen unverdrosseneren und gewissenhafteren Mann als Leon Gonsalez. Wenn es solche Verbrechen zu strafen galt, so bedeutete die Ausarbeitung des Planes für ihn keine Anstrengung, sondern ein Vergnügen. Noch niemals wandte ein Feldherr auch der geringsten Kleinigkeit größere Sorgfalt zu als Leon.

Bevor der Tag zu Ende ging, hatte er die Gegend, in der Mr. Lynne lebte, ausgekundschaftet und dabei auch erfahren, daß Mr. Lynne Musik leidenschaftlich liebte.

Der Wagen, der Leon nach der Jermyn Street zurückbrachte, fuhr ihm nicht schnell genug, und als er endlich angekommen war, stürmte er in das Wohnzimmer.

„Das Unmögliche ist doch möglich, mein lieber George", rief er und ging aufgeregt in dem Zimmer auf und ab. „Zuerst glaubte ich, daß ich meinen Plan nicht zur Ausführung bringen könnte. Aber denke dir, dieses Scheusal liebt Musik! Er hat ein mächtiges Grammophon in seiner Wohnung aufgestellt!"

„Willst du nicht erst einmal etwas Eiswasser trinken?" fragte Manfred freundlich.

„Nein, nein, mir ist es durchaus nicht zu heiß. Ich bin vollständig kühl und bei Sinnen, ich bin so kalt wie Eis. Wer hätte so günstige Umstände erwartet? Heute abend werden wir nach Hampstead fahren und uns einmal sein Konzert anhören!"

Es dauerte lange, bis er einen zusammenhängenden Bericht über alles gab, was er herausgebracht hatte. Mr. Lynne war denkbar unbeliebt bei seinen Nachbarn, und Leon erklärte auch die Ursache.

Manfred verstand alles noch besser, als er abends in der stillen Straße, in der Mr. Lynnes Haus lag, das Rollen der Pauken und Trommeln, das Schrillen der Trompeten, das Dröhnen der Glocken, die Schüsse der Kanonen und all den lauten Spektakel hörte, der „1812“ bei unmusikalischen Leuten so beliebt machte.

„Es klingt wie eine wirkliche Militärkapelle“, sagte Manfred erstaunt.

Ein Polizist kam den Gehsteig entlang. Als er das Auto vor dem Hause halten sah, wandte er sich lachend zu den beiden.

„Ein fürchterlicher Lärm, was?“

„Ich wundere mich nur, daß nicht alle Leute in der Nähe aufwachen“, meinte Manfred.

„Das tun sie schon, oder wenigstens früher war es so. Allmählich haben sie sich daran gewöhnt. Es ist das lauteste Grammophon, das es überhaupt gibt.“

„Wie lange dauert denn dieser Radau? Doch nicht die ganze Nacht hindurch?“ fragte Manfred.

„Ich glaube, er läßt das Ding jeden Abend ungefähr eine Stunde lang laufen. Der Herr, der hier wohnt, kann ohne Musik nicht einschlafen. Er muß wohl so eine Art Künstler sein.“

„Das glaube ich auch“, erwiderte Leon grinsend.

Am nächsten Tag fand er heraus, daß vier Dienstboten bei Mr. Lynne beschäftigt waren, von denen drei im Haus schliefen. Mr. Lynne kam gewöhnlich um zehn Uhr abends heim, nur an den Freitagen verließ er die Stadt.

Am Mittwoch hatten die Köchin, die Haushälterin und der Hausmeister ihren freien Abend. Es blieb also nur das Hausmädchen übrig, und diese Schwierigkeit war leicht zu überwinden. Die Unannehmlichkeit bestand nur darin, daß die Angestellten ungefähr um elf Uhr schon wieder zurückkamen. Leon entschied sich deshalb dafür, sein Unternehmen am Freitagabend auszuführen, an dem Mr. Lynne gewöhnlich nach Brighton ging. Er beobachtete, wie der Agent vom Victoria-Bahnhof abfuhr, und rief dann Lynnes Wohnung an.

„Ist dort der Hausmeister Masters?“ fragte er.

„Jawohl, mein Herr“, antwortete die Stimme eines Mannes.

„Hier ist Mr. Mandez“, sagte Leon, indem er das etwas gebrochene Englisch des Mexikaners nachahmte. „Mr. Lynne kommt heute abend nach Hause zurück und hat eine sehr wichtige Besprechung in seiner Wohnung. Er wünscht, daß niemand von den Dienstboten anwesend ist.“

„Jawohl, mein Herr“, antwortete Masters, ohne irgendwelche Überraschung zu zeigen. Offenbar hatte er auch schon früher ähnliche Instruktionen erhalten. Leon hatte größere Schwierigkeiten erwartet und sich komplizierte Erklärungen ausgedacht, die nun überflüssig waren.

„Soll ich allein hierbleiben?“

„Nein, Mr. Lynne sagte ausdrücklich, daß er niemand sehen will, wenn er zurückkommt. Er läßt auch bestellen, daß Sie die Seitentür und die Küchentür offenlassen sollen“, fügte er noch hinzu. Das war ein glänzender Einfall.

„Ich werde alles so ausführen.“

Leon ging darauf sofort zum Postamt und sandte ein Telegramm an Mr. Lynne, Hotel Ritz, Brighton.

„Die junge Goldstein ist in Santa Fe entdeckt worden, schrecklicher Spektakel, Polizei hat Nachforschungen angestellt. Muß Sie unbedingt sofort sprechen. Warte auf Sie in Ihrem Haus. Mandez.“

„Um acht Uhr hat er die Depesche, um neun Uhr kommt ein Zug von Brighton zurück, um halb elf ist er in Hampstead“, sagte Leon zu Manfred, der vor dem Postamt auf ihn wartete.

„Sobald es dunkel wird, gehen wir in seine Wohnung.“

Ohne die geringsten Schwierigkeiten kamen sie ins Haus. Manfred ließ seinen Zweisitzer vor dem Haus eines Doktors stehen, denn dort fiel ein Wagen nicht auf. Dann gingen die beiden zu Fuß nach Lynnes Haus. Es war ein einzeln stehendes, großes Gebäude, in der luxuriösesten Weise möbliert. Die Dienstboten hatten sich, wie erwartet, entfernt. Bald hatten sie auch das große Zimmer Lynnes gefunden, das nach der Straße zu lag.

„Dort steht seine Spektakelkiste“, sagte Leon und zeigte auf einen wunderschön geschnitzten Schrankapparat in der Nähe des Fensters. „Mit elektrischem Antrieb. Wohin führt eigentlich diese Leitung?“

Er verfolgte den Draht bis über das Bett, wo er in einem Schalter endete.

„Ach so, wenn dieser höllische Lärm ihn so weit müde gemacht hat, daß er schlafen will, kann er das Grammophon abstellen, ohne aus dem Bett zu klettern.“

Er öffnete den Deckel des Grammophons und betrachtete die Platte.

„„1812““, sagte er lachend. Er knipste am Schalter. Die grüne Scheibe setzte sich sofort in Bewegung. Dann ging er zu dem Bett, drehte dort den Schalter, und augenblicklich blieb die Scheibe stehen.

„Das hätten wir also.“

Leon schaute sich in dem Raum um, und schließlich fand er das, was er suchte. An einer Tür war ein starker Messingbügel befestigt, an dem man Kleider aufhängen konnte. Er zog mit aller Kraft daran, aber der Haken rührte sich nicht.

„Das ist vorzüglich“, sagte er und öffnete die kleine Mappe, die er mitgebracht hatte. Die starke Kordel, die er herausnahm, knotete er mit einem Ende an dem Kleiderhaken fest und versuchte, ob sie auch hielt. Dann nahm er ein paar Handschellen heraus, schloß sie auf und legte sie auf das Bett, ebenso ein Instrument, das wie ein Feldmarschallstab aussah. Es war ungefähr 35 cm lang, und zwei breite Filzstreifen waren daran befestigt. Neun Kordelschnüre, doppelt so lang wie der Handgriff, hingen von dem oberen Ende herunter. Sie waren sauber zusammengefaltet und an dem Handgriff festgebunden.

Leon drehte den Stab um, und Manfred sah ein rotes Siegel.

„Was ist denn das, Leon?“

Gonsalez zeigte ihm das Siegel, und Manfred las:

„Gefängnisverwaltung.“

„Dieses Ding nennt man allgemein „neunschwänzige Katze“. Es ist durchaus echt, und ich habe einige Mühe gehabt, es zu beschaffen.“

Er schnitt die Schnur durch, welche die neun Stränge zusammenhielt. Manfred nahm sie in die Hand und betrachtete sie neugierig. Die einzelnen Kordeln waren etwas dünner als Gardinenschnüre, aber viel fester und dichter gedreht. An den Enden waren sie mit gelber Seide einen halb Zoll lang abgebunden.

Leon nahm die Peitsche in die Hand und ließ sie durch die Luft schwirren.

„Sie ist im Pentonville-Gefängnis gemacht, und ich fürchte, ich bin nicht so gewandt in ihrer Handhabung wie der Beamte, der sie gewöhnlich benutzt.“

Es war jetzt ganz dunkel geworden. Die beiden gingen wieder nach unten und warteten in dem Raum, der direkt an die Eingangshalle stieß.

Kurz nach halb elf wurde die große Haustür geöffnet und wieder geschlossen.

„Sind Sie hier, Mandez?“ hörten sie Mr. Lynne rufen. Seine Stimme klang etwas ängstlich. Er war einige Schritte auf die Tür des Raumes zugegangen, als Gonsalez heraustrat.

„Guten Abend, Mr. Lynne“, sagte er.

Der Theateragent drehte das Licht an.

Er sah die Gestalt eines einfach gekleideten Mannes vor sich, aber er konnte nicht erkennen, wer es war, denn das Gesicht des Fremden war von einem weißen, durchbrochenen Schleier verdeckt.

„Wer sind Sie und was wollen Sie?“ stieß Lynne keuchend hervor.

„Ich will mit Ihnen abrechnen!" erwiderte Leon kurz. „Bevor wir aber weiter verhandeln, möchte ich Ihnen nur das eine sagen: Wenn Sie irgendwie schreien oder versuchen, die Aufmerksamkeit anderer Leute zu erregen, so schieße ich Sie über den Haufen!"

„Was wollen Sie denn von mir?" fragte Lynne zitternd. Plötzlich sah er Manfred, der ähnlich verschleiert auf ihn zutrat. Seine Kräfte verließen ihn, und er sank in einen Sessel, der in der Halle stand.

Manfred packte ihn am Arm und führte ihn nach oben in das Schlafzimmer. Die Vorhänge waren zugezogen; es brannte nur eine kleine Lampe auf dem Nachttisch.

„Ziehen Sie Ihren Rock aus", befahl Manfred.

Mr. Lynne gehorchte.

„Nun die Weste."

Die Weste fiel auf die Erde.

„Nun müssen Sie auch noch das Hemd ablegen", sagte Gonsalez.

„Was haben Sie denn vor?" fragte Lynne heiser.

„Das werde ich Ihnen später sagen."

Mr. Lynne stand nackt bis zum Gürtel; sein Gesicht zuckte vor Aufregung und Nervosität, aber er wagte keinen Widerstand, als Manfred ihm die Handfesseln anlegte.

Die beiden Freunde führten ihn zur Tür, wo der Kleiderhaken befestigt war. Leon steckte das lose Ende der starken Kordel durch die Ösen der Handfesseln und zog die Arme Lynnes straff nach oben über seinen Kopf.

„Nun können wir miteinander reden", sagte Gonsalez. „Mr. Lynne, seit langer Zeit treiben Sie ein schreckliches und schändliches Gewerbe. Sie haben junge Mädchen, die in manchen Fällen noch Kinder waren, nach Südamerika geschickt. Die Strafe für ein derartiges Vergehen ist Zuchthaus, wie Sie wissen, und außerdem dies."

Mit diesen Worten nahm er die Peitsche auf und schüttelte die neun Stränge. Mr. Lynne schaute sie entsetzt an.

Gonsalez ließ die „neunschwänzige Katze“ durch die Luft sausen.

„Ich schwöre Ihnen aber, daß ich niemals wußte ...“, stieß Lynne hervor. „Sie können es nicht beweisen –“

„Es fällt mir auch gar nicht ein, es in der Öffentlichkeit beweisen zu wollen“, erwiderte Leon. „Ich bin nur hierhergekommen, um Ihnen den Beweis zu erbringen, daß Sie das Gesetz nicht ungestraft übertreten können.“

In diesem Augenblick stellte Manfred das Grammophon an, und das Schmettern der Trompeten und der Donner der Pauken füllten den Raum mit ohrenbetäubendem Lärm.

Der Polizist, der vor wenigen Tagen mit Manfred und Gonsalez gesprochen hatte, ging langsam am Haus vorbei und blieb grinsend stehen. Einer der Nachbarn Lynnes trat zu ihm.

„Was für einen abscheulichen Spektakel das Ding wieder macht“, sagte er verärgert.

„Ja, es ist fürchterlich. Ich glaube, der Mann müßte sich einmal eine neue Platte anschaffen“, meinte der Polizist. „Das klingt so, als ob man einer Katze auf den Schwanz tritt oder als ob jemand um Hilfe schreit.“

„Es hat noch niemals anders geklungen“, brummte der andere und ging weiter.

Auch der Polizist entfernte sich. Aus dem Schlafzimmer Mr. Lynnes aber tönten die sieghafte Melodie der Marseillaise, das Donnern der Kanonen und ein ängstliches Jammern und Schreien, für das man Tschaikowsky nicht verantwortlich machen konnte.

8. Der Mann, der sein Vermögen verspielte

Am Samstagabend ist der Martaus-Klub stets von den elegantesten Leuten besucht, die das Wochenende in der Stadt verbringen. Es gibt dort schöne Tischlampen, deren helles Licht durch farbige Seidenschirme abgedämpft ist, blütenweißes Tischzeug, blitzendes Silber, schöne Gläser und exotische Blumen. Die einzelnen Tische stehen an den Wänden, so daß in der Mitte ein freier Platz bleibt, in dessen glattem Parkettboden sich die Kronleuchter spiegeln.

Junge und alte Leute können sich im Martaus-Klub sehr wohl fühlen – wenn sie das nötige Geld dazu haben. Aber es ist nicht die Höhe der Rechnungen, die der Oberkellner Louis ausschreibt, noch sind es die Preise für den Wein oder das ausgezeichnete Stachelbeerkompott, die jemand ruinieren können.

Mr. John Eder konnte mit Leichtigkeit die Rechnung bezahlen für alles, was er bei Martaus aß und trank oder rauchte. Und der Klub war wirklich ebenso unschuldig wie amüsant. Niemals wurden in den Räumen Kartenspiele geduldet. Der Oberkellner Louis kannte jedes Gesicht und auch die Geschichte jedes einzelnen Gastes. Mit größter Genauigkeit konnte er angeben, wie hoch die Bankguthaben der Gäste waren, die hier verkehrten.

Mr. John Eder kannte er noch nicht, er war das neueste Mitglied, aber er schätzte ihn vorsichtig und sachkundig ein.

John Eder hatte mit einer fremden Dame getanzt, was bei Martaus nicht üblich war. Es galt dort als Regel, daß man seine eigene Tanzpartnerin mitbrachte.

Aber an dem Abend war Mr. Welby dort. John kannte ihn oberflächlich, obwohl er ihn jahrelang nicht gesehen hatte. Mr. Welby war ein Muster von Eleganz und offenbar eine bedeutende Persönlichkeit. Als er durch den Saal auf ihn zuschritt, fühlte sich John ihm gegenüber wie ein armer Verwandter aus der Provinz. John war acht Jahre in Südafrika gewesen und kam sich jetzt etwas fremd in dem großstädtischen Leben und Treiben vor. Aber Mr. Welby war liebenswürdig und freundlich und bestand darauf, ihm Maggie Vane vorzustellen, eine hübsche junge Dame in prachtvollem Abendkleid. Sie trug reichen Schmuck – ihre Perlenkette kostete allein zwanzigtausend Pfund. Ihre Erscheinung raubte John den Atem, und als sie vorschlug, noch zu Bingley zu gehen, dachte er nicht im Traum daran zu widersprechen.

Sie gingen durch die Vorhalle, wo sich der Oberkellner Louis zu schaffen machte. Mit einer kleinen Entschuldigung trat er an John heran und bürstete ein Stäubchen von dem Kragen seines tadellos sitzenden Fracks. Dabei flüsterte er ihm mit leiser Stimme etwas zu, so daß es seine Begleiter nicht hören konnten.

„Gehen Sie nicht zu Bingley."

John sah ihn verwundert an, denn das Benehmen des Mannes erschien ihm ungehörig.

Bis sechs Uhr morgens blieb er bei Bingley und ließ dort Schecks zurück in einer Höhe, die seine gesamten aus Afrika zurückgebrachten Ersparnisse ausmachten, ja noch etwas mehr. Er war nach England zurückgekommen und hatte von einem kleinen Gut auf dem Land geträumt, wo er etwas angeln und auf die Jagd gehen konnte. Auch ein Buch über die Jagd auf Hochwild in Afrika hatte er schreiben wollen. Und alle diese Träume waren zu Ende, als der Croupier mit einem faden Lächeln auf den Lippen mechanisch die Karte umwandte:

„Le Rouge gagnant et couleur!"

Er hatte nicht geahnt, daß Bingley eine Spielhölle war. Zu Anfang hatte das Lokal auch nicht diesen Eindruck gemacht. Erst als ihn dieses schöne Mädchen in die inneren Räume führte, wurde er nervös, denn er sah, daß hier trente et quarante mit hohen Einsätzen gespielt wurde. Er saß an ihrer Seite am Spieltisch, setzte in bescheidenen Grenzen und gewann. Das dauerte an, bis er waghalsiger wurde und seine Einsätze erhöhte.

Man war sehr entgegenkommend bei Bingley. Als er kein Geld mehr zu verspielen hatte, nahm man seine Schecks an, ja man hatte sogar Formulare vorrätig, die er nur auszufüllen brauchte.

John Eder kam zu seiner Wohnung in der Jermyn Street zurück, die unmittelbar über Georges und Leons Zimmer lag, und schrieb einen Brief an seinen Bruder nach Indien ...

Manfred hörte den Schuß und wachte auf. Er kam im Pyjama in das Wohnzimmer und fand Leon bereits dort, der zur Decke emporstarrte.

Manfred eilte auf das Treppenpodest hinaus und fand dort den Eigentümer der Pension, nur mit Hemd und Hose bekleidet. Auch er hatte den Schuß in seiner unteren Wohnung gehört.

„Ich dachte zuerst, es wäre bei Ihnen gewesen“, sagte er. „Dann müssen wir bei Mr. Eder nachsehen.“

Als sie zusammen die Treppe emporstiegen, erzählte er, daß Mr. Eder erst vor kurzer Zeit wieder nach England zurückgekommen sei.

Die Tür war verschlossen, aber der Hausherr hatte einen Schlüssel, mit dem er öffnen konnte. Im Wohnzimmer brannte das Licht noch, und ein Blick sagte Manfred alles, was vorgefallen war. Eine zusammengesunkene Gestalt lag quer über dem Tisch, das Blut tropfte aus einer Wunde in der Brust auf den Fußboden, wo es sich in einer großen Lache angesammelt hatte. Gonsalez untersuchte ihn sofort.

„Er ist nicht tot“, sagte er, „und ich glaube auch nicht, daß die Kugel ein wichtiges Organ getroffen hat.“

Der Mann hatte sich in die Brust geschossen, aber aus der Richtung des Schußkanals sah Gonsalez, daß die Verwundung nicht lebensgefährlich war. Er verband ihn in aller Eile, so gut es ging, und sie legten ihn vorsichtig auf das Sofa. Als diese ersten notwendigen Handreichungen geschehen waren, schaute sich Gonsalez um und entdeckte den Brief, der alles erklärte.

„Mr. Pinner“, wandte er sich an den Hauswirt, „es liegt doch sicher in Ihrem Interesse, daß von dieser Sache nichts bekannt wird? Sie hätten nur Unannehmlichkeiten davon, wenn herauskäme, daß jemand in Ihrer Pension Selbstmord verüben wollte.“

„Das ist das Schlimmste, was mir passieren könnte.“

„Dann werde ich diesen Brief in Verwahrung nehmen. Rufen Sie jetzt das Hospital an und sagen Sie, daß ein Unglücksfall vorliegt. Erwähnen Sie nichts von einem beabsichtigten Selbstmord. Erzählen Sie nur, daß der Herr vor kurzer Zeit aus Südafrika zurückkam und daß sich seine Pistole beim Auspacken durch eine Fahrlässigkeit entlud."

Mr. Pinner nickte und verließ schnell den Raum.

Gonsalez ging zum Sofa, wo Eder lag. In diesem Augenblick schlug der junge Mann die Augen auf und schaute erregt von Manfred zu Gonsalez.

„Mein lieber Freund", sagte Leon sanft, als er sich über den Verwundeten beugte, „es ist Ihnen ein Unglück passiert – verstehen Sie mich? Ihre Wunde ist nicht lebensgefährlich. Gleich wird der Krankenwagen kommen, um Sie abzuholen. Beruhigen Sie sich, ich werde Sie jeden Tag im Hospital besuchen."

„Wer sind Sie denn?" fragte Mr. Eder mit leiser Stimme.

„Ich bin Ihr Nachbar", erwiderte Leon lächelnd.

„Aber der Brief!" stieß Mr. Eder atemlos hervor.

Leon legte ihm begütigend die Hand auf die Stirn.

„Den habe ich in meiner Tasche. Sie bekommen ihn zurück, wenn Sie wieder gesund sind. Sie haben also verstanden, daß Ihnen ein Unglück passiert ist?"

John Eder nickte.

Eine Viertelstunde später fuhr der Krankenwagen vor, und Mr. Eder wurde fortgebracht.

Als die beiden Freunde wieder in ihrer eigenen Wohnung waren, öffnete Leon in aller Seelenruhe den Brief und las ihn.

„Nun?" fragte Manfred.

„Unser junger Freund kam von Südafrika mit siebentausend Pfund zurück, die er sich in acht Jahren durch harte Arbeit erspart hat. Die ganze Summe verlor er in weniger als acht Stunden in einer Spielhölle, die er nicht näher bezeichnet. Er ist nicht nur um seine ganzen Ersparnisse gekommen, sondern hat anscheinend noch Schecks geschrieben, um größere Spielschulden zu decken."

Leon strich sein Kinn.

„Wir müssen in seinem Zimmer noch genauer Umschau halten. Hoffentlich hat Mr. Pinner nichts dagegen."

Der Hauswirt war sehr zuvorkommend und gestattete gern, daß Leon die Wohnung Mr. Eders durchsuchte, bevor die Polizei auf der Bildfläche erschien. Leon fand denn auch bald das Scheckbuch, das in der inneren Brusttasche von Mr. Eders Frack steckte, und nahm es mit sich nach unten.

„Er hat keinen Namen auf die Scheckabschnitte geschrieben", sagte er enttäuscht. „Es steht immer nur „bar" darauf. Natürlich hat er alles derselben Person übergeben. Er hat ein Konto bei der Third National Bank of South Africa. Die Londoner Niederlassung dieser Bank ist in der Throgmorton Street."

Er notierte sorgfältig die Nummern aller Schecks – es waren im ganzen zehn.

„Zuerst müssen wir ein Telegramm an die Bank schicken, um die Auszahlung dieser Schecks zu verhindern. Natürlich kann er verklagt werden, aber Spielschulden brauchen nach dem Gesetz nicht bezahlt zu werden. Und bevor man ihn wegen der Nichteinlösung der Schecks belangt, kann sich noch manches ereignen. Auf jeden Fall gewinnen wir dadurch Zeit."

Am nächsten Nachmittag ereignete sich denn auch schon etwas. Leon hatte strikte Anweisung gegeben, daß jeder, der nach Mr. Eder fragte, an ihn gewiesen würde. Um drei Uhr erschien ein tadellos gekleideter junger. Mann an der Tür.

„Ist dies die Wohnung von Mr. Eder?"

„Nein, das gerade nicht", entgegnete Gonsalez. „Hier wohne ich mit meinem Freund, aber wir sind bevollmächtigt, Mr. Eder zu vertreten."

Der Besucher runzelte argwöhnisch die Stirn.

„Sie haben Vollmacht? Nun gut, dann können Sie mir ja einige Auskünfte geben. Warum sind denn die Schecks bei der Bank gesperrt worden? Mein Chef ist heute morgen zur Bank gegangen, um die Beträge abzuheben, und die Bank weigerte sich, sie auszuzahlen. Weiß Mr. Eder hierüber Bescheid?"

„Wer ist denn Ihr Chef?" fragte Leon liebenswürdig.

„Mr. Mortimer Birn."

„Und seine Adresse?"

Der junge Mann nannte sie. Mr. Mortimer Birn besaß offensichtlich ein Inkassobüro und zog für eine Reihe von Leuten die Schecks ein, die sie nicht durch ihre Banken gehen lassen wollten. Der junge Mann behauptete mit Nachdruck, daß die Schecks das Eigentum mehrerer Personen seien.

„Ein sonderbarer Zufall, daß alle zehn Schecks an Mr. Birn gelangt sind", meinte Leon lächelnd.

„Ich möchte lieber Mr. Eder persönlich sprechen", sagte der Angestellte Mr. Birns unliebenswürdig.

„Sie können ihn nicht persönlich sprechen, er hat einen Unglücksfall gehabt. Aber ich werde Ihren Mr. Birn aufsuchen."

Das kleine Büro Mr. Birns lag in der Glasshouse Street. Die Art des Geschäftes war weder unten am Eingang noch oben an der Bürotür näher angegeben. Aber Leon Gonsalez sah sofort, als er eintrat, daß er es mit einem Geldverleiher zu tun hatte.

In dem äußeren Raum befand sich niemand. Es war hier gerade Platz genug für einen kleinen Tisch und einen Stuhl. In Kopfhöhe war eine hölzerne Trennungswand eingezogen, um den wenig beneidenswerten Mann, der in diesem Raum arbeiten mußte, vor Zug und unmittelbarer Sicht zu schützen. Aus diesem kleinen Zimmer führte eine Tür in das Privatbüro Mr. Birns.

Leon lauschte, denn er hörte Stimmen.

„... hierherkommen, ohne telefonische Anmeldung, was? Sie kommt immer morgens, habe ich Ihnen das nicht schon hundertmal gesagt?“ brüllte jemand.

„Sie kennt mich nicht“, sagte ein anderer unwirsch.

„Sie braucht nur Ihr Haar zu sehen ...“

In diesem Augenblick kam der junge Mann durch die Tür, dem Leon in der Jermyn Street aufgemacht hatte. Eine Sekunde lang sah Gonsalez zwei Herren in dem anderen Zimmer. Der eine war klein und untersetzt, der andere schlank und rothaarig. Der Angestellte machte sofort kehrt, und die laute Unterhaltung hörte plötzlich auf. Als Gonsalez in das Büro gebeten wurde, war nur der Geschäftsinhaber sichtbar.

Birn war der untersetzte, kahlköpfige Mann. Er war sehr liebenswürdig und erzählte Leon dieselbe Geschichte, die ihm der junge Mann vorgetragen hatte.

„Was wird nun Mr. Eder wegen dieser Schecks unternehmen?“ fragte er schließlich.

„Ich glaube nicht, daß er sie einlösen wird“, entgegnete Leon höflich. „Sie wissen ja, daß es Spielschulden sind.“

„Es sind aber doch Schecks“, unterbrach ihn nun Mr. Birn. „Und ein Scheck ist ein Scheck, ob er nun für Spielschulden oder für einen Sack Kartoffeln in Zahlung gegeben wird.“

„Ist denn das auch nach dem Gesetz so? Und wenn es so ist – sind Sie doch so liebenswürdig und schreiben mir einen Brief dieses Inhalts. In dem Fall wird der Bezahlung nichts mehr im Weg stehen.“

„Ja, das will ich tun. Wenn Sie es wünschen, kann ich den Brief gleich schreiben.“

„Bitte.“

Aber Mr. Birn schrieb den Brief nicht.

Statt dessen sprach er von seinen Rechtsanwälten und beklagte sich heftig über die Charakterlosigkeit der jungen Leute, die nicht einmal mehr Ehrenschulden einlösen wollten. (Warum er sich damit zufriedengab, daß die Schecks Spielschulden deckten, erklärte er nicht genauer.) Schließlich beendete er die Unterredung etwas plötzlich. Leon hatte inzwischen darüber nachgedacht, wer wohl der dritte Mann gewesen sein mochte, den er vorher durch die Tür gesehen hatte. Vermutlich hatte er den Raum durch eine der drei Türen des kleinen Büros verlassen.

Leon ging die enge Treppe hinunter und trat auf die Straße. Als er auf dem Gehsteig stand, fuhr ein kleiner Wagen vor, aus dem eine junge Dame stieg. Sie sah ihn nicht an, sondern ging an ihm vorbei und stieg die Treppe empor. Sie war allein und hatte das luxuriöse Auto selbst gelenkt. Gonsalez interessierte sich für sie und wartete ungefähr zwanzig Minuten, bis sie wieder herauskam. Sie schien in gedrückter Stimmung zu sein.

Leon wurde neugierig und machte sich sofort auf den Weg zu dem Hospital, in dem Mr. Eder lag. Der junge Mann hatte sich schon so weit erholt, daß er sich mit Leon unterhalten konnte.

Schon seine ersten Worte verrieten seine Furcht und Bestürzung.

„Sagen Sie mir doch, was Sie mit dem Brief gemacht haben? Ich war so töricht –"

„Er ist vernichtet", erwiderte Leon wahrheitsgetreu. „Nun müssen Sie mir aber verschiedenes erzählen, junger Freund. Wo war die Spielhölle, in der Sie Ihr Geld verloren haben?"

Es dauerte lange, bis er Mr. Eder überzeugt hatte, daß er keinen Vertrauensbruch damit beging, wenn er ihm die ganze Geschichte von Anfang bis zu Ende erzählte.

„Es war also eine Dame, die Sie dorthin gebracht hat", sagte Leon nachdenklich.

„Sie war aber nicht daran beteiligt“, erwiderte John Eder schnell. „Sie war nur ein Besucher wie ich auch, und sie sagte mir, daß sie fünfhundert Pfund verloren hätte.“

„Selbstverständlich“, entgegnete Leon begütigend. „Ist sie blond? Hat sie tiefblaue Augen und fährt sie ihr eigenes Auto?“

Der junge Mann sah ihn erstaunt an.

„Ja, sie hat mich in ihrem Wagen hingebracht. Auch ist sie blond und hat blaue Augen. Sie ist wirklich eine der schönsten Frauen, die ich jemals gesehen habe. Sie brauchen sich ihretwegen keine Sorgen zu machen. Sie ist ein Opfer wie ich und ebenso betrogen worden, wenn überhaupt ein Betrug vorliegt.“

„Die Adresse war also Paul Street Nr. 196, Mayfair?“

„Die Straße stimmt sicher, hoffentlich auch die Nummer. Aber Sie werden doch nichts gegen die Leute unternehmen? Es war doch mein eigener Fehler. Sind Sie nicht einer der beiden Herren, die unter mir wohnen?“

Leon nickte.

„Vermutlich sind die Schecks bei der Bank präsentiert und nicht alle bezahlt worden.“

„Sie sind noch nicht vorgezeigt – oder jedenfalls noch nicht ausbezahlt worden, will ich lieber sagen. Und wenn Sie sich wirklich erschossen hätten, mein junger Freund, dann wären sie überhaupt nicht ausgezahlt worden, weil dann Ihre Bank verpflichtet gewesen wäre, automatisch alle Zahlungen aus Ihrem Konto einzustellen.“

Manfred mußte an diesem Abend allein speisen, denn Leon war von seinem Besuch noch nicht zurückgekehrt. Erst um acht Uhr brachte ein Bote einen Brief, in dem Leon bat, dem Überbringer seinen Gesellschaftsanzug und mehrere andere Gegenstände zu übergeben.

Manfred war zu sehr an Leons Art gewöhnt, um erstaunt zu sein. Er packte einen kleinen Handkoffer und händigte ihn dem Boten ein. Er selbst verbrachte den Abend mit Briefschreiben.

Um halb drei hörte er auf der Straße eine Schlägerei, und gleich darauf kam Leon herein. Er war gelassen und ruhig, obgleich er kurz vorher einen Zusammenstoß mit einem jungen Menschen gehabt hatte, der ihm vor dem Haus aufgelauert hatte.

Manfred sah, daß er nicht in Gesellschaftskleidung war, sondern den Anzug trug, in dem er am Morgen die Wohnung verlassen hatte.

„Hast du den Koffer bekommen?"

„Ja, es ist alles in Ordnung."

Leon zog einen kurzen Stock aus Rhinozeroshaut aus der Tasche. Es war eine dieser gefürchteten Waffen, die man in Südafrika „sjambok" nennt, ungefähr eineinhalb Fuß lang. Manfred hatte sie ihm auf seine Bitte am Nachmittag mit den anderen Sachen geschickt. Er besah sich den Schläger im Licht.

„Es ist gut, ich habe ihm die Haut nicht aufgeschlagen. Ich war schon in Sorge."

„Wer war es denn?"

Leon drehte das Licht aus, bevor er antwortete, zog die Gardinen zurück, öffnete das Fenster und schaute hinaus. Dann trat er wieder vom Fenster zurück, ließ die Vorhänge übereinanderfallen und schaltete das Licht wieder ein.

„Er ist fortgegangen, aber es wird wohl nicht das letzte Mal sein, daß wir von der Bande belästigt werden."

Er trank ein Glas Wasser, setzte sich an den Tisch und lachte.

„Du weißt doch, daß Mr. Fare von Scotland Yard, der uns ab und zu besucht, unser Freund ist?"

„Ja, natürlich", entgegnete Manfred lächelnd. „Warum sagst du das – hast du ihn getroffen?"

„Nein, andere Leute haben ihn gesehen und geglaubt, daß ich mit der Polizei in Verbindung stehe. Ich hatte Gelegenheit, Mr. Bingley aufzusuchen, und er und seine Spießgesellen sind davon überzeugt, daß ich ein Spitzel oder, mit anderen Worten, ein Detektiv bin. Man nimmt allgemein in diesen Kreisen an, daß ich von der Polizei beauftragt bin, Spielhöllen zu beobachten. Daher auch die Aufmerksamkeit, mit der man mir nachspürt. Auf meinem Rückweg nach der Jermyn Street hatte ich glücklicherweise vergessen, dem Chauffeur die Nummer zu sagen, und er fuhr an den Leuten vorbei, die auf mich warteten, bevor ich ihn anhalten konnte."

Er erzählte Manfred von seinem Besuch im Hospital und von der Unterredung mit Mr. Birn.

„Birn und Bingley sind natürlich identisch. Er ist der Besitzer von drei, vielleicht sogar noch mehr Spielhöllen in London. Auf alle Fälle steht er mit seinem Geld hinter diesen Unternehmungen. Ich glaube nicht, daß er sich persönlich in einem dieser Lokale sehen läßt. Das Haus in Mayfair war selbstverständlich heute abend geschlossen, und ich habe mir auch keine Mühe gegeben, es aufzusuchen. Sie waren sehr besorgt, daß Mr. Eder die Polizei benachrichtigen könnte. Aber wie soll ich dir das elegante und schöne Haus in der Bayswater Road beschreiben, wo sich eine Menge reicher und eleganter Leute Abend für Abend versammeln und ihr Glück beim Bakkarat versuchen?"

„Wie bist du denn dahin gekommen?"

„Man hat mich mitgenommen. Ich speiste im Martaus-Klub zu Abend, erkannte Mr. Welby nach der Beschreibung sofort wieder und begrüßte ihn als einen alten Freund. Er ließ sich wirklich täuschen und glaubte, daß er mich schon früher getroffen hätte, bevor ich nach Argentinien ging, wo ich ein Vermögen erwarb. Natürlich setzte er sich an meinen Tisch und trank einige Liköre mit mir, dann stellte er mich einer sehr schönen jungen Dame vor, die ein ungewöhnlich luxuriöses Auto fährt."

„Du bist nicht erkannt worden?"

Leon schüttelte den Kopf.

„Der Schnurrbart, den ich mir diesen Abend zugelegt habe, war zu geschickt angebracht“, sagte Leon stolz. „Ich habe mir auch viel Mühe gegeben und jedes Haar einzeln angesetzt. Mehr als zwei Stunden habe ich mit dieser Arbeit zugebracht. Auch du hättest mich wahrscheinlich nicht gleich wiedererkannt. Ich habe mit der schönen Miss Margaret getanzt und –“ er zögerte.

„Du hast auch mit ihr geflirtet!“

Leon zuckte die Schultern.

„Mein lieber Manfred, es war notwendig“, erwiderte er feierlich. „Es war ein glücklicher Zufall, daß sich ein Diamantring in meiner Tasche befand, den ich von Südafrika mitgenommen hatte – in Wirklichkeit kaufte ich ihn heute nachmittag in der Regent Street für hundertzwanzig Pfund. Es war wirklich großartig, wie ihr der Ring paßte. Sie war vorher nicht gerade in der besten Stimmung, aber durch dieses geschickte Geschenk erhielt ich dann Zutritt zu der Spielhölle in der Bayswater Road. Sie brachte mich selbst in ihrem Auto dorthin. Und ich muß sagen, daß mein Besuch nicht ohne Gewinn war“, meinte er bescheiden und zog ein dickes Paket Banknoten aus der Tasche.

Manfred lachte leise.

Leon war der geschickteste Kartenkünstler Europas. Mit seinen langen, feinen Fingern konnte er mit der unglaublichsten Schnelligkeit Karten mischen. Seine Begabung hätte ihm ein Vermögen eingebracht, wenn er ein berufsmäßiger Falschspieler geworden wäre.

„Es wurde Bakkarat gespielt, und ein äußerst intelligenter Croupier holte die Karten aus einem kleinen Kasten hervor“, erklärte Leon. „Die benutzten Karten wurden in eine Schale geworfen. Der Stoß in dem Kasten war natürlich so sorgfältig gemischt, daß der Croupier die Reihenfolge genau kannte. Es war verhältnismäßig leicht, ein Dutzend Karten aus der Schale zu nehmen, aus dem Zimmer zu gehen und sie so zu ordnen, daß sie abwechselnd günstig und ungünstig für die Bank waren. Aber sie nun auf die Karten hinaufzupraktizieren, die der Croupier verteilte, das war ein Meisterstück, mein lieber George!“

Leon erzählte nicht, daß er die Aufmerksamkeit des Croupiers, der nur selten die Hand von den Karten nahm, und der ganzen Gesellschaft für einen Augenblick abgelenkt hatte, um dieses Kunststück auszuführen. Daß sein Vorhaben geglückt war, bewies das Paket Banknoten, das vor ihm auf dem Tisch lag.

Er legte seinen Rock ab und zog seine alte Samtjacke an. Dann ging er im Zimmer auf und ab und steckte die Hände in die Taschen.

„Margaret Vane", sagte er leise. „Sie ist eine der wunderbarsten Frauen, die jemals gelebt haben, George. Schön, begabt – und doch, wenn sie wirklich das ist, als was sie heute abend auftrat, dann ist sie das verabscheuungswürdigste, gemeinste Wesen, das . . ."

Er schüttelte traurig den Kopf.

„Spielt sie eine führende Rolle oder ist sie auch nur eine von den Betrogenen?"

Leon antwortete nicht gleich.

„Ich weiß es selbst nicht", sagte er dann langsam. Er erzählte von seinem Erlebnis in dem Büro Mr. Birns, von dem Mann mit den roten Haaren und dem Streit der beiden.

„Ich zweifle keinen Augenblick, daß die Dame, von der er sprach, Margaret Vane war. Aber das allein würde meinen Glauben an ihre Schuld nicht erschüttert haben. Nachdem ich die Spielhölle in der Bayswater Road verließ, wollte ich erfahren, wo sie wohnte. Sie hatte alle Fragen darüber so schlau und geschickt umgangen, daß ich argwöhnisch wurde. Ich nahm ein Auto und wartete, bis sie herauskam. Als sie dann wegfuhr, folgte ich ihr. Sie hielt vor dem Haus Mr. Birns am Fitzroy Square. Dort wartete ein Mann auf sie, der ihren Wagen in Empfang nahm. Miss Vane ging direkt in das Haus und schloß die Tür selbst auf. Ich folgerte daraus, daß Mr. Birn und sie viel enger befreundet sind, als ich vorher dachte.

Ich entschloß mich, zu warten, und ließ den Wagen auf der anderen Seite des Platzes halten. Etwa eine Viertelstunde später kam sie wieder heraus, und zu meiner größten Überraschung hatte sie sich umgezogen.

Ich bezahlte den Wagen und folgte ihr zu Fuß. Sie wohnt in der Gower Street."

„Das ist wirklich sehr merkwürdig", gab Manfred zu. „Da scheint irgend etwas nicht zu stimmen."

„Das glaube ich auch. Ich werde morgen zur Gower Street gehen."

Gonsalez brauchte nur wenig Schlaf. Am nächsten Morgen um zehn Uhr war er schon unterwegs.

Er brachte Manfred einen interessanten Bericht.

„Ihr wirklicher Name ist Elsie Chaucer, und sie wohnt mit ihrem Vater zusammen, der an beiden Beinen gelähmt ist. Sie haben eine kleine Wohnung, ein Dienstmädchen und eine Krankenschwester, die den Vater pflegt. Man weiß nicht viel von ihnen in der Nachbarschaft. Ich konnte nur so viel herausbekommen, daß es ihnen früher sehr gut ging. Der Vater beschäftigt sich den ganzen Tag mit Karten, er will ein neues System ausfindig machen. Das erklärt wahrscheinlich auch ihre Anmut. Sie empfangen niemals Besuch. Die Hausbesitzerin nimmt an, daß das junge Mädchen eine Schauspielerin ist. Es ist alles recht sonderbar", sagte Leon nachdenklich. „Die Lösung finden wir natürlich bei Birn."

„Wir werden die Sache schon aufklären, Leon."

„Das denke ich auch. Seine Wohnung bietet keine unüberwindlichen Schwierigkeiten."

Mr. Birn war am Abend fast immer zu Hause. Er saß tief vergraben in einem weichen Sessel, rauchte eine lange, teure Zigarre und las die „London Gazette".

Um Mitternacht kam seine Haushälterin, eine ältere Französin, ins Zimmer. Sie führte seinen Haushalt schon lange und hatte sich ihm durch ihre Verschwiegenheit unentbehrlich gemacht.

„Alles in Ordnung?" fragte Mr. Birn gleichgültig.

„Monsieur, ich wünschte, Sie würden einmal mit Charles sprechen."

Charles war der Chauffeur Mr. Birns, und zwischen ihm und der Haushälterin bestand eine dauernde Fehde.

„Was hat er denn wieder angestellt?“ Mr. Birn runzelte die Stirn.

„Jeden Abend kommt er in die Küche und erhält dort sein Abendessen. Er ist angewiesen, die Tür zu schließen, wenn er fortgeht. Aber als ich um elf Uhr die Tür verriegeln wollte, stand sie offen. Wenn ich es nicht mit eigenen Augen gesehen hätte, wäre sie offengeblieben, und man hätte uns vielleicht heute nacht umgebracht.“

„Ich werde morgen früh mit ihm sprechen“, brummte Mr. Birn. „Haben Sie die Tür zu Mademoiselles Zimmer aufgelassen?“

„Jawohl, der Schlüssel steckt.“

„Gute Nacht“.“ Mr. Birn wandte sich wieder der Lektüre seiner Zeitung zu.

Um halb drei wurde die Haustür leise geöffnet, und Mr. Birn hörte leichte Schritte in der Eingangshalle. Er schaute auf die Uhr, steckte sich eine neue Zigarette an, erhob sich und ging mit steifen Schritten zu dem Geldschrank, der in die Wand eingelassen war. Er schloß ihn auf und nahm eine leere Stahlkassette heraus. Diese stellte er auf den Tisch, öffnete sie und setzte sich dann wieder in seinen Stuhl.

Gleich darauf klopfte es leicht.

„Kommen Sie herein“, sagte Mr. Birn.

Die junge Dame, die abwechselnd Vane und Chaucer hieß, trat in das Zimmer. Sie war sehr geschmackvoll gekleidet. In mancher Beziehung hob das schlichte Kostüm ihre ungewöhnliche Schönheit noch mehr. Mr. Birn betrachtete sie mit Genugtuung.

„Nehmen Sie Platz, Miss Chaucer.“ Er streckte seine Hand nach dem kleinen Leinenbeutel aus, den sie in der Hand trug, öffnete ihn und nahm eine Perlenkette heraus. Er ließ sie durch die Finger gleiten und prüfte sie dann sehr genau.

„Ich habe kein Stück davon gestohlen“, sagte sie verächtlich.

„Das ist sehr leicht möglich, aber es sind schon die merkwürdigsten Dinge vorgekommen.“

Dann nahm er die Diamantnadel, die Ringe mit den großen Brillanten und die Smaragdarmbänder in die Hand und betrachtete alles genau und eingehend, bevor sie in den Beutel zurückwanderten, den er in die Stahlkassette legte.

Er sprach nicht, bis er den Kasten wieder in den Safe zurückgestellt hatte. „Nun, wie ist es heute gegangen?“

Sie zuckte die Schultern.

„Ich interessiere mich nicht für Glücksspiele“, sagte sie kurz.

Mr. Birn lachte.

„Sie sind wirklich töricht“, erwiderte er ganz offen.

„Ich wünschte, man könnte mir nicht mehr vorwerfen“, entgegnete Elsie Chaucer bitter. „Sie brauchen mich doch nicht mehr, Mr. Birn?“

„Setzen Sie sich doch“, befahl er. „Wem haben Sie heute abend Gesellschaft geleistet?“

Sie zögerte einen Augenblick.

„Dem Herrn, den Mr. Welby mir gestern abend vorstellte.“

„Ach so, dem Südamerikaner?“ Mr. Birn machte ein langes Gesicht. „Von dem haben wir nicht viel Nutzen, das wissen Sie doch? Fast viertausend Pfund haben wir an ihn verloren!“

„Abzüglich des Diamantrings.“

„Sie meinen den Ring, den er Ihnen geschenkt hat? Nun ja, der ist vielleicht hundert Pfund wert, und ich will froh sein, wenn ich sechzig dafür bekomme“, sagte Mr. Birn achselzuckend. „Sie können ihn übrigens behalten, wenn Sie wollen.“

„Nein, danke“, erwiderte sie ruhig. „Ich brauche solche Geschenke nicht.“

„Kommen Sie einmal her“, sagte Mr. Birn plötzlich.

Widerstrebend erhob sie sich, ging um den Tisch herum und stand nun vor ihm.

Er stand auf und nahm ihre Hand in die seine.

„Elsie, ich habe Sie wirklich gern und bin immer Ihr guter Freund gewesen, wie Sie wissen. Wenn Sie mich nicht gehabt hätten, was wäre dann aus Ihrem Vater geworden? Man hätte ihn an den Galgen gehängt! Das wäre doch schrecklich gewesen, was?“

Sie antwortete nicht und löste nur behutsam ihre Hand aus der seinen.

„Sie hätten es wirklich nicht nötig, diese Schmuckstücke und diese schönen Kleider jeden Abend auszuziehen, wenn Sie vernünftig wären“, fuhr er fort, „und –“

„Glücklicherweise bin ich vernünftig, wenn Sie darunter einen klaren Verstand verstehen. Und jetzt möchte ich gehen, wenn Sie nichts dagegen haben, Mr. Birn. Ich bin sehr müde.“

Er ging wieder zu dem Geldschrank, schloß ihn umständlich auf und nahm ein längliches Paket heraus, das in braunes Papier eingeschlagen, sorgsam verschnürt und versiegelt war.

„Das ist eine Brillantenhalskette – sie ist achttausend Pfund wert. Ich werde sie morgen in meinem Safe auf der Bank deponieren – das heißt, wenn Sie –“

„Was meinen Sie?“ fragte Elsie Chaucer ruhig.

„Wenn Sie die Kette gern haben wollen, trage ich sie nicht auf die Bank, sondern schenke sie Ihnen. Ich habe nun einmal eine Schwäche für schöne Frauen.“

Sie schüttelte den Kopf.

„Ist es Ihnen noch nie aufgefallen, Mr. Birn, daß ich schon viele Halsketten hätte haben können, wenn ich gewollt hätte? Nein, ich danke Ihnen. Ich sehne mich nach dem Ende meines Dienstverhältnisses.“

„Und wenn ich Sie nun nicht freilasse?“ sagte Mr. Birn ärgerlich, als er das Paket wieder in den Geldschrank zurücklegte und die Tür sorgfältig abschloß. „Nehmen Sie einmal an, ich brauchte Sie noch für weitere drei Jahre? Was meinen Sie denn dazu? Die Tat Ihres Vaters ist in keiner Weise verjährt, er kann jeden Augenblick verhaftet werden. Kein Mensch darf einen anderen umbringen, selbst wenn der andere ein einfacher Croupier ist. In England steht noch immer der Strang darauf."

„Ich habe für den Fehltritt meines Vaters schwer genug bezahlt", erwiderte sie leise. „Sie wissen ja gar nicht, wie ich dieses Leben hasse, Mr. Birn. Ich fühle mich elender als die verkommenste Frau auf der Welt. Ich muß mein Leben damit zubringen, Männer ihrem Ruin entgegenzulocken! Ich wünschte bei Gott, ich hätte niemals diesen Vertrag mit Ihnen gemacht. Manchmal ist mir schon der Gedanke gekommen, meinem Vater offen zu sagen, wieviel ich für seine Sicherheit zahlen muß, und ihn dann entscheiden zu lassen, ob mein Opfer das wert ist."

Mr. Birn sah sie betroffen an.

„Sie werden keinen solchen Unsinn machen", sagte er dann scharf. „Ich habe doch eben nur gescherzt, als ich davon sprach, daß Sie mir noch länger helfen sollten. Nun gehen Sie aber besser nach Hause, meine Liebe, und legen sich schlafen."

Er begleitete sie die Treppe hinunter bis zur Haustür und schaute ihr noch nach, bis sie in der dunklen Straße verschwand. Dann schloß er die Tür fest zu und ging in sein Zimmer zurück. Er trank das halbe Glas Whisky, das er auf dem Tisch hatte stehen lassen, auf einen Zug aus, aber sein Gesicht verzog sich dabei.

„Das Zeug schmeckt aber sonderbar", sagte er, ging zwei Schritte auf die Tür zu und fiel plötzlich bewußtlos nieder.

Während Mr. Birn Elsie Chaucer begleitet hatte, war ein Fremder in das Zimmer geschlüpft. Er trat jetzt hinter den Fenstervorhängen hervor, neigte sich über den Mann und öffnete ihm den Kragen. Dann ging er leise in den schwach erleuchteten Gang und winkte jemand. Manfred kam geräuschlos herein – er trug Gummiüberschuhe.

Er blickte auf Mr. Birn und dann auf die Überreste in dem Whiskyglas. „Du hast ihm wohl Buthylchlorid gegeben?“

„Ganz recht“, bestätigte Leon sachlich, „den „Knockout-Tropfen“, der in Verbrecherkreisen so beliebt ist.“

Er durchsuchte die Taschen Mr. Birns, nahm den Schlüsselbund heraus, öffnete den Safe und trug das versiegelte Paket zum Tisch. Dann sah er nachdenklich auf den Bewußtlosen.

„Er wird nur fünf Minuten unter der vollen Wirkung des Schlafmittels stehen, aber ich denke, das genügt!“

„Hast du dir eigentlich überlegt, welche Folgen derartige Dämmerzustände unter dem Einfluß von Buthyl haben können?“ fragte Manfred. „Ich habe dich beobachtet, wie du das Hyocin mit Morphium gemischt hast, bevor wir fortgingen.“

„Ich habe die Quantitäten nicht genau gemischt“, erwiderte Gonsalez sorglos. „Und wenn er tatsächlich abkratzte, würde ich nicht darum weinen. Du mußt ihm nach einer halben Stunde noch eine Spritze geben, George, dann werde ich wieder hier sein.“

Er nahm einen kleinen, schwarzen Kasten aus der Tasche und öffnete ihn. Die Injektionsspritze war schon gefüllt. Sachkundig rollte er den Ärmel des Mannes zurück und machte die Injektion.

Mr. Birn wachte am nächsten Morgen mit fürchterlichen Kopfschmerzen auf.

Er konnte sich nicht darauf besinnen, wie er zu Bett gekommen war, aber offensichtlich hatte er sich selbst entkleidet, denn er hatte seinen violettseidenen Pyjama an. Er klingelte und erhob sich. Obgleich der ganze Raum sich um ihn zu drehen schien, konnte er sich doch auf den Füßen halten.

Seine Haushälterin trat ein.

„Was ist eigentlich gestern abend mit mir passiert?“ fragte er.

Sie sah ihn verblüfft an.

„Nichts – als ich mich von Ihnen verabschiedete, saßen Sie in der Bibliothek im Sessel."

„Dann ist es dieser ganz abscheuliche Whisky", brummte er.

Ein kaltes Bad und eine Tasse Tee milderten die entsetzlichen Schmerzen, aber er war noch sehr schwach auf den Beinen, als er in die Bibliothek ging.

Plötzlich kam ihm ein Gedanke, und ein furchtbarer Schrecken erfaßte ihn. Wenn man ihm ein Schlafmittel in den Whisky gegossen hatte! Er konnte sich zwar nicht vorstellen, wann das möglich gewesen wäre. Aber wenn jemand einen Einbruch verübt hatte . . .!

Er öffnete den Geldschrank und atmete erleichtert auf.

Das Päckchen lag noch an seiner Stelle. Dann war es also doch dieser verdammte Whisky. Er frühstückte nicht, bestellte seinen Wagen und fuhr direkt zur Bank.

Als er später in sein Büro kam, fand er seinen jungen Angestellten in einem Zustand höchster Verwirrung und Aufregung

„Vorige Nacht müssen Einbrecher hier gewesen sein, Mr. Birn!"

„Einbrecher?" wiederholte Mr. Birn entsetzt. Aber dann lachte er. „Ach, die können ja doch nicht viel holen. Aber wie kommen Sie zu der Annahme?"

„Ich will darauf schwören, daß jemand hier war. Der Geldschrank stand offen, als ich heute morgen hierherkam, und eins der Geschäftsbücher war herausgenommen – es lag auf Ihrem Tisch."

Birn lächelte verschmitzt.

„Nun, ich wünsche den Herren Einbrechern viel Glück."

Trotzdem war er betroffen und sah alle seine Papiere sorgfältig durch, ob eines der wichtigen Dokumente fehlte. Alle Schuldscheine, die er besaß, befanden sich im Gewahrsam der Bank, in derselben großen Kassette, die nun auch das kostbare Halsband barg. Es war ihm zur Bezahlung einer Schuld übergeben worden.

Kurz vor Tischzeit kam der Clerk wieder in sein Büro.

„Der bewußte Herr ist wieder da“, sagte er flüsternd.

„Wen meinen Sie denn?“ fragte Mr. Birn mürrisch.

„Sie wissen doch, der Herr von der Jermyn Street, der die Schecks von Mr. Eder gesperrt hat.“

„Lassen Sie ihn herein.“

„Nun, mein Herr“, begann er liebenswürdig, als Leon hereinkam, „haben Sie sich die Sache überlegt?“

„Ja – ich kann Sie doch wohl allein sprechen?“

Birn gab seinem Angestellten einen Wink, den Raum zu verlassen.

„Ich bin heute gekommen, um alle Schulden zu begleichen, zum Beispiel die Schuld eines Mr. Chaucer.“

Mr. Birn starrte ihn an.

„Wirklich, ein liebenswürdiger Herr, dieser Chaucer! Ich habe ihn heute morgen besucht. Vor einiger Zeit hat er einen solchen Nervenschock erlitten, daß ihm beide Beine gelähmt wurden. Er konnte infolgedessen seine Wohnung seit langer Zeit nicht mehr verlassen.“

„Sie erzählen mir da Zeug, das mich nicht im geringsten interessiert“, sagte Mr. Birn grob.

„Der arme Mensch steht unter dem Eindruck, daß er einen rothaarigen Croupier totgeschlagen hat, der in Ihren Diensten stand: Offenbar hat er gespielt und den Kopf verloren, als er sah, daß Ihr Croupier seine letzten Banknoten einstrich.“

„Mein Croupier!“ entgegnete Mr. Birn mit meisterhaft geheuchelter Entrüstung. „Was meinen Sie denn eigentlich? Ich habe überhaupt keine solchen Angestellten.“

„Er schlug ihn mit einem Geldrechen über den Kopf. Am nächsten Morgen sind Sie zu Mr. Chaucer gegangen und haben ihm vorgelogen, daß Ihr Croupier tot sei. Damit versuchten Sie Geld von ihm zu erpressen.

Sie erfuhren dann aber, daß er ruiniert war und nichts mehr zahlen konnte. Aber er hatte eine schöne Tochter, und Sie kamen auf die Idee, daß sie Ihnen bei Ihren Plänen behilflich sein könnte. So hatten Sie eine kleine Unterredung mit ihr, und sie willigte ein, in Ihre Dienste zu treten, um ihren Vater vor dem Ruin und dem Zuchthaus zu retten."

„Sie erzählen mir hier ein hübsches Märchen", sagte Birn, aber er war kreidebleich geworden, und seine Hand, mit der er die Zigarre aus dem Mund nahm, zitterte bedenklich.

„Um Ihren Plan zu fördern", fuhr Gonsalez fort, „haben Sie dann noch eine Annonce unter den Todesanzeigen der „Times" erscheinen lassen, und ebenso haben Sie einer kleinen Zeitung einen großaufgemachten Bericht über das Begräbnis von Mr. Jinkins eingesandt. Das haben Sie nur getan, um Mr. Chaucer und seine Tochter vollständig einzuschüchtern und in die Hand zu bekommen."

„Sie faseln doch nur dummes Zeug", murmelte Mr. Birn und versuchte zu lächeln.

„Ich habe heute morgen Mr. Chaucer davon überzeugen können, daß Mr. Jinkins lebt, sich der besten Gesundheit erfreut und jetzt in Brighton eine Spielhölle leitet. Das ist natürlich eine Filiale Ihrer vielen Unternehmungen. Nebenbei möchte ich Ihnen noch sagen, daß Sie Miss Elsie Chaucer nicht wiedersehen werden."

Mr. Birn atmete schwer.

„Sie wissen ja verteufelt viel zu berichten", begann er wütend, aber als er Leons Blick begegnete, wurde er plötzlich still.

„Birn", sagte Gonsalez sanft, „ich werde Sie ruinieren – ich werde Ihnen den letzten Pfennig des Geldes abnehmen, das Sie den törichten Besuchern Ihrer Spielhöllen gestohlen haben."

„Versuchen Sie das nur", erwiderte Birn unsicher. „Es gibt noch ein Gesetz in diesem Lande! Gehen Sie doch hin und berauben Sie die Bank! Da werden Sie ja sehen, wo Sie hinkommen." Er lachte hämisch. „Auf meiner Bank habe ich Werte von etwa zweihunderttausend Pfund – gehen

Sie doch hin, mein schlauer Freund, und bitten Sie den Bankdirektor, Ihnen mein Depot auszuhändigen. Die Papiere liegen in Safe Nr. 65", fügte er höhnisch hinzu. „Das ist die einzige Art, wie Sie mich ruinieren können."

Leon erhob sich achselzuckend.

„Möglicherweise irre ich mich. Vielleicht können Sie sich nach alledem doch noch Ihrer unrechtmäßigen Verdienste erfreuen."

„Darauf können Sie Ihren Kopf wetten." Mr. Birn zündete seine Zigarre wieder an.

Aber an demselben Nachmittag erhielt der Spielhöllenbesitzer eine dringende Nachricht von seiner Bank, und die Unterredung, die er mit Leon Gonsalez am Vormittag gehabt hatte, fiel ihm wieder ein. Auf dem schnellsten Weg fuhr er zu der Bank.

„Ich weiß nicht, was mit Ihrem Safe los ist", erklärte ihm der Geschäftsführer. „Einer meiner Clerks bemerkte einen sonderbaren Geruch in der Stahlkammer. Wir haben natürlich die Sache sofort untersucht und dabei entdeckt, daß aus dem Schlüsselloch Ihres Safes Rauchschwaden herauskamen."

„Warum haben Sie ihn nicht sofort geöffnet?" schrie Birn entsetzt und suchte zitternd nach seinen Schlüsseln.

„Weil ich keinen Schlüssel habe. Das müssen Sie doch wissen."

Mr. Birn öffnete den Safe hastig. Eine dicke, gelbe Rauchwolke kam daraus hervor, die ihn beinahe bewußtlos machte ... Von all seinen Bankpapieren und Schuldscheinen war nichts übriggeblieben als ein Häufchen stinkender, schwarzer Asche, eine flache Glasflasche und ein paar beschmutzte Brillanten ...

Der Detektiv, der auf telefonischen Anruf von Scotland Yard herbeigeeilt war, schüttelte den Kopf.

„Es sieht so aus, als ob Sie aus Versehen ein Paket hineingelegt haben, das eine scharf ätzende Säure enthielt. Unsere chemische Abteilung wird schon herausbekommen, welche Säure es war. Entweder ist sie herausgeflossen, oder das Päckchen wurde durch eine Explosion gesprengt."

„Das kann nicht stimmen", jammerte Mr. Birn. „Das einzige Päckchen, das dort lag, enthielt ein Brillantenhalsband."

„Die Überbleibsel haben wir gefunden", erwiderte der Beamte. „Sind Sie denn sicher, daß niemand an das Päckchen kommen und diese vernichtende Säure hineinschieben konnte? Auf diese Weise ließe sich die Sache leicht erklären. Ein flaches Fläschchen, wie wir es gefunden haben – der Verschluß aus einer Masse, die bald von der Säure zerfressen wurde –, mehr brauchen wir doch nicht. Hat vielleicht jemand das Päckchen vorher geöffnet und die Flasche hineingesteckt?"

„Das ist ganz unmöglich!" stöhnte Mr. Birn.

Er saß da, hatte sein Gesicht in den Händen vergraben und weinte um sein verlorenes Vermögen.

9. Der Mann, der nicht sprechen wollte

Mr. Spaghetti Jones war ein großer, stark und kräftig gebauter Mann mit schläfrigen Augen, buschigen Brauen und gutentwickeltem Kinn. Seinen langen, dunklen Schnurrbart zwirbelte er an den Enden in die Höhe und trug eine grün und weiß gestreifte Krawatte zu einem rosafarbenen Oberhemd. Funkelnde Brillantringe zierten seine plumpen Finger, und eine große, goldene Uhrkette lief von einer Westentasche zur anderen. Der lebhaft blaue Anzug war von bestem Schnitt; die Füße steckten in knallgelben Lackschuhen, die für einen so großen Mann ungewöhnlich klein waren. Und allem Anschein nach entsprach Mr. Spaghetti Jones in jeder Beziehung dem Typ eines Gentlemans, den er selbst für sich aufgestellt hatte.

Leon Gonsalez sah ihn auf der Rennbahn, aber er wurde nicht durch sein farbenfreudiges Äußeres oder seine auffallende Gestalt auf ihn aufmerksam. Während das Rennen noch im Gang war, stieg Leon von der Tribüne hinunter und ging zu den Pferdeställen. Dort war alles leer, nur Mr. Jones und zwei andere kleine Herren, die bescheidener gekleidet waren, standen dort.

Leon hatte sich nahe an die Barriere gesetzt, wo die Pferde vor dem Rennen vorbeigeführt wurden. Die drei kamen jetzt langsam auf den Platz, wo er sich niedergelassen hatte. Sie führten eine ziemlich laute Unterhaltung, und Spaghetti Jones machte keine Anstalten, leiser zu sprechen. Er hatte eine schöne, vollklingende Stimme, und Leon hörte jedes Wort. Einer der Begleiter schien mit Jones zu streiten, der andere verhielt sich nach einem vergeblichen Vermittlungsversuch ruhig.

„Ich habe Ihnen doch gesagt, daß Sie auf dem Rennen in Lingfield sein sollten", sagte Mr. Jones. „Aber Sie sind nicht hingekommen!"

Er war gerade damit beschäftigt, seine Nägel mit einem kleinen Federmesser zu reinigen, und soweit Leon beobachten konnte, war seine Aufmerksamkeit scheinbar vollständig auf dieses Verschönerungswerk gerichtet.

„Ich gehe nicht nach Lingfield, ich gehe auch nirgends anders für Sie hin, Jones", erwiderte der andere ärgerlich.

Er war ein hagerer, bleicher Mann, und Leon erkannte an dem Klang seiner Stimme sofort, daß er sich fürchtete und daß seine angenommene Bravour nur seine Angst verbergen sollte.

„Ach, sehen Sie einmal an . . . Sie wollen nicht mehr nach Lingfield oder sonstwohin gehen?" wiederholte Spaghetti Jones.

Er schob seinen Hut in den Nacken und schaute den Mann einen Augenblick an, dann aber wandte er sich wieder der Reinigung seiner Nägel zu.

„Ich habe jetzt genug von Ihnen und Ihrer ganzen Bande! Wir sind weiter nichts als dreckige Sklaven für Sie – so ist es! Ich kann viel mehr Geld verdienen, wenn ich auf eigene Faust für mich allein arbeite. Ich denke, nun haben Sie mich verstanden!"

„Ich begreife vollkommen. Aber ich wünsche, daß Sie am nächsten Donnerstag nach Sandown kommen, Tom. Wir werden uns dort auf der Bahn treffen –“

„Fällt mir nicht im Traum ein“, brüllte der andere, rot vor Aufregung. „Ich bin nun endlich mit Ihnen fertig und mit all Ihren anderen Kerlen!“

„Sie sind ein nichtsnutziger Schlingel“, sagte Spaghetti ruhig, fast liebenswürdig.

Zweimal fuhr er mit dem Taschenmesser durch das Gesicht des Mannes, der mit einem lauten Aufschrei zurückprallte.

„Sie sind einfach ein unartiger Bengel.“ Jones betrachtete seine Nägel. „Und wenn ich Ihnen sage, daß Sie nach Sandown kommen sollen, so werden Sie dort sein!“

Nachdem er das gesagt hatte, ging er fort.

Tom zog sein Taschentuch heraus und tupfte damit sein blutendes Gesicht ab. Leon sah zwei lange, klaffende Schnittwunden. Mr. Jones wußte ganz genau, wie weit er schneiden durfte, ohne größere Verletzungen hervorzurufen, aber die Wunden waren häßlich und schmerzhaft.

Der Verwundete schaute Jones haßerfüllt nach. Aber Leon wußte doch, daß er sich am nächsten Donnerstag in Sandown melden würde, wie ihm aufgetragen war.

Dieses Schauspiel war für Leon Gonsalez unendlich interessant gewesen, und als er nach Hause kam, war er noch ganz erfüllt von seinem Erlebnis.

Manfred hatte seinen Zahnarzt aufgesucht, aber sobald er zurückkehrte, begann Leon zu erzählen.

„Das ist wirklich der interessanteste Mensch, den ich bisher in meinem Leben gesehen habe, George“, sagte er begeistert. „Ich habe einen unheimlichen Atavismus an ihm beobachtet! Das ist ja ein Überbleibsel aus dem Mittelalter, wie man ihm heute nur noch selten begegnet. Du erinnerst dich doch noch an den Schäfer, den wir damals in der Nähe des Escorial trafen? Er kommt diesem Menschen noch am nächsten. Spaghetti Jones ist der Führer einer Bande, die auf den Rennplätzen die Buchmacher erpreßt. Sein Spitzname kommt von seiner italienischen Abstammung, außerdem lebt er im italienischen Viertel. Aus der Unregelmäßigkeit seiner Gesichtszüge und seinem dicken, vollen Kinn möchte ich beinahe schließen, daß in seiner Familie Geisteskrankheit erblich ist. Sicher aber ist er von mütterlicher Seite aus epileptisch veranlagt."

Manfred fragte nicht, wie Leon dazu gekommen war, alle diese Entdeckungen zu machen. Er wußte genau, daß sein Freund rastlos tätig war, wenn er einmal die Spur eines interessanten Falles aufgenommen hatte. Er gab sich erst zufrieden, wenn alle Einzelheiten klargelegt waren.

„Er hat vermutlich schon seine Akten bei Scotland Yard?"

Gonsalez lachte belustigt auf.

„Da irrst du, mein lieber Manfred. Er ist noch niemals verurteilt worden, und es wird wahrscheinlich auch niemals dazu kommen. Ich traf einen kleinen Buchmacher im Silberring – so heißen nämlich die Leute, bei denen die kleineren Wetten abgeschlossen werden –, der seit Jahren diesem Verbrecher Tribut zahlt. Der Buchmacher war sehr verärgert und hatte sich bezecht, sonst hätte ich überhaupt nichts aus ihm herausbekommen. Ich habe ihn zu einem Gasthaus in Cobham mitgenommen, wo ich mit ihm allein war. Er trank so viel Geneverschnaps, bis er das heulende Elend bekam und mir unter Tränen alles erzählte, was seine Seele beschwerte."

Manfred lächelte und klingelte, um das Abendessen zu bestellen.

„Das Gesetz wird ihn schon früher oder später erwischen", meinte er. „Ich habe großes Zutrauen zu den englischen Gerichten. Hier werden die Verbrecher in viel größerem Maße zur Rechenschaft gezogen als in irgendeinem anderen Land."

„Glaubst du das wirklich?" erwiderte Leon skeptisch. „Ich möchte doch gern einmal mit dem liebenswürdigen Mr. Fare über Mr. Jones sprechen."

„Da hast du ja morgen eine schöne Gelegenheit, wir speisen doch abends mit ihm im Metropolitan."

Ihre Empfehlungsschreiben als spanische Kriminologen hatten sie mit Mr. Fare bekannt gemacht, und sie hatten gegenseitig viel voneinander erfahren und lernen können. Besonders Mr. Fare war den beiden sehr dankbar.

Als sie am nächsten Abend nach dem Essen eine Zigarre rauchten und die meisten Gäste zum Tanzsaal gingen, erzählte Leon von seinem Erlebnis.

Mr. Fare nickte.

„O ja, dieser Spaghetti Jones ist eine harte Nuß für uns. Wir haben ihn noch niemals fangen können, obgleich wir genau wissen, daß er an verschiedenen recht bösen Verbrechen beteiligt ist. Er ist unheimlich schlau, obwohl ihm jede Bildung fehlt. Unbarmherzig und rücksichtslos übt er die Herrschaft über seinen kleinen Kreis aus. Es ist uns noch niemals gelungen, einen Mann zu fassen, der gegen ihn als Zeuge aufgetreten wäre. Und er ist selbstverständlich nie auf frischer Tat ertappt worden."

Mr. Fare streifte die Asche seiner Zigarre in die Schale und sah nachdenklich auf die Tischdecke.

„In Amerika besteht eine italienische Organisation, die sich die „Schwarze Hand" nennt. Vermutlich wissen Sie das schon? Es ist eine Organisation von Erpressern. Glücklicherweise haben wir von dieser Bande in unserem Lande noch nichts zu spüren bekommen, wenigstens darf ich sagen, daß dies bis vor kurzem der Fall war. Aber ich habe allen Grund zu der Annahme, daß Spaghetti Jones in Verbindung mit dem einen Fall steht, der uns kürzlich gemeldet wurde."

„Wie, hier in London?" fragte Manfred überrascht. „Ich hatte nicht die geringste Ahnung, daß sie es auch in England versuchen."

„Es kann natürlich eine Täuschung sein, aber ich habe einige meiner besten Leute seit einem Monat auf die Spur der Verbrecher gehetzt, die diese Drohbriefe schreiben. Bis jetzt haben wir jedoch nicht den geringsten Erfolg zu verzeichnen. Als ich mich heute morgen anzog, kam mir der Gedanke, ob es nicht ratsam wäre, Sie für diesen Fall zu interessieren. Ich muß wirklich gestehen, daß wir in derartigen Dingen nur wenig Erfahrung haben. Ist Ihnen die Gräfin Vinci bekannt?"

Zu Leons größtem Erstaunen nickte Manfred.

„Ich habe sie vor ungefähr drei Jahren in Rom getroffen", sagte er. „Sie ist die Witwe des Grafen Antonio Vinci, nicht wahr?"

„Ja, sie ist eine Witwe und hat einen kleinen Sohn von neun Jahren", entgegnete Mr. Fare. „Sie wohnt am Berkeley Square. Eine sehr reiche Dame und außerordentlich liebenswürdig. Etwa vor zwei Wochen erhielt sie den ersten Brief, der an Stelle der Unterschrift ein schwarzes Kreuz trug. Andere Schreiben folgten. Sie waren in einer wunderbar feinen Schrift geschrieben, und dieser Umstand lenkte den Verdacht auf Spaghetti Jones, der in seinen jungen Jahren Schriftzeichner war."

Leon nickte lebhaft.

„Natürlich ist es ganz unmöglich, eine derartige Schrift zu identifizieren", sagte er bewundernd, „denn sie sieht beinahe wie gedruckt aus. Das ist eine neue, ganz besonders geniale Methode. Aber ich habe Sie unterbrochen, entschuldigen Sie bitte. In den Briefen wurde doch sicher Geld verlangt."

„Natürlich wollten die Leute Geld haben und bedrohten die Gräfin, falls sie das Geld nicht an die angegebene Adresse senden würde. Und hier zeigte sich die maßlose Frechheit von Jones und seinen Komplicen. Jones betreibt in aller Öffentlichkeit das Geschäft eines Nachrichtenagenten. Er hat einen kleinen Laden in Notting Hill, wo er Morgen- und Abendzeitungen verkauft. Außerdem ist er eine Art Lokalagent für berufsmäßige Auskunftgeber über Wetten, deren Plakate man ja manchmal in solchen Läden sieht. Und obendrein dient sein Geschäft noch zur Vermittlung von Briefen, die unter Deckadressen geschrieben werden."

„Das heißt, daß Leute, die bestimmte Briefe nicht in ihre Wohnung geschickt haben wollen, sie dort abholen können?“ fragte Manfred.

Mr. Fare nickte.

„Im allgemeinen werden zwei Pence für den Brief berechnet. Das Gesetz sollte derartige Gebräuche verbieten, denn auf diese Art ist dem Betrug Tür und Tor geöffnet. Die Schlauheit dieser Maßnahme ist ganz offensichtlich. Spaghetti Jones bekommt den Brief natürlich für irgendeinen seiner Kunden. Er ist in seiner Hand, und er kann ihn je nach Belieben öffnen oder geschlossen lassen, so daß er intakt ist, wenn die Polizei den Laden kontrolliert. Neulich haben wir das getan. Wenn es uns nicht gelingt, zu verhindern, daß die Briefe ihn erreichen, sind wir überhaupt machtlos. Der Name des Mannes, an den das Geld von der Gräfin geschickt werden sollte, war „H. Frascati, p. Adr. John Jones“. Unser Freund hat natürlich das Antwortschreiben der Gräfin mit all den anderen Briefen erhalten, die täglich bei ihm einlaufen und dann abgeholt werden. Wir beobachteten seinen Laden den ganzen Tag, und als unser Mann abends im Laden erschien, wurde ihm gesagt, daß der Brief bereits abgeholt sei. Der Beamte konnte natürlich nicht jeden durchsuchen, der im Laufe des Tages aus dem Laden kam, und es war infolgedessen unmöglich, ihm etwas nachzuweisen.“

„Wirklich genial!“ sagte Gonsalez bewundernd. „Hat die Gräfin tatsächlich das Geld geschickt?“

„Ja, leider war sie so töricht, zweihundert Pfund zu schicken.“ Mr. Fare schüttelte bedauernd den Kopf. „Erst als sie wieder einen Drohbrief erhielt, benachrichtigte sie die Polizei. Wir sandten dann von uns aus ein Antwortschreiben an die angegebene Adresse, um die Leute damit zu fangen, hatten aber ein absolut negatives Ergebnis, wie ich Ihnen eben erzählt habe. Daraufhin bekam sie einen weiteren Brief, in dem sofortige Zahlung von ihr verlangt wurde und eine Drohung gegen sie und ihren Sohn enthalten war. Wieder schickten wir Antwort – das war am letzten Donnerstag. Von einem Haus gegenüber seinem Laden beobachteten zwei unserer Beamten mit Ferngläsern alles, was sich dort zutrug. Sie konnten das Innere des Ladens genau sehen. Den ganzen Tag über händigte Jones keine Briefe aus, und als wir abends den Laden revidierten, fanden wir unseren Brief bei den anderen auf dem Ladentisch. Er war nicht einmal geöffnet worden – und wir hatten uns wieder einmal blamiert", fügte Mr. Fare lächelnd hinzu. Er schwieg eine Weile nachdenklich. „Wollen Sie die Gräfin Vinci nicht einmal besuchen?" fragte er dann.

„O ja, sehr gerne", erwiderte Gonsalez eifrig und sah auf seine Uhr.

„Heute abend geht es nicht mehr", meinte Mr. Fare lächelnd. „Aber ich werde für morgen nachmittag ein Zusammentreffen vereinbaren. Vielleicht fällt Ihnen irgendein Mittel ein, wie wir die Leute fassen können."

Als die beiden Freunde auf dem Heimweg waren, unterbrach Leon Gonsalez plötzlich das Schweigen mit einer merkwürdigen Frage.

„Ich möchte nur wissen, ob es nicht möglich wäre, eine leere Villa mit einem großen Badezimmer zu mieten. Das Badezimmer müßte aber wirklich groß und geräumig sein", meinte er nachdenklich.

„Was führst du denn schon wieder im Schild?" fragte Manfred lachend. „Ich glaube, ich werde alt, Leon", sagte er, als sie zu Hause ankamen. „Früher überraschten mich deine kühnen Pläne niemals. Welche charakteristischen Eigenschaften muß denn diese Villa noch besitzen?"

Leon warf seinen Hut so kunstvoll durch das Zimmer, daß er an einem Haken an der Wand hängenblieb.

„Bewunderst du nicht meine Fertigkeiten als Jongleur?" fragte er stolz. „Also, das Haus, nun ja, es müßte etwas abseits liegen, möglichst weit von anderen Gebäuden entfernt. Die Straße dürfte nicht zu nahe und nicht verkehrsreich sein. Am besten wäre es, wenn es durch Büsche und Bäume den direkten Blicken entzogen wäre."

„Das klingt ja beinahe, als ob du irgendein schreckliches Verbrechen vorbereiten wolltest", erwiderte Manfred gutmütig.

„O nein, das beabsichtige ich durchaus nicht“, sagte Leon ruhig. „Aber ich denke, unser Freund Jones ist ein ganz gemeingefährlicher Bursche.“ Er seufzte schwer. „Ich würde viel darum geben, wenn ich die Abmessungen seines Schädels hätte.“

Ihre Unterredung mit der Gräfin Vinci verlief sehr befriedigend. Sie trafen eine hochgewachsene, schöne Frau von vierunddreißig Jahren, die eine vollendete Dame war.

Manfred, der sie rein menschlich betrachtete, war von ihr entzückt, aber Leon Gonsalez erschien sie zu normal, um sich für sie zu interessieren.

„Natürlich bin ich sehr beunruhigt“, erklärte sie ihnen. „Philipp ist nicht sehr kräftig, obwohl er nicht verzärtelt ist.“

Später kam auch ihr Sohn ins Zimmer, ein schlanker, kleiner Junge mit hellbrauner Gesichtsfarbe und dunklen Augen. Er war selbstbewußter und intelligenter, als Manfred nach seinen Jahren erwartet hatte. Seine Gouvernante, ein hübsches italienisches Mädchen, begleitete ihn.

„Ich traue Beatrice mehr als der Polizei“, sagte die Gräfin, nachdem die beiden das Zimmer wieder verlassen hatten. „Ihr Vater ist ein Polizeioffizier in Sizilien gewesen, und ihr Leben war dauernd bedroht.“

„Macht der Junge weite Spaziergänge?“ fragte Manfred.

„Er fährt zweimal am Tag aus. Entweder nehme ich ihn mit oder Beatrice – manchmal begleiten wir ihn auch beide.“

„Womit droht man Ihnen eigentlich?“ fragte Gonsalez.

„Ich werde Ihnen einen der Briefe zeigen.“

Sie ging zu einem Schreibtisch, schloß eine Schublade auf und kam mit einem starken Briefbogen zurück. Das Papier war von der besten Qualität, und die Schrift sah wie gestochen aus.

„Sie werden uns am 1. März, 1. Juni, 1. September und 1. Dezember je eintausend Pfund senden. Das Geld muß in Banknoten geschickt werden, und zwar an die Adresse von H. Frascati, p. Adr. J. Jones, 194 Notting Hill

Crescent. Sollten Sie dieser Aufforderung nicht nachkommen, so wird es Sie viel mehr kosten, Ihren Sohn zurückzuerhalten“

Gonsalez hielt das Papier gegen das Licht und trug es ans Fenster, um es besser betrachten zu können.

„Ja, ich dachte es mir schon“, sagte er, als er den Brief zurückgab. „Es wird äußerst schwer sein, den Schreiber dieser Zeilen festzustellen. Da nützen die besten Methoden nichts.“

„Ich fürchte, Sie wissen auch keinen Rat.“ Die Gräfin schüttelte bedrückt den Kopf, als sich die Freunde erhoben, um sich zu verabschieden.

Sie hatte diese Worte an Manfred gerichtet, aber Gonsalez antwortete ihr.

„Ich kann Ihnen nur raten, Frau Gräfin, sich sofort mit uns in Verbindung zu setzen, wenn Ihr Sohn verschwinden sollte.“

„Mein lieber Manfred, ich bin ganz sicher, daß dieser junge Graf Philipp entführt wird“, sagte Leon, als sie wieder auf der Straße waren. „Ich werde jetzt ein Auto nehmen und in den Außenbezirken Londons nach einer Villa suchen.“

„Ist das dein Ernst?“

„Ich habe noch niemals eine Sache ernster genommen“, erwiderte Leon trocken. „Ich werde zeitig zum Essen zurück sein.“

Aber er kam erst um acht Uhr, eine Stunde später, zur Jermyn Street zurück und eilte in das Wohnzimmer.

„Ich habe –“, begann er. Als er aber Manfreds Gesicht sah, unterbrach er sich sofort. „Haben sie den Jungen schon geraubt?“

Manfred nickte.

„Vor einer Stunde wurde es mir telefonisch mitgeteilt.“

Leon pfiff vor sich hin.

„Das ist allerdings sehr schnell gegangen“, sagte er zu sich selbst. „Wie ist es denn gekommen?“

„Mr. Fare war schon hier. Er ging fort, kurz bevor du kamst. Die Entführung war lächerlich leicht. Gleich nachdem wir das Haus der Gräfin verließen, fuhr die Gouvernante mit dem Jungen im Auto aus. Sie nahmen ihren üblichen Weg durch Hampstead Heath hinaus ins Freie. Gewöhnlich fuhren sie einige Meilen durch die Heide in der Richtung nach Beacon's Hill und kehrten dann um.“

„Daß sie jeden Tag denselben Weg machten, war aber auch heller Wahnsinn ... Entschuldige, daß ich dich unterbrochen habe.“

„Der Wagen der Gräfin wendet immer an derselben Stelle um“, erklärte Manfred, „und diese Tatsache war natürlich den Entführern genau bekannt. Die Straße ist an der Stelle nicht besonders breit, und mit einem großen Rolls Royce dort zu wenden, erfordert schon einiges Hin- und Hermanövrieren. Der Chauffeur war gerade damit beschäftigt, als ein Radler an ihn heranfuhr und ihm eine Pistole unter die Nase hielt. Zu gleicher Zeit erschienen plötzlich von irgendwoher zwei andere Männer, rissen die Tür des Wagens auf, nahmen den Revolver weg, den die Gouvernante bei sich trug, und brachten den schreienden Knaben zu einem anderen Auto. Der Chauffeur der Gräfin hatte den Wagen vorher an der Seite der Straße stehen sehen, aber keinen Verdacht geschöpft.“

„Haben sie die Gesichter der Männer erkennen können?“

Manfred schüttelte den Kopf.

„Sie trugen diese billigen Theaterbärte, die man für wenig Geld in jedem Spielwarenladen kaufen kann. Außerdem hatten sie Autobrillen. Ich wollte gerade zur Gräfin gehen, als du kamst. Wenn du gegessen hast, Leon, wollen wir –“

„Ich esse heute abend nicht“, erwiderte Leon schnell.

Auch Mr. Fare war bei der Gräfin, als sie bei ihr vorsprachen. Er bemühte sich vergeblich, die verzweifelte Mutter zu beruhigen, und begrüßte die Ankunft der Freunde mit großer Erleichterung.

„Kann ich den Brief sehen?“ fragte Leon sofort.

„Welchen Brief meinen Sie?“

„Den Brief, in dem die Entführer ihre Bedingungen und die Höhe des Lösegeldes mitteilen."

„Er ist bis jetzt noch nicht angekommen", sagte Mr. Fare leise. „Glauben Sie, daß es Ihnen gelingen wird, die Gräfin zu beruhigen? Sie ist nahe am Zusammenbrechen."

Gräfin Vinci lag totenblaß und mit geschlossenen Augen auf einem Sofa. Zwei Mädchen bemühten sich, sie wieder zum Bewußtsein zu bringen. Als Manfred zu sprechen begann, öffnete sie die Augen und schaute ihn an.

„Mein Kind, mein Kind!" schluchzte sie und rang die Hände. „Bringen Sie mir meinen Sohn wieder – ich will alles zahlen, was die Leute haben wollen, alles! Nur meinen Sohn muß ich wiederhaben!"

Der Hausmeister trat ein und brachte einen Brief.

Sie sprang auf, aber sie wäre beinahe umgesunken, wenn Manfred sie nicht gestützt hätte.

„Das ist von – ihnen!" rief sie und riß das Schreiben mit zitternden Fingern auf.

Diesmal war der Inhalt etwas länger.

„Ihr Sohn wird an einem Platz gefangengehalten, der nur dem Schreiber dieser Zeilen bekannt ist. Der Raum ist vergittert und verschlossen und enthält Nahrung für vier Tage. Wenn die Summe von fünfundzwanzigtausend Pfund gezahlt ist, wird das Versteck bekanntgegeben. Andernfalls muß er dort verhungern"

„Ich muß das Geld sofort senden", rief die Gräfin verstört. „Sofort! Hören Sie? Mein Junge – mein Junge . . ."

„Vier Tage", sagte Leon leise, und seine Augen leuchteten auf. „Besser konnte es gar nicht kommen!"

Nur Manfred hatte ihn gehört.

„Frau Gräfin", sagte Mr. Fare ernst, „nehmen wir einmal an, Sie würden die fünfundzwanzigtausend Pfund zahlen – welche Gewißheit haben Sie dann, daß Sie Ihren Sohn wiederbekommen? Sie sind eine reiche Frau –

ist es nicht wahrscheinlich, daß dieser Mann weitere Summen von Ihnen verlangen wird, wenn Sie ihm erst einmal das Geld geschickt haben?"

„Außerdem würde das nur Geldvergeudung sein", unterbrach ihn Leon. „Ich verspreche Ihnen, Ihren Sohn innerhalb zweier Tage wieder herbeizuschaffen. Vielleicht schon früher. Das hängt ganz davon ab, ob Mr. Spaghetti Jones gestern nacht spät zu Bett gegangen ist."

Mr. Spaghetti Jones hatte in seinem Lieblingsrestaurant in Soho gut zu Abend gespeist. Er saß etwas entfernt von den anderen Gästen, und der Eigentümer des Lokals widmete ihm ganz besondere Aufmerksamkeit. Mr. Jones nahm diese Behandlung mit einer Selbstverständlichkeit entgegen, als ob sie sein gutes Recht sei. „

Er benutzte in aller Öffentlichkeit einen Zahnstocher, zahlte dann seine Rechnung, schlenderte selbstbewußt hinaus und rief ein Taxi an. Er wollte gerade einsteigen, als zwei Herren an ihn herantraten und ihn in die Mitte nahmen.

„Sind Sie Mr. Jones?" fragte der eine scharf.

„Ja, das ist mein Name."

„Ich bin Inspektor Jetheroe von Scotland Yard und verhafte Sie unter der Anklage, den jungen Grafen Philipp Vinci entführt zu haben."

Mr. Jones starrte ihn an. Es waren schon viele Versuche gemacht worden, ihn in die unwirtlichen Räume eines Staatsgefängnisses zu bringen, aber bisher waren sie alle vergeblich gewesen.

„Sie müssen sich täuschen", sagte er lachend, denn er vertraute fest darauf, daß man ihm nichts würde beweisen können.

„Steigen Sie in diesen Wagen", erwiderte der Mann kurz.

Mr. Jones war ein zu gewitzter Spitzbube und kannte das Gesetz zu genau, um irgendwelchen Widerstand zu leisten.

Er war seiner Sache ja sicher. Niemand würde ihn verraten, niemand würde als Zeuge gegen ihn auftreten, und niemand würde den Knaben entdecken. Er hatte nichts zu fürchten. Diese Verhaftung bedeutete nichts weiter als einen kurzen Besuch auf der Polizeistation – im schlimmsten Falle mußte er eine Nacht dort bleiben.

Einer seiner beiden Wächter hatte eine lange Unterredung mit dem Chauffeur, ehe er einstieg. Mr. Jones sah durch das Fenster, daß er ihm eine Fünfpfundnote gab, und wunderte sich, daß die Polizei plötzlich so freigebig geworden war.

Im schärfsten Tempo fuhren sie durch Westend und Whitehall hinunter, aber zu Mr. Jones' Erstaunen bogen sie nicht nach Scotland Yard ein, sondern setzten ihren Weg über die Westminster Bridge fort.

„Wohin bringen Sie mich denn?“

Der kleine Herr, der neben ihm saß und der vorhin mit dem Chauffeur gesprochen hatte, beugte sich vor und drückte einen metallischen Gegenstand gegen Mr. Jones' Weste. Bei näherem Zusehen entdeckte der Gefangene, daß es eine Pistole war, und fuhr entsetzt zurück.

„Sprechen Sie jetzt nicht“, sagte der andere.

Jones konnte die Gesichter der beiden Detektive nicht sehen. Als sie aber an der nächsten großen Straßenlaterne vorbeifuhren, faßte ihn neuer Schrecken. Das Gesicht des Mannes ihm gegenüber war von einem dünnen, weißen Schleier bedeckt, so daß nur die Umrisse undeutlich zu erkennen waren. Spaghetti Jones dachte schnell nach. Aber in seiner gegenwärtigen Lage konnte er nichts tun. Die Pistole seines unheimlichen Gegenübers bedrohte ihn dauernd.

Der Wagen sauste durch New Cross, durch Lewisham und fuhr schließlich langsamer Blackheath Hill hinunter. Mr. Jones erkannte die Gegend, er hatte von Zeit zu Zeit hier erfolgreiche Unternehmungen durchgeführt.

Jetzt erreichten sie die Heath Road. Der Mann an seiner Seite öffnete das Fenster, schaute hinaus und sprach dann zum Chauffeur.

Plötzlich fuhr der Wagen durch ein Gartentor und hielt vor der düsteren Tür eines unheimlichen Hauses.

„Bevor Sie aussteigen“, wandte sich der Mann mit der Pistole an Jones, „möchte ich Ihnen eines sagen: Wenn Sie sich unterstehen zu sprechen oder zu schreien oder sich sonstwie dem Chauffeur bemerkbar zu machen, schieße ich Sie durch den Bauch. Es dauert dann drei Tage, bis Sie krepieren, und Sie werden bis dahin unheimliche Schmerzen durchmachen.“

Mr. Jones stieg aus und ging gehorsam und schweigend in das Haus. Der Abend war kühl, und er zitterte, als er den leeren, ungeheizten Flur betrat. Einer seiner Begleiter drehte das elektrische Licht an und schloß die Haustüre sorgfältig zu. Dann machte er das Licht wieder aus, und sie stiegen eine staubige Treppe empor. Leon Gonsalez leuchtete mit einer Taschenlampe.

„So, hier ist nun Ihre neue kleine Wohnung“, sagte Leon zufrieden, als er eine Tür öffnete und Licht einschaltete.

Es war ein geräumiges Badezimmer. Leon hatte offenbar das gefunden, was er suchte. Der Raum war ungewöhnlich groß; außer der Badewanne stand an einer Wand noch ein Bett. George Manfred erkannte, daß sein Freund tagsüber sehr geschäftig gewesen war. Das Bett schien bequem und luxuriös zu sein und sah mit seinen weißen Bezügen und seinen weichen Kissen sehr einladend aus.

In der breiten und tiefen Badewanne stand ein schwerer Eichenstuhl, und von einem der Wasserhähne hing ein langer Gummischlauch mit einer Spritze herab.

Mr. Jones hatte alles erstaunt betrachtet und auch gesehen, daß das Fenster dicht mit Tüchern verhängt war, so daß kein Licht nach draußen fallen konnte.

„Strecken Sie Ihre Hände aus“, befahl Leon kurz, und bevor Spaghetti Jones wußte, was geschah, waren ein Paar Handschellen um seine Handgelenke befestigt. Im nächsten Augenblick zog Leon einen Lederriemen durch die Ösen.

„Setzen Sie sich einmal auf das Bett – Sie sollen nur sehen, wie bequem und weich es ist", sagte Leon ruhig.

„Ich weiß nicht, ob Sie wissen, was Sie riskieren", rief Mr. Jones in einem plötzlichen Wutausbruch, „aber Sie werden noch daran denken! Nehmen Sie den Schleier vom Gesicht, damit ich Sie sehen kann!"

„Ich möchte nicht, daß Sie mich sehen", erwiderte Leon höflich. „Wenn Sie sich meine Züge merken und mich später wiedererkennen könnten, müßte ich Sie töten, und das will ich ja gerade nicht tun. Setzen Sie sich."

Mr. Jones gehorchte verwundert, und sein Erstaunen wuchs, als Leon ihm die Schuhe und Strümpfe auszog und seine Hosenbeine aufkrempelte.

„Was soll denn das bedeuten?" fragte er ängstlich.

„Setzen Sie sich jetzt auf diesen Stuhl." Gonsalez zeigte auf die Badewanne.

„Nun, hören Sie doch . . .", begann Mr. Jones furchtsam.

„Wollen Sie wohl machen, daß Sie in die Badewanne kommen?" fuhr Leon auf. Mr. Jones folgte sofort.

„Sitzen Sie jetzt bequem?"

Mr. Jones sah ihn düster an.

„Es wird Ihnen noch recht ungemütlich werden, bevor wir mit Ihnen fertig sind! Wie gefällt Ihnen denn das Bett da drüben?" fragte Leon wieder. „Das sieht doch ganz einladend aus, nicht wahr?"

Jones antwortete nicht, Gonsalez klopfte ihm leicht auf die Schulter.

„So, mein lieber Freund, jetzt werden Sie mir sagen, wo Sie den jungen Grafen Philipp Vinci versteckt haben."

„Ach, deshalb führen Sie das ganze Theater auf?" Mr. Jones grinste plötzlich. „Da können Sie lange fragen!"

Er schaute auf seine nackten Füße hinunter und betrachtete dann die beiden Freunde.

„Ich weiß überhaupt nichts von Philipp Vinci. Wer ist denn das?"

„Wo haben Sie Philipp Vinci versteckt?"

„Sie glauben doch nicht, daß ich es Ihnen sagen würde, wenn ich es auch wüßte?" erwiderte Mr. Jones verächtlich.

„Wenn Sie es wissen, werden Sie es uns gewiß noch sagen", antwortete Leon ruhig. „Aber wir werden wahrscheinlich noch einige Zeit warten müssen. Vielleicht sind Sie in sechsunddreißig Stunden dazu bereit – George, würdest du so liebenswürdig sein, die erste Wache zu übernehmen? Ich werde mich inzwischen in dieses schöne Bett legen. Aber erst müssen wir noch einige kleine Vorsichtsmaßregeln treffen." Er ergriff einen Lederriemen und schnallte Mr. Jones fest an den Stuhl. „Damit Sie nicht herunterfallen", sagte er liebenswürdig.

Dann legte er sich auf das Bett und schlief sofort ein. Er besaß in verblüffendem Maß diese außerordentliche Gabe, die allen großen Feldherren eigen ist.

Mr. Jones sah von dem Schläfer auf den Mann, der ihm gegenüber in einem bequemen Stuhl saß. In den weißen Schleier waren zwei Löcher geschnitten, und sein Wächter las in einem Buch.

„Wie lange soll denn dies noch dauern?"

„Einen Tag oder auch zwei Tage", erwiderte Manfred ruhig. „Haben Sie Langeweile? Möchten Sie gerne etwas lesen?"

Mr. Jones brummte etwas Unliebenswürdiges und nahm das Angebot nicht an. Er dachte intensiv darüber nach, was die beiden wohl beabsichtigten. Er hatte erwartet, daß man Gewalt gegen ihn anwenden würde, aber offensichtlich täuschte er sich darin. Sie hielten ihn nur gefangen, bis er sprechen würde. Aber er wollte es Ihnen schon zeigen! Allmählich begann er sich müde zu fühlen, und plötzlich fiel sein Kopf vornüber, bis das Kinn die Brust berührte.

„Wachen Sie auf!" sagte Manfred kurz.

Mit einem Ruck schreckte Mr. Jones empor.

„Sie sollen nicht schlafen."

„Warum denn nicht?" murrte der Gefangene. „Ich werde doch schlafen!" Er setzte sich gemütlich in seinem Stuhl zurecht.

Mr. Jones begann wieder einzunicken, als er plötzlich eine unangenehme Erfahrung machte und seine Füße mit einem Schrei emporzog. George Manfred hatte einen Strahl eiskalten Wassers auf seine nackten Füße gerichtet, so daß Mr. Jones wieder vollständig wach wurde. Aber eine Stunde später übermannte ihn die Müdigkeit aufs neue. Wieder traf der kalte Strahl seine Füße, und wieder nahm Manfred ein Handtuch und trocknete Mr. Jones ab, als ob er ein kranker, hilfsbedürftiger Invalide sei.

Um sechs Uhr morgens starrte Mr. Jones mit roten, entzündeten Augen vor sich hin. Er beobachtete, wie sich Manfred erhob, Leon weckte und sich statt seiner zum Schlafen niederlegte.

Immer wieder sank sein Kopf auf die Brust, und in immer kürzeren Zwischenräumen weckte ihn der Wasserstrahl, bis er schließlich fast wahnsinnig wurde.

„Lassen Sie mich jetzt schlafen!" schrie er in hilfloser Wut und biß an dem Lederriemen. Er war dem Zusammenbruch nahe, seine Augen waren so schwer wie Blei.

„Wo ist Graf Philipp Vinci?" fragte Leon unbarmherzig.

„Dies ist eine Folter, Sie verfluchter Kerl –".

„Nicht schlimmer für Sie als für den jungen Grafen, den Sie einsperrten und dem Sie für vier Tage Nahrung gaben. Und es ist auch nicht schlimmer, als wenn Sie einem Mann mit dem Federmesser das Gesicht aufschlitzen. Aber vielleicht glauben Sie, daß es nichts auf sich hat, einen kleinen Jungen zu erschrecken?"

„Ich weiß nicht, wo er ist, ich sage es Ihnen doch!" entgegnete Mr. Spaghetti Jones heiser.

„Dann werde ich Sie so lange wachhalten, bis es Ihnen wieder einfällt“, erwiderte Leon lachend und steckte sich eine Zigarette an.

Kurz darauf ging er aus dem Zimmer und kehrte nach einiger Zeit mit Kaffee und Keks zurück. Inzwischen war Mr. Jones fest eingeschlafen. Aber seine Träume endeten plötzlich mit einem furchtbaren Schrecken.

„Lassen Sie mich doch jetzt in Ruhe – lassen Sie mich doch bitte schlafen“, bat er mit Tränen in den Augen. „Ich will Ihnen ja alles geben, wenn Sie mich nur schlafen lassen.“

„Sie können in diesem Bett schlafen – es ist ein sehr schönes, weiches Bett. Aber erst wollen wir wissen, wo Philipp Vinci ist.“

„Sie werden zur Hölle fahren, bevor ich Ihnen das sage“, rief Spaghetti Jones erregt.

„Dann werden Sie eben noch weiter wachen müssen“, antwortete Leon höflich. „Wachen Sie auf!“

So ging es den ganzen Tag weiter. Um sieben Uhr abends war Mr. Jones vollständig gebrochen und nannte stöhnend eine Adresse. Manfred fuhr hin, um sich von der Richtigkeit der Angabe zu überzeugen.

„Nun lassen Sie mich aber schlafen!“

„Sie können noch so lange warten, bis mein Freund wiederkommt!“

Um neun Uhr kam George Manfred von Berkeley Square zurück, nachdem er einen vollständig verschüchterten kleinen Jungen aus einem fürchterlichen Keller in Notting Hill befreit hatte.

Manfred und Leon hoben den halbtoten Mr. Jones aus der Badewanne und lösten seine Fesseln.

„Bevor Sie sich hinlegen, setzen Sie sich hierher. Sie müssen dies unterzeichnen.“

Es war ein Dokument, das Mr. Jones nicht hätte lesen können, selbst wenn er gewollt hätte. Schnell schrieb er seinen Namen darunter, dann legte er sich ins Bett. Noch bevor Manfred die Kleider über ihn deckte, war er eingeschlafen. Und er war noch nicht aufgewacht, als ein Beamter von Scotland Yard ins Zimmer trat und ihn kräftig schüttelte.

Spaghetti Jones wußte nichts von dem, was der Detektiv ihm sagte, er erinnerte sich auch nicht daran, als ihm sein schriftliches Bekenntnis auf der Polizeistation vorgelesen wurde. Er besann sich auf nichts, bis man ihn in seiner Zelle aufweckte. Er sollte vor dem Polizeirichter erscheinen, um erstmalig verhört zu werden.

„Es ist ganz sonderbar“, sagte der Gefängniswärter zu dem Arzt. „Ich kann diesen Karl nicht wachhalten.“

„Vielleicht geben Sie ihm einmal ein kaltes Bad“, schlug der Doktor vor.

10. Der Mann, der freigesprochen wurde

„Ist es dir schon einmal aufgefallen, daß Giftmörder und Engelmacherinnen unweigerlich mystisch veranlagt sind?“ fragte Leon Gonsalez seinen Freund. Er schaute von seinem Buch auf und nahm seine Hornbrille ab, die er beim Lesen benutzt hatte.

„Ich habe noch nicht viele Engelmacherinnen oder Giftmörder daraufhin beobachtet“, erwiderte Manfred gähnend. „Verstehst du unter „mystisch“ veranlagten Personen ekstatische Menschen, die glauben, daß sie direkt mit der Allmacht in Verbindung treten können?“

Leon nickte.

„Ich habe niemals ganz verstanden, welche Zusammenhänge zwischen einer oberflächlichen, aber lebhaft in die Augen fallenden Form religiösen Gebarens und dem Verbrechen bestehen“, sagte Leon stirnrunzelnd. „Wahre Religion entwickelt natürlich nicht die schlummernde Veranlagung zum Verbrecher in einem Menschen, aber es ist eine bekannte Tatsache, daß gewisse Verbrecher in eine sonderbare religiöse Begeisterung geraten. Ferri, der zweihundert italienische Mörder befragte, mußte feststellen, daß sie alle gläubig waren. Und in Neapel, der frömmsten Stadt Europas, werden zugleich die meisten Verbrechen begangen. Zehn Prozent aller tätowierten Verbrecher in englischen Gefängnissen sind mit religiösen Symbolen geschmückt."

„Daraus könnte man aber doch nur folgern, daß ein wenig intelligenter Mann, der sich tätowieren läßt, nach Mustern und Bildern verlangt, die ihm vertraut und bekannt sind. Du denkst doch nicht etwa an Dr. Twenden?"

Leon nickte langsam. „Ja, ich dachte an ihn."

Manfred lächelte.

„Twenden wurde unter allgemeinem Beifall des Publikums freigesprochen, und man jubelte ihm zu, als er den Exeter-Gerichtshof verließ. Und doch war er schuldig!"

„So schuldig, wie ein Mensch nur immer sein kann. Ich wundere mich, daß du an diesen Fall gedacht hast. Ich habe doch überhaupt nicht mit dir darüber gesprochen."

„Ist Dr. Twenden etwa religiös veranlagt?"

„Das möchte ich gerade nicht behaupten. Ich dachte nur an den frommen Dankbrief, den er schrieb und der in den Zeitungen von Baxeter und Plymouth veröffentlicht wurde – er war so salbungsvoll wie eine Predigt. Von seinem Privatleben weiß ich nur das, was durch die Gerichtsverhandlung bekannt wurde. Du bist davon überzeugt, daß er seine Frau vergiftet hat?"

„Ja", antwortete Manfred ruhig. „Ich hatte sowieso die Absicht, heute abend mit dir darüber zu sprechen."

Der Prozeß des Dr. Twenden war in der letzten Woche die Sensation für die Zeitungen gewesen. Der Arzt war ein Mann von ungefähr dreißig Jahren, seine Frau war siebzehn Jahre älter als er. Man nahm allgemein an, daß er sie nur ihres Geldes wegen geheiratet hatte – sie besaß ein jährliches Einkommen von zweitausend Pfund, das aber nur bis zu ihrem Tod gezahlt wurde. Drei Monate vor diesem Ereignis hatte sie dreiundsechzigtausend Pfund von ihrem Bruder geerbt, der in Johannesburg in Südafrika gestorben war.

Twenden und seine Frau hatten nicht in bestem Einvernehmen gelebt. Die Differenzen zwischen ihnen kamen meistens daher, daß sie seine Schulden nicht länger bezahlen wollte. Nachdem sie die Erbschaft angetreten hatte, setzte sie ein Testament auf und schickte das Konzept zu ihrem Rechtsanwalt nach Torquay. Hierin bestimmte sie, daß ihr Mann nur die Zinsen von zwölftausend Pfund erhalten sollte, und auch das nur, falls er sich nicht wieder verheiraten würde. Den Rest ihres Vermögens wollte sie ihrem Neffen, Mr. Jackley, vermachen, der Ingenieur war.

Der Rechtsanwalt bereitete ein Schriftstück vor, das all ihren Anforderungen entsprach, und sandte es ihr durch die Post zu. Sie sollte es durchsehen, bevor er das amtliche Dokument ausfertigte. Der Brief kam in Newton Abbott an, wo der Doktor mit seiner Frau wohnte und auch seine Praxis hatte, aber er wurde nicht wieder gesehen. Ein Postbeamter bezeugte, daß er den Brief auf seinem Rundgang etwa um acht Uhr morgens an einem Sonnabend abgegeben hatte. Gerade an diesem Tag wurde Dr. Twenden zu einer Kranken gerufen, die von einer Schlange gebissen worden war, und kehrte erst gegen Abend zurück. Er aß zusammen mit seiner Frau, und es ereignete sich nichts Ungewöhnliches. Der Doktor ging anschließend noch in sein Laboratorium, um die Giftdrüsen der Schlange zu untersuchen, die er herausgeschnitten hatte.

Am nächsten Morgen war Mrs. Twenden schwer krank, und es zeigten sich bei ihr Symptome, die auf Blutvergiftung schließen ließ. Am Sonntag abend starb sie.

Bei der Untersuchung fand man eine Stichwunde in ihrem Arm, die von einer Einspritzung herrühren mußte. Dr. Twenden hatte etwa zehn Spritzen in seinem Besitz.

Sofort fiel ein schwerer Verdacht auf ihn, besonders da er keine anderen Ärzte zu dem Fall zugezogen hatte, bevor jede Hoffnung auf Rettung der unglücklichen Frau geschwunden war. Später wurde bewiesen, daß die Frau an Schlangengift gestorben war.

Zugunsten des Doktors sprach allerdings die Tatsache, daß an keiner der Spritzen irgendwelche Spuren nachgewiesen werden konnten. Die Dienstboten sowie ein anderer Arzt sagten außerdem aus, daß auf seine Anordnung hin Dr. Twenden seiner Frau zweimal wöchentlich Einspritzungen machte, um sie von ihrem Rheumatismus zu heilen. Es wurde dabei ein neues Serum angewandt, das erst kürzlich entdeckt worden war. An jenem Sonnabend war eine solche Injektion fällig gewesen.

Er wurde vor Gericht gestellt, aber schließlich freigesprochen. In der Zeit zwischen seiner Verhaftung und seiner Freilassung war er so bekannt geworden wie ein erfolgreicher Politiker oder ein grausamer Mörder. Nach seiner Freisprechung wurde er von begeisterten Leuten auf den Schultern aus dem Sitzungssaal getragen. Sie hatten allerdings weder eine bewundernswürdige Eigenschaft in seinem Charakter entdeckt, noch hatten sie ihn gekannt, ehe er plötzlich in diesen bösen Prozeß verwickelt worden war.

Wahrscheinlich war die Begeisterung der Menge durch seine Ankündigung von der Anklagebank aus bis zum Siedepunkt erhitzt worden. Er hatte seine Verteidigung selbst geführt.

„Ob ich nun verurteilt oder freigesprochen werde, nicht einen Pfennig des Vermögens meiner unvergeßlichen Frau will ich anrühren. Ich bin fest entschlossen, dieses unselige Geld den Armen des Landes zu geben. Ich selbst verlasse England und gehe in ein fernes Land, wo ich in einer fremden Umgebung unter Fremden das Andenken an meine liebe Frau, an die Gefährtin und Freundin meiner Tage, pflegen werde."

Hier war der Angeklagte mit einem Aufschluchzen zusammengebrochen.

„Er will also in ein fernes Land gehen", sagte Manfred, der sich an diese leidenschaftlichen Worte Twendens erinnerte. „Mit dreiundsechzigtausend Pfund kann man allerdings in der Fremde ganz gut leben."

Leon unterdrückte ein Lächeln.

„Ich kann derartig zynische Bemerkungen von dir nicht hören. Hast du vergessen, daß die arme Bevölkerung von Devonshire sich zur Stunde noch den Kopf darüber zerbricht, wie man das Geld am besten anwenden könnte?“

Manfred lachte verächtlich und las seine Zeitung weiter, aber Leon beschäftigte sich noch mit der Sache.

„Ich würde doch diesem Twenden gar zu gerne einmal begegnen“, meinte er nachdenklich. „Kommst du mit mir nach Newton Abbott, George? Die Stadt an sich ist ja nicht besonders schön, aber wir haben von dort aus nur eine halbe Stunde Fahrt zu unserem alten Heim in Babbacombe.“

George Manfred legte die Zeitung endgültig beiseite.

„Es war ein gemeines Verbrechen“, sagte er düster. „Ich bin ganz deiner Meinung, Leon. Ich habe schon den ganzen Morgen darüber nachdenken müssen. Diese Tat muß irgendwie gerächt werden.

Aber“, fügte er zögernd hinzu, „erst müssen wir klare Beweise in der Hand haben, die vor Gericht noch nicht vorgebracht wurden. Auf bloße Vermutung hin können wir nicht handeln.“

Leon nickte.

„Aber wenn wir Gewißheit haben, dann verspreche ich dir, Manfred, daß ich einen wunderbaren Plan zur Ausführung bringen werde.“

Am Nachmittag machte er Mr. Fare einen Besuch. Als der Polizeidirektor seine Bitte hörte, war er nicht überrascht.

„Ich war schon neugierig, wie lange es noch dauern würde, bis Sie sich unsere Gefängnisse einmal ansehen wollten. Ich kann die Sache leicht mit meinen Vorgesetzten besprechen. Welche Anstalt wollen Sie denn besichtigen?“

„Ein typisches Gefängnis in der Provinz. Was meinen Sie zu Baxeter?“

„Baxeter liegt aber doch sehr weit von London entfernt“, entgegnete der Polizeibeamte erstaunt. „Es unterscheidet sich auch sehr wenig von

Wandsworth, das wir ganz in der Nähe haben, oder Pentonville, unserem Zentralgefängnis.“

„Trotzdem möchte ich gerne Baxeter sehen. Ich habe nämlich die Absicht, an die Küste von Devonshire zu gehen, und bei dieser Gelegenheit könnte ich die Besichtigung gut vornehmen.“

Schon am nächsten Tag erhielt Leon den Erlaubnisschein – ein gedrucktes Formular, das den Gefängnisdirektor in Baxeter anwies, dem Überbringer des Schreibens in den Stunden zwischen zehn und zwölf Uhr vormittags und zwei und vier Uhr nachmittags Zutritt zum Gefängnis zu gewähren.

Die beiden unterbrachen ihre Reise in Baxeter, und Leon machte sich auf den Weg zum Gefängnis, das hübscher und stattlicher aussah als die meisten anderen Gebäude dieser Art. Er wurde von dem stellvertretenden Direktor und einem kräftigen Oberwärter, einem früheren Gardisten, empfangen. die ihm die drei großen Flügel des Gefängnisses, die Höfe und alle Gebäude der Anstalt zeigten.

Auf dem Bahnhof traf Leon wieder mit Manfred zusammen und kam gerade zur rechten Zeit, um den Zug nach Plymouth zu besteigen, der sie nach Newton Abbott bringen sollte.

„Ich bin mit meinem Besuch durchaus zufrieden“, sagte Leon. „Es ist das beste Gefängnis und erstaunlich bequem. Ich habe noch kein so angenehmes Gefängnis gesehen.“

„Meinst du bequem hineinzukommen oder bequem wieder daraus zu verschwinden?“

„Beides.“

Sie hatten keine Zimmer im Hotel bestellt. Leon wollte ein Privatquartier in der Nähe von Dr. Twenden nehmen und war auch erfolgreich bei seinen Bemühungen. Drei Häuser von der Wohnung des Arztes entfernt konnten sie möblierte Zimmer mieten.

Eine liebenswürdige, rotbäckige Frau von Devonshire war ihre Wirtin. Ihr Mann war Richtkanonier auf einem der großen Schlachtschiffe und befand sich augenblicklich auf hoher See. Leon und George waren die einzigen Untermieter und bekamen zwei gemütliche Schlafzimmer und ein gemeinschaftliches Wohnzimmer im selben Stockwerk. Manfred bestellte sofort Tee, und nachdem sich die Tür hinter der Frau geschlossen hatte, wandte er sich an Leon, der am Fenster stand und intensiv auf die innere Fläche seiner linken Hand schaute, die ebenso wie die rechte in einem grauen Seidenhandschuh steckte.

Manfred lachte.

„Ich mache im allgemeinen keine Bemerkungen über deinen Anzug, mein lieber Leon. Und wenn man bedenkt, daß du auf dem Kontinent geboren bist, muß man zugeben, daß du merkwürdig wenig Fehler in bezug auf deine Kleidung machst – vom englischen Standpunkt aus."

„Es ist sonderbar", erwiderte Leon, ohne aufzuschauen.

„Aber ich habe früher noch niemals gesehen, daß du seidene Handschuhe trugst", fuhr Manfred neugierig fort. „In Spanien ist es ja nicht ungebräuchlich, baumwollene oder sogar seidene Handschuhe anzuziehen –"

„Feinste Seide", murmelte Leon. „Und ich kann trotzdem meine Hand in ihnen nicht einmal biegen."

„Hast du sie deshalb in der Tasche stecken lassen?" fragte Manfred überrascht.

Gonsalez nickte.

„Ich kann sie deshalb nicht biegen, weil ich eine starke Kupferplatte in der inneren Handfläche halte, und auf dieser Platte befindet sich ein halbzollstarker Aufstrich von Plastilin."

„Ach so, nun verstehe ich", entgegnete Manfred bedächtig.

„Ich muß wirklich sagen, daß mir das Baxeter-Gefängnis außerordentlich gefallen hat", sagte Leon. „Der stellvertretende Direktor ist wirklich ein netter junger Mann. Er freute sich sehr über mein Erstaunen und Interesse, als er mir die Zellen zeigte. Er hat mich sogar den Paßschlüssel des ganzen Gefängnisses besichtigen lassen, der alle Türen schließt und den er persönlich bei sich trägt. Als ich ihn in der Hand hatte, schaute ich den Mann unverwandt an und preßte schnell das Ende des Schlüssels gegen meine Handfläche. Es dauerte nur eine Sekunde, mein lieber George, und weil ich den Seidenhandschuh trug, blieb kein verräterisches Zeichen an dem Schlüssel zurück, das dem Direktor meine hinterlistige Absicht verraten hätte."

Er nahm eine zusammenklappbare Schere aus seiner Tasche, öffnete sie geschickt und schnitt ein Stück Seide aus der inneren Fläche des Handschuhs heraus.

„„Wundervoll! Das ist also der Paßschlüssel!", sagte ich, betrachtete ihn bewundernd und gab ihn dann zurück. Wir gingen zusammen zu der Strafzelle und besichtigten den Garten; er zeigte mir auch die kleinen, ungepflegten Gräber, wo die hingerichteten Verbrecher liegen. Und während dieser ganzen Zeit mußte ich meine Hand in der Tasche halten, um nicht gegen irgendeinen harten Gegenstand zu stoßen und den Abdruck zu verderben. Hier kannst du ihn sehen."

Die Seide schien besonders präpariert zu sein, denn sie löste sich leicht ab. Darunter zeigte sich in dem grauen Ton der scharfe und unversehrte Abdruck des Schlüssels.

„Der kleine Eindruck an der Seite bedeutet wohl die Form des Schlüsselendes?"

Leon nickte.

„Das ist der Paßschlüssel des Baxeter-Gefängnisses, mein lieber Manfred." Er lächelte, als er die Kupferplatte auf den Tisch legte. „Hiermit könnte ich nun in das Gefängnis hineinkommen . . . Nein, das ist doch zu dumm." Plötzlich hielt er inne und biß sich auf die Lippen.

„Das hast du großartig gemacht", sagte Manfred voll Bewunderung.

„Glaubst du?" Leon machte ein trauriges Gesicht. „Weißt du auch, daß es eine Tür dort gibt, die wir nicht damit öffnen können?"

„Welche ist denn das?"

„Das Eingangsportal, das kann man nur von innen öffnen.“

Als die Wirtin mit dem Tablett hereinkam, legte er sorgfältig seinen Hut über die Tonabdrücke.

Leon trank seinen Tee und musterte wie geistesabwesend die Tapete. Manfred unterbrach ihn nicht in seinen Gedanken.

Leon Gonsalez hatte schon oft die Pläne der Vier Gerechten ausgedacht und alle Einzelheiten eines ganzen Unternehmens ersonnen. Seine außerordentliche Phantasie befähigte ihn, alle Möglichkeiten vorauszusehen. Manfred hatte oft gesagt, daß das Ausdenken des Planes Leon ebensoviel Genugtuung bereitete wie die erfolgreiche Ausführung desselben.

„Was für ein schrecklicher Idiot bin ich doch“, sagte er schließlich. „Ich habe nicht darauf geachtet, daß das Haupttor eines Gefängnisses selten ein Schlüsselloch hat. Eine Ausnahme davon macht nur Dartmoor.“

Wieder versank er in Nachdenken. Die Stille wurde nur manchmal von geheimnisvollen Bemerkungen unterbrochen, die er zu sich selbst zu machen schien.

„Ich schicke das Telegramm ... Es muß natürlich von London kommen ... Sie werden sicherlich herunterschicken, wenn der Inhalt des Telegramms nur dringend genug ist. Es müssen fünf Leute sein – nein, fünf kann man zur Not in einem Taxi unterbringen ... Sechs – wenn die Tür des Gefängniswagens verschlossen ist, aber das wird nicht der Fall sein ... Wenn es wider Erwarten nicht geht, muß ich es in der nächsten Nacht versuchen.“

„Sag mal, wovon sprichst du eigentlich?“ fragte Manfred belustigt.

Leon wachte plötzlich aus seinen Träumen auf.

„Wir müssen zuerst die Schuld des Mannes genau feststellen, und wir werden heute abend noch damit beginnen. Ich möchte nur wissen, ob unsere Wirtin einen Garten hat.“

Es zeigte sich, daß hinter dem Haus ein Garten von zweihundert Yards Länge lag. Leon ging hinunter, machte einen Erkundungsgang und war mit dem Ergebnis zufrieden.

„Ist das drüben die Wohnung des Doktors?“ fragte er unschuldig, als ihn die Wirtin darauf aufmerksam machte. „Das ist doch nicht etwa der Mann, der den Prozeß in Baxeter gehabt hat?“

„Ganz gewiß, derselbe“, sagte die Frau triumphierend. „Ich kann Ihnen nur sagen, daß es viel Aufsehen hier in der Gegend erregte.“

„Glauben Sie, daß er unschuldig ist?“

Die Wirtin war nicht darauf vorbereitet, auf diese klare Frage eine klare Antwort zu geben.

„Die einen denken so, die anderen so“, erwiderte sie deshalb diplomatisch. „Er ist immer ein netter Mensch gewesen, er hatte auch meinen Mann behandelt, als er das letztemal daheim war.“

„Wohnt der Doktor in dem Haus?“

„Ja, aber er geht bald fort.“

„Davon habe ich auch gehört. Er will doch das ganze Vermögen seiner Frau verteilen, nicht wahr? Das stand in den Zeitungen – die Armen können sich darauf freuen.“

Die Wirtin räusperte sich.

„Ich hoffe, daß sie es wirklich bekommen“, sagte sie mit einer gewissen Betonung.

„Sie scheinen nicht davon überzeugt zu sein?“ meinte Manfred lächelnd, als er mit ihr aus dem Garten zurückkehrte, wo er die schönen Chrysanthemen bewundert hatte.

„Bis jetzt hat er noch nichts in dieser Richtung unternommen“, erwiderte sie vorsichtig. „Der Vikar war gestern morgen bei ihm und hat ihn gefragt, ob nicht die Armen von Newton Abbott auch einen kleinen Teil der Summe abbekommen könnten. Wir haben hier in der letzten Zeit viel Arbeitslose. Der Doktor hat ihm gesagt, er würde sich die Sache durch den Kopf gehen lassen, und hat ihm dann einen Scheck über fünfzig Pfund geschickt, soviel ich gehört habe.“

„Das ist nicht gerade überwältigend viel“, entgegnete Manfred. „Warum glauben Sie, daß er bald abreisen will?“

„Seine Koffer sind gepackt, und seinen Dienstboten ist gekündigt, daher weiß ich es. Die arme Frau, sie hat wohl nicht viel Freude in ihrem Leben gehabt.“

Hiermit meinte sie wohl die Frau des Arztes. Aber sie wußte auch nicht mehr von ihr, als was sie von anderen Leuten erfahren hatte, und meinte, daß an den Redereien nicht viel sei. Warum sollte denn schließlich der Doktor nicht hübsche Mädchen auf seine Autotouren in die Heide mitnehmen, wenn ihm das Vergnügen machte.

„Ja, er hatte seine Eigenheiten“, sagte sie.

Anscheinend hatte der Doktor allerhand Seitensprünge während seiner Ehe hinter sich.

„Ich würde ihn gern einmal persönlich sprechen“, sagte Leon.

Aber sie schüttelte den Kopf.

„Er empfängt niemand, nicht einmal seine Patienten.“

Trotzdem hatte Leon Erfolg, als er einen Besuch machte. Er hatte den Charakter des Arztes richtig beurteilt, als er annahm, daß er einen Zeitungsreporter nicht abweisen würde.

Die Haushälterin meldete Leon an. Sie schloß aber vorsichtigerweise die Haustür vor ihm, bis sie sich Bescheid geholt hatte. Gleich darauf kam sie jedoch zurück und ließ ihn ein.

Er wurde in das Studierzimmer geführt. Der Raum war in vollständiger Unordnung, und es zeigte sich, daß die Mitteilung von Mrs. Martin auf Wahrheit beruhte. Dr. Twenden wollte die Stadt so bald als möglich verlassen und war gerade noch damit beschäftigt, Briefe und Rechnungen zu verbrennen.

„Treten Sie bitte näher", sagte der Doktor. „Sie hätten wahrscheinlich irgend etwas über mich erfunden, wenn ich Sie nicht empfangen hätte. Was wollen Sie von mir wissen?"

Dr. Twenden sah gepflegt aus, hatte regelmäßige Gesichtszüge und trug einen sorgfältig geschnittenen Schnurrbart.

Hellblaue Augen liebe ich nicht, sagte Leon zu sich selbst. Auch der Schnurrbart gefällt mir nicht.

„Man hat mich von London hierhergeschickt, um Sie zu fragen, an welche wohltätigen Anstalten Sie das Geld Ihrer verstorbenen Frau verteilen wollen, Dr. Twenden", erwiderte Leon mit der Unverfrorenheit und rücksichtslosen Offenheit eines Londoner Reporters.

Der Doktor runzelte die Stirn.

„Die Leute in der Hauptstadt sollten sich doch wenigstens so viel Zeit lassen, daß ich mir das selbst überlegen kann. Ich bin im Begriff, eine wichtige Überseereise zu machen. An Bord des Dampfers habe ich ja Zeit genug, mich damit zu beschäftigen. Ich werde dann sehen, welche der verschiedenen wohltätigen Gesellschaften im Devonshire-Bezirk das größte Anrecht darauf haben, und dementsprechend werde ich das Geld verteilen."

„Wenn Sie nun aber gar nicht mehr zurückkommen?" fragte Leon unbarmherzig. „Es könnte doch irgend etwas passieren, das Schiff könnte untergehen, oder der Zug, mit dem Sie fahren, könnte verunglücken – was wird dann aus dem Geld?"

„Das ist ganz meine Sache", entgegnete Twenden sehr steif und förmlich. Er schloß die Augen eine Sekunde und zog die Brauen zusammen. „Ich möchte jetzt nicht weiter darüber sprechen. Ich habe viele liebenswürdige Briefe aus dem Publikum erhalten, aber auch solche, die mich angriffen und beleidigten. Gerade heute morgen erhielt ich ein Schreiben, in dem gesagt wurde, daß bedauerlicherweise die Vier Gerechten nicht mehr tätig wären. Die Vier Gerechten!" sagte er mit verächtlichem Lächeln. „Als ob ich mich im geringsten um diese blöde Gesellschaft kümmern würde!“

Leon lächelte auch.

„Vielleicht ist es Ihnen angenehmer, wenn ich Sie heute abend noch einmal aufsuche, wenn Sie jetzt keine Zeit haben?“ schlug er vor.

„Heute abend bin ich der Ehrengast einiger Freunde“, erwiderte der Doktor wichtig. „Ich werde nicht vor halb ein Uhr zurückkommen.“

„Wo wird denn das Essen stattfinden? Vielleicht kann man darüber einen interessanten kleinen Artikel schreiben.“

„Im Lion-Hotel. Sie könnten erwähnen, daß Sir John Marden den Vorsitz führt, auch Lord Tussborough hat seine Anwesenheit zugesagt. Wenn Sie es wünschen, kann ich Ihnen die Liste aller Teilnehmer geben, die kommen werden.“

Die Sache mit dem Festessen trifft sich ja vorzüglich, dachte Leon mit Genugtuung.

Er erhielt die Liste, steckte sie in die Tasche und verabschiedete sich mit einigen Verbeugungen.

Am Abend beobachtete er von seinem Fenster aus das Haus des Arztes. Er sah, wie er in festlichem Gesellschaftsanzug die Wohnung verließ und in einem Taxi fortfuhr. Eine Viertelstunde später trat die Haushälterin heraus und zog ihre Handschuhe an. Sie wartete etwa zehn Minuten an der Straßenecke und stieg dann in den Autobus nach Torquay, als er vorüberkam.

Nach dem Abendessen unterhielt sich Leon ein wenig mit der Wirtin und brachte das Gespräch auch wieder auf das Haus Dr. Twendens.

„Vermutlich hat er eine Menge Dienstboten, um die Wohnung in Ordnung zu halten?“

„Augenblicklich ist nur Milly Brown bei ihm, die in Torquay wohnt. Aber sie geht nächsten Sonnabend auch weg. Die Köchin ist schon vorige Woche gegangen. Er nimmt alle seine Mahlzeiten im Hotel ein.“

Nachdem er das erfahren hatte, überließ er es seinem Freund Manfred, sich weiter mit Mrs. Martin zu unterhalten, was dieser auch ausgezeichnet verstand.

Leon schlüpfte durch den Garten und erreichte einen kleinen Gang auf der Rückseite des Hauses. Die Verbindungstür, durch die man in Twendens Garten kommen konnte, war verschlossen, aber die Gartenmauer bot kein unüberwindliches Hindernis. Wie er erwartet hatte, war die Hintertür des Hauses verschlossen, aber ein Fenster in der Nähe stand nur angelehnt. Offensichtlich dachten weder der Doktor noch die Haushälterin an Einbrecher. Ohne große Schwierigkeit kletterte er durch das Fenster und kam durch die Küche in das Haus. Bald fand er auch die Bibliothek, in der er sich am Nachmittag mit dem Doktor unterhalten hatte. Der Schreibtisch besaß keine Geheimfächer, und fast alle Papiere und Briefe lagen verbrannt im Kamin. Große Mengen Asche waren auf dem Rost zu sehen. Auch in dem kleinen Laboratorium und in den anderen Räumen fand Leon nichts Besonderes.

Er hatte auch nicht erwartet, gleich bei der ersten Untersuchung eine entscheidende Entdeckung zu machen. Wahrscheinlich hatte die Polizei nach der Verhaftung des Arztes das ganze Haus gründlich durchsucht und hatte es auch während seiner Abwesenheit verwaltet.

Leon durchsuchte alle Taschen der Anzüge Twendens, die er in einem Kleiderschrank im Schlafzimmer fand, aber es kam nur ein Theaterprogramm zum Vorschein.

„Ich fürchte fast, ich brauche den Paßschlüssel von Baxeter gar nicht", sagte er bedauernd zu sich selbst und ging wieder nach unten. Er knipste seine elektrische Taschenlampe an, um noch die Kleider zu prüfen, die in der Eingangsdiele hingen, aber der Garderobenständer war leer.

Als er den Raum ableuchtete, fiel das Licht auch auf einen großen Briefkasten, der an der Tür befestigt war. Leon hob den gelben Deckel auf, konnte aber zuerst nichts sehen. Der Briefkasten sah aus, als ob er von dem Doktor selbst gemacht worden sei. Das bemalte Blech war ziemlich roh um einen hölzernen Rahmen gebogen; die Holzleisten konnte man genau erkennen. Eine Leiste schien gebrochen zu sein, und Leon faßte mit der Hand hinein. Was er aber für ein gebrochenes Stückchen Holz hielt, erwies sich als ein langes, schmales Paket, das aufrecht stand. Es war nur so verstaubt, daß man es von dem Rahmenwerk des Kastens nicht unterscheiden konnte. Als er das Päckchen herauszog, riß das Papier ein, das sich hinter einen Nagel geklemmt hatte. Dadurch erklärte sich auch, daß das Päckchen beim Leeren des Briefkastens nicht herausgefallen war. Leon blies den Staub vorsichtig ab; auf der Adresse fand er den aufgedruckten Stempel des Pasteur-Institutes. Er steckte das Päckchen in die Tasche und verließ das Haus auf demselben Weg, auf dem er gekommen war. Er war über zwei Stunden ausgeblieben, und Manfred war in ernster Sorge um ihn.

„Hast du etwas entdeckt?"

„Dies hier." Leon zog das Päckchen aus der Tasche und erzählte, wo er es gefunden hatte.

„Vom Pasteur-Institut?" fragte Manfred erstaunt: „Aber natürlich, das Serum, das er für die Injektion brauchte! Das wird nur im Pasteur-Institut hergestellt. Ich entsinne mich, in den Prozeßberichten darüber gelesen zu haben."

„Er machte zweimal in der Woche Einspritzungen – wenn ich mich recht erinnere, am Mittwoch und am Sonnabend. Es wurde auch durch Zeugenaussage im Prozeß festgestellt, daß am Mittwoch vor dem Mord die Injektion unterblieb. Es ist mir damals schon aufgefallen, daß niemand fragte, warum er an dem letzten Mittwoch keine Injektion gab."

Er öffnete den Papierumschlag und zog eine längliche, hölzerne Schachtel daraus hervor, um die ein Brief gewickelt war. Auch dieses Schriftstück, das in Französisch abgefaßt war, trug den Stempel des Pasteur-Instituts.

„Sehr geehrter Herr,
wir senden Ihnen, umgehend das Serum Nr. 47, das Sie verlangt haben. Bedauerlicherweise wurde Ihnen durch das Versehen eines Angestellten das Serum in der vergangenen Woche nicht geschickt. Wir haben heute

Ihr Telegramm erhalten, in dem Sie uns mitteilten, daß Sie kein Serum mehr besitzen, und senden Ihnen dieses als beschleunigte Eilsendung."

„Kein Serum mehr besitzen", wiederholte Gonsalez. Er nahm den Papierumschlag auf und sah nach der Marke.

„Paris, den vierzehnten September", las er. „Und hier haben wir auch den Poststempel des Eingangs. Newton Abbott, den sechzehnten September sieben Uhr morgens." Er runzelte die Stirn. „Dieses Paket wurde also am Morgen des sechzehnten in den Briefkasten gesteckt", sagte er langsam. „Mrs. Twenden erhielt ihre letzte Einspritzung am Abend des fünfzehnten. Der sechzehnte war ein Sonntag, an dem nur früh morgens einmal Post ausgetragen wird. Begreifst du die Zusammenhänge?"

Manfred nickte.

„Offensichtlich konnte er keine Injektion machen, weil ihm das Serum ausgegangen war, und diese neue Sendung kam an, als seine Frau im Sterben lag. Wie wir sehen, hat er das Päckchen überhaupt nicht geöffnet."

Er zog eine dünne Glastube aus dem Holzkästchen hervor und kontrollierte den versiegelten Verschluß.

„Hm, nun werde ich den Schlüssel für das Baxeter-Gefängnis also doch brauchen. Warum machte er am Mittwoch keine Einspritzung? Weil er kein Serum hatte. Offenbar wartete er darauf, hat es aber schließlich vergessen. Wahrscheinlich hat der Postbote am Sonntag morgen an die Tür geklopft, keine Antwort erhalten und deshalb das kleine Päckchen durch den Einwurf in den Briefkasten gesteckt. Zufällig ist es an einem Nagel hängengeblieben, wo ich es heute entdeckte."

Er legte das Umschlagpapier auf den Tisch und holte tief Atem.

„Ich werde mich jetzt daranmachen, den Schlüssel auszufeilen."

Zwei Tage später kam Manfred mit neuen Nachrichten nach Hause.

„Wo ist mein Freund?"

Mrs. Martin lächelte bedeutungsvoll.

„Der Herr arbeitet im Gewächshaus. Ich dachte, daß er neulich einen Scherz machte, als er mich fragte, ob er einen Schraubstock an dem Arbeitstisch anbringen dürfe. Aber er ist tatsächlich an der Arbeit."

„Er arbeitet an einem neuen Radioapparat." Manfred hoffte, daß die Wirtin von solchen Dingen keine Ahnung hatte.

„Er ist sehr eifrig. Eben kam er heraus, um ein wenig Luft zu schöpfen – ich habe noch niemals einen Menschen so schwitzen sehen! Er scheint den ganzen Tag mit der Feile zu hantieren."

„Sie dürfen ihn bei der Arbeit nicht stören."

„Das würde mir im Traum nicht einfallen", erwiderte Mrs. Martin etwas verletzt.

Manfred ging in den Garten hinaus, und Leon sah ihn näherkommen. Das Gewächshaus war ein idealer Arbeitsplatz, denn er konnte von weitem beobachten, wenn sich die Wirtin näherte, und konnte den Schlüssel immer rechtzeitig verbergen. Er arbeitete nun schon den zweiten Tag daran.

„Er reist heute ab, genauer gesagt, heute abend", erklärte Manfred. „Er fährt nach Plymouth und will dort den Dampfer der Holländisch-Amerikanischen Linie nach New York besteigen."

„Heute abend?" fragte Leon erstaunt. „Das könnte ja ganz gut klappen. Mit welchem Zug fährt er denn?"

„Das weiß ich nicht."

„Bist du deiner Sache auch ganz sicher?"

Manfred nickte.

„Er hatte verschiedenen Bekannten erzählt, daß er erst morgen früh fährt, aber er macht sich heute abend aus dem Staube. Die Leute sollen nichts von seiner Abreise erfahren. Ich habe es nur zufällig durch eine Unvorsichtigkeit des Doktors selbst entdeckt, denn ich war heute auf der Post, als er ein Telegramm abschickte. Seine Brieftasche lag offen auf dem

Schalterbrett, und ich sah, daß einige Gepäckzettel daraus hervorschauten. Es waren Gepäckzettel für Dampfer, und ich las das Wort „Rotterdam“. Sofort schaute ich in den Zeitungen nach und erfuhr, daß der Dampfer „Rotterdam“ morgen früh abfährt. Als ich dann später hörte, daß er den Leuten gesagt hatte, er würde morgen früh Newton Abbott verlassen, war ich meiner Sache ganz sicher.“

„Das trifft sich vorzüglich, George. Diese Tat wird die Krone unseres Lebenswerkes sein. Ich sage „unsere“, aber ich fürchte, ich muß die Sache ganz allein ausführen, obgleich du dabei eine bedeutende Rolle zu spielen hast.“ Er lachte leise und rieb sich die Hände. „Wie fast alle anderen Verbrecher hat auch Twenden einen ganz dummen Fehler begangen. Er hat nach einem alten Testament das Vermögen seiner Frau geerbt. Es blieb ihm ihr ganzer Besitz mit Ausnahme von zweitausend Pfund, die sie auf einer Bank deponiert hatte. Diese sollten an ihren Neffen, einen Ingenieur in Plymouth, fallen. In seiner Habgier hat Twenden sicherlich diese Testamentsbestimmung vergessen und hat das ganze Geld auf seine Bank in Torquay eingezahlt. Vor einigen Tagen wurde es von Newton Abbott aus überwiesen, die ganze Stadt sprach darüber. Fahre also sofort nach Plymouth und suche den jungen Mr. Jackley auf, besuche auch seinen Rechtsanwalt oder irgendeinen anderen. Sollte Dr. Twenden die zweitausend Pfund nicht an seinen Neffen gezahlt haben, so soll er einen Haftbefehl gegen Twenden ausstellen lassen. Der Doktor ist unter diesen Umständen ein Treuhänder, der sich heimlich durch Flucht seinen Verpflichtungen entziehen will, und die Justizbehörden werden den Verhaftungsbefehl ausstellen, wenn sie erfahren, daß der Mann morgen mit der „Rotterdam“ das Land verlassen will.“

„Wenn du ein gewöhnlicher Mann wärest, Leon, würde ich denken, daß deine Rache ein wenig ungenügend ist.“

„Das wird sie nicht sein“, entgegnete sein Freund ruhig und gelassen.

Abends um neun Uhr dreißig bestieg Dr. Twenden mit hochgeschlagenem Mantelkragen und herabgezogenem Hut ein Wagenabteil erster Klasse auf dem Bahnhof in Newton Abbott. Der

Detektivsergeant, den er kannte, trat an ihn heran und klopfte ihm auf die Schulter.

„Folgen Sie mir, Doktor."

„Warum denn, Sergeant?" Twenden wurde plötzlich bleich.

„Ich habe einen Haftbefehl für Sie in der Tasche."

Als dem Doktor die Anklage auf dem Polizeirevier vorgelesen wurde, wütete er wie ein Wahnsinniger.

„Ich werde Ihnen das Geld geben, jetzt sofort! Aber ich muß heute abend noch abfahren. Morgen früh fährt mein Dampfer nach Amerika."

„Das kann ich mir denken", erwiderte der Polizeiinspektor trocken. „Deshalb haben wir Sie ja gerade festgenommen."

So wurde er denn für die Nacht in eine Zelle eingeschlossen.

Am nächsten Morgen fand das erste Verhör statt. Die Zeugen wurden vernommen, und nachdem der junge Mr. Jackley aus Plymouth seine Aussage gemacht hatte, beriet der Gerichtshof.

„Wir haben den unumstößlichen Beweis, daß beabsichtigter Betrug vorliegt, Dr. Twenden", sagte der Richter schließlich. „Sie wurden im Besitz einer großen Geldsumme verhaftet, und man hat Kreditbriefe bei Ihnen gefunden. Daraus geht klar hervor, daß Sie dieses Land für immer verlassen wollten. Unter diesen Umständen bleibt uns nichts anderes übrig, als Ihre Verhaftung aufrechtzuerhalten. Sie werden bei den nächsten Sitzungen vor Gericht gestellt werden."

„Aber ich kann Bürgschaft stellen, ich bestehe darauf", rief der Doktor wütend.

„Bürgschaft wird in diesem Falle nicht angenommen", erwiderte der Richter scharf.

Am Nachmittag wurde Dr. Twenden in einem Taxi ins Baxeter-Gefängnis überführt.

Die Gerichtssitzungen fanden in der nächsten Woche statt, und der Doktor mußte nun zu seiner größten Erbitterung in demselben Gefängnis bleiben, aus dem er vor einigen Wochen entlassen worden war.

Am zweiten Tag nach seiner Einlieferung erhielt der Direktor des Baxeter-Gefängnisses ein Telegramm.

„Sechs Schwerverbrecher Ihrem Gefängnis überwiesen. Ankunft auf Station Baxeter abends 10.15. Senden Sie Gefangenenwagen."

Das Telegramm war mit „IMPRISON" unterzeichnet, dem Codewort für die Generaldirektion sämtlicher Gefängnisse in England.

Zufällig war gerade zur selben Zeit eine Meuterei in einem Londoner Gefängnis vorgekommen, und der Direktor war infolgedessen über die Nachricht nicht erstaunt, auch nicht über die späte Stunde der Ankunft des Gefangenentransportes.

Der Zug fuhr in die Station ein. Die Gefangenenwärter warteten auf dem Bahnsteig, gingen dann langsam an den Wagen entlang und schauten nach einem Abteil mit herabgelassenen Vorhängen aus. Aber es waren keine Gefangenen mitgekommen. Der nächste Zug von London kam erst morgens um vier Uhr.

„Sie werden den Zug nicht mehr erreicht haben, es gibt gar keine andere Erklärung", sagte einer der Männer. „Dann müssen wir eben wieder abfahren, Jerry", wandte er sich an den Chauffeur und warf die Tür der „Grünen Minna" zu, die offengestanden hatte. Der Gefangenenwagen fuhr knatternd aus dem Bahnhof.

Langsam ging es die Anhöhe empor und dann durch das große, schwarze Tor; gleich darauf bog der Wagen in ein anderes Portal zur Linken ein, das im rechten Winkel zu dem ersten lag, und hielt vor den offenen Türen eines kleinen, abseits liegenden Ziegelgebäudes, das als Garage diente.

Der Chauffeur brummte, als er ausstieg.

„Ich lasse den Wagen im Hof stehen – muß ihn morgen sowieso waschen."

Er nickte den Wärtern eine gute Nacht zu und ging nach Hause.

Soweit war alles gut verlaufen. Ein starker Südwestwind kam von Dartmoor her, rüttelte an den Fenstern des Gefängnisses und heulte in dem großen, verlassenen, dunklen Hof.

Plötzlich hörte man ein leises Knacken, und die Tür der „Grünen Minna" öffnete sich langsam. Leon hatte entdeckt, daß sein Paßschlüssel die Wagentür nicht öffnete. Er war in den Gefangenenwagen hineingeschlüpft:, während die Wärter den Zug absuchten, und es war jetzt schwer geworden, wieder herauszukommen. Er wußte ja nur zu genau, daß überhaupt keine Gefangenen von London kamen, aber er brauchte diesen Wagen zur Ausführung seines Planes. Mit seiner Hilfe war er nun glücklich in das Gefängnis gekommen, wie er es beabsichtigt hatte. Er horchte, aber er konnte nur das Wüten des Sturmes hören. Vorsichtig ging er zu einem kleinen, glasgedeckten Gebäude und benutzte seinen Paßschlüssel. Die Tür öffnete sich, und er stand in einem engen Zimmer, wo die Gefangenen fotografiert wurden. Die nächste Tür führte ihn in einen Abstellraum, und dahinter lagen die Flügel des Gefängnisses. Er hatte bei seinem kurzen Besuch nach allem gefragt und wußte, wo sich die Zellen der Untersuchungsgefangenen befanden.

Bald mußte eine Patrouille kommen. Leon schaute auf seine Uhr und wartete, bis der Mann an der Tür vorübergegangen war. Der Wächter würde nun in einen Flügel gehen, von dem aus er keinen Überblick auf diesen Teil des Gefängnisses hatte. Leon öffnete die Tür und trat in die verlassene Halle. Die Fußtritte der Patrouille klangen immer entfernter. Leise stieg er eine eiserne Treppe in die Höhe und kam zu dem oberen Stockwerk, wo er langsam die Zellen entlangging. Plötzlich sah er den Namen, den er suchte.

Geräuschlos schloß er die Tür auf. Dr. Twenden sah ihn blinzelnd an, als er sich auf seiner hölzernen Bettstelle aufrichtete.

„Stehen Sie auf", flüsterte Gonsalez, „und drehen Sie sich um."

Schlaftrunken gehorchte der Doktor.

Leon band ihm die Hände auf dem Rücken zusammen und faßte ihn am Arm. Er hielt an, als er die Zellentür wieder verschloß. Dann führte er ihn die Treppe hinunter und durch den Abstellraum in das kleine, glasgedeckte Zimmer. Bevor der Doktor wußte, was geschah, hatte Leon ihm ein großes, seidenes Taschentuch über den Mund gebunden.

„Können Sie mich hören?"

Der Mann nickte.

„Können Sie das fühlen?"

Leon stieß ihm eine Nadel in den linken Arm.

Twenden versuchte, seinen Arm fortzuziehen.

„Sie werden den Wert einer solchen Spritze noch schätzen lernen – mehr als irgendein anderer", sagte ihm Gonsalez ins Ohr. „Sie haben eine unschuldige Frau ermordet und sind trotzdem der Bestrafung durch das Gesetz entgangen. Vor einigen Tagen sprachen Sie so verächtlich von den Vier Gerechten – ich bin einer von ihnen!"

Dr. Twenden starrte in der Dunkelheit auf das Gesicht des anderen, das er nicht sehen konnte.

„Das Gesetz hat Sie nicht erreichen können, aber wir haben Sie gefaßt. Können Sie mich verstehen?"

Der Arzt nickte ängstlich und taumelte.

Leon ließ den Arm des Mannes los und fühlte, wie er auf den Boden glitt. Er ließ Twenden dort liegen, ging in den anstoßenden Schuppen, der als Hinrichtungsraum diente, und brachte die beiden herunterhängenden Trittbretter in Stellung, bis sie zusammenstießen. Dann nahm er das Ende eines langen Taues, das er sich um den Leib gewickelt hatte, und warf es über den Galgenarm.

Nachdem er alle Vorbereitungen getroffen hatte, kehrte er zu dem bewußtlosen Mann zurück . . .

Als die Gefängniswärter am nächsten Morgen den Raum betraten, sahen sie ein straff angezogenes Tau. Die beiden Trittbretter waren nach unten gefallen, und an dem Strick war ein Mann aufgehängt. Er war kalt und steif. Der Gesetzesstrafe war er entgangen, aber die Strafe der Gerechtigkeit hatte ihn ereilt.